Marita Ruess

Tödliche Bilder

Über dieses Buch

In ihrem ersten Kriminalroman erzählt Marita Ruess eine packende Geschichte, die mit einem Toten auf dem Parkplatz bei der berühmten Vogelherdhöhle im Lonetal auf der Schwäbischen Alb beginnt. Kommissar Marco Fois, seines Zeichens italienischer Abstammung, findet wenig Hinweise auf den Täter. Erst die weiteren Ermittlungen in dessen Umfeld bringen einige Spuren ans Licht. Als dann noch ein zweiter Todesfall im Zusammenhang mit dem ersten Mord bekannt wird, werden die Ermittler nachdenklich. Die Spuren scheinen in eine bestimmte Richtung zu führen. Aber erst, als auch noch die Ehefrau des toten Jürgen Wegerer verschwindet, kommt Marco Fois dem Zusammenhang auf die Spur. Sein Weg führt von der Schwäbischen Alb bis hinauf an Deutschlands Nordseeküste. Allerdings muss er so ganz nebenher auch noch eine kleine Ehekrise seiner Eltern aushalten. Seine Mutter quartiert sich bei ihm ein und bald steht auch sein Vater auf der Matte. Als ob er nicht schon genug um die Ohren hätte, meldet sich auch noch seine Ex-Freundin zurück. Marita Ruess gelingt es, den Leser mit unterhaltsamen Dialogen, treffenden Beschreibungen und gelungenem Wortwitz in die Geschichte hineinzuziehen.

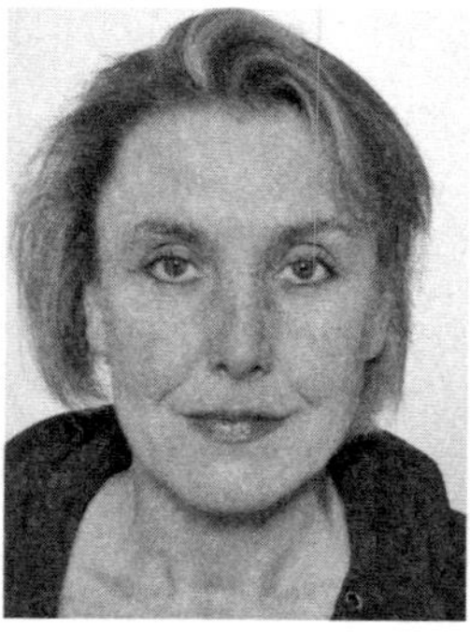

Marita Ruess ist in Ulm geboren und in Neu-Ulm aufgewachsen. In Freiburg und Rom studierte sie deutsche Linguistik und italienische Sprach- und Literaturwissenschaft. 1992 machte sie sich mit einer Sprachenschule in Ulm selbstständig. Seit 2002 macht die Mutter von drei Kindern genau das, was sie immer schon tun wollte: Sie schreibt Bücher.

Marita Ruess

Tödliche Bilder

Oertel + Spörer

2. Auflage 2014
Postfach 16 42 · 72706 Reutlingen

Titelbild: Marc Steinmetz; Archäopark Vogelherd,
Stadt Niederstotzingen
Umschlaggestaltung: Bettina Mehmedbegović,
Oertel + Spörer Verlag
Satz: Uhl + Massopust, Aalen
Druck und Bindung: CPI books GmbH, Ulm
Printed in Germany.
ISBN 978-3-88627-946-3

Es war ein klarer Abend am Ende einer verregneten Woche im Hochsommer. Die junge Frau und ihre Freundin hatten in den Himmel geschaut und ihre Verabredung für den nächsten Tag bestätigt. Baden gehen, die Bikini-Bräune auffrischen, vielleicht ein paar nette Leute kennenlernen. Dann war sie ins Auto gestiegen und losgefahren.
Sie hatte den Weg über die Felder genommen, die Abkürzung bis zum nächsten Dorf. Drei Kilometer schmaler Asphalt in einer Landschaft, die sie an zu Hause erinnerte, an die Kornfelder des Nordens. Ein Weg, den sie auch um diese Zeit, in der Dämmerung, gut kannte. Als das Wild im Kegel ihres Scheinwerfers auftauchte, trat sie auf die Bremse. Es war ein Reh, und sie spürte den Schlag wie einen starken Ruck. Sie stieg aus und ging vor den Wagen ins Licht. Das Tier war weg, wahrscheinlich ab in den Wald hinter dem abgeernteten Feld. Und es war sicherlich verletzt. Irgendwie musste sie einen Jäger informieren. In Stetten, im nächsten Dorf, wusste bestimmt jemand, an wen sie sich wenden konnte. Sie setzte sich in ihren Golf zurück und fuhr an. Irgendeines der Räder drehte durch. Es war das rechte Vorderrad und es steckte tief im Schlamm. In einem Graben aus matschiger Erde. Das Handy in ihrer Tasche war nicht geladen. Sie überlegte, was sie tun sollte, als sie Scheinwerfer sah, die näher kamen. Zwei Lichterketten, die vor ihr anhielten, leuchteten und Ähnlichkeit mit Augen hatten. Die Tür auf der Fahrerseite ging auf, ein Mann stieg aus und kam mit lässigen Schritten auf sie zu.
»Guten Abend. Kann ich helfen?«, fragte er mit einer tiefen Stimme, die wenig vom ortsüblichen Dialekt verriet.

»Hallo, ich glaube nicht«, antwortete sie, »der steckt richtig tief im Schlamm.«
Als er ihre Antwort hörte, sah er auf und sie bemerkte Verwunderung in seinem Blick und etwas, was danach aussah, dass er sich über ihre Art zu reden amüsierte.
»Das hier ist auch nicht gerade der nächste Weg an die Ostsee«, sagte er als Feststellung oder als Erklärung für den Blick, den er ihr zugeworfen hatte, ging um den Wagen herum und schaute kurz auf das Vorderrad.
»Oje, ja sagen Sie mal, wie ist denn das passiert?«
»Wildunfall. Vielleicht geht es, wenn man ein Brett unterlegt?«
Er schüttelte den Kopf und zwinkerte aus seinen Augen wieder einen Anflug von Amüsement weg, den sie im Lichtschein ihres Wagens eher spürte als sah.
»Seien Sie froh, dass Ihnen selber nichts passiert ist, Wildunfälle sind nicht ohne, vor allem bei was Großem wie bei einem Reh.«
»Woher wissen Sie?«
Er unterbrach ihre Frage mit einem Lachen.
»Da kleben Haare auf der Stoßstange«, sagte er und zeigte mit dem Finger auf die entsprechende Stelle, dann kam er langsam auf sie zu.
Er blieb vor ihr stehen und sah sie an mit dem Blick, den sie von vielen Männern her kannte. Seiner glitt über ihre Röhren-Jeans und blieb in ihren hohen Stiefeletten hängen. In seinen Augen lag wieder Belustigung, dann schürzte er die Lippen, drehte sich um und ging zu seinem Wagen.
»Kommen Sie, ich nehme Sie mit ins nächste Dorf, nach Stetten dahinten, von dort aus können wir Hilfe organisieren.«
Sie nickte. Sie war noch nie bei einem Fremden mitgefahren und schon gar nicht auf einem einsamen Weg zwischen Abend und Nacht. Der Mann stieg ein, schien überhaupt keine Zweifel daran zu haben, dass sie Bedenken hatte, seinem Vorschlag zu folgen, oder gar Angst. Er wartete hin-

ter dem Licht der Scheinwerfer, die wie zwei aufgerissene Augen in die Dunkelheit funkelten. Sie überlegte, was sie tun sollte. Ablehnen oder um sein Handy bitten, vielleicht gar weglaufen? Wohin? In den Wald? Doch sie hatte nicht viel Zeit für diese Überlegungen, wollte sie ihre Zweifel nicht zeigen. Sie ging langsam zu ihrem Wagen, holte die Tasche heraus und machte die Lichter aus. Nein, sie musste sich auf ihr Gefühl verlassen, der Mann hier schien ihr wirklich helfen zu wollen. Sie schloss die Autotür ab, warf die Haare auf die Schultern zurück und ging zu ihm. Ihre Absätze klapperten auf dem Asphalt. Dann stieg sie ein.

»Du hast doch gar nicht viel gefrühstückt«, sagte sie zu ihm, als er vom Tisch aufstand und mit seinen langsamen Schritten Richtung Haustür ging. Er reagierte nicht, sie wusste nicht einmal, ob er ihr zugehört hatte.
»Getrunken hast du auch nichts. Und deine Medikamente?«
»Mache ich alles nachher«, antwortete er und nestelte dabei an seiner Jacke herum, die sich nicht von dem Haken der Garderobe lösen wollte, an dem sie hing.
»Hans?«
»Ja?« Er drehte sich zu ihr um und wieder ab, mit einem unergründlichen Blick, den sie nicht verstehen konnte oder wollte, weil in ihm Rebellion neben Hilfsbedürftigkeit lag. Seine Finger zitterten über den Nachbarhaken und über die Hundeleine, die dort hing. Seit zwei Monaten nur noch dort hing.
»Warum hängst du die Leine nicht weg?«, fragte er sie. »Wir tun doch keinen Hund mehr her, oder doch?« In seiner Stimme keimte Hoffnung.
»Nein, Hans, wir tun keinen Hund mehr her, das haben wir schon oft besprochen.«

»So. Bitte schön, dann tu das Ding hier weg.«
Er hielt die Hundeleine in den Händen, dachte über etwas nach, dann setzte ein Lächeln ein.
»Kennst du noch den Witz mit der Frage, wann das Leben losgeht. Und die Antwort ist: Wenn die Kinder aus dem Haus sind und der Hund tot. Und jetzt? Hast du das Gefühl, das Leben geht los?«
»Nein, Hans, es geht weiter, das Leben geht weiter«, antwortete sie, nahm ihm die Hundeleine ab, rollte sie ein und legte sie auf den Schuhschrank.
»Komm«, sagte sie und half ihm in die Jacke, »das Wetter verspricht einen schönen Sommermorgen.«
»Ja!«, antwortete er, als er die Haustür aufmachte und in den Himmel sah, »vielleicht gar einen ganzen schönen Sommertag.«

Über den Feldern des Lonetals lag der Dunst des Sonnenaufgangs. Die Feuchtigkeit einer langen verregneten Woche, die aus der regennassen Erde stieg. Der Tag versprach schon zu dieser frühen Zeit, warm zu werden. Sie gingen den Weg, den sie zur Einleitung des Wochenendes immer gemeinsam gegangen waren, ein Ritual seit der Zeit, als sie die Kinder alleine lassen konnten und die dann irgendwann sowieso nicht vor elf Uhr aufstanden. All die Jahre, immer mit Hund, die letzten zwölf Jahre mit Ronja, einer Münsterländer Jagdhündin. Dieses Ritual war ein wichtiger Moment für sie als Paar geworden, vielleicht der einzige Zeitpunkt, zu dem sie sich austauschen konnten, die Erlebnisse und Sorgen der Woche besprachen, miteinander waren, in dem Dunst des Sommermorgens oder in der Kälte und im Raureif der Wintertage, an denen sie immer konsequent und unerbittlich loszogen und die Kraft und Freude des freilaufenden Hundes in sich und in ihre Gemeinschaft als Paar aufnahmen. Auch in ihre Gespräche. Wir werden diese Gewohnheit beibehalten, auch ohne Hund, dachte sie, so-

lange es geht. Wenn er sich nicht bewegt, bleibt er nicht fit.
Sie sah mit einem Seitenblick auf ihn. Er war langsamer geworden, aber er hatte Glück gehabt, sein Schlaganfall hätte auch anders ausgehen können, dann wäre an diesen Spaziergang gar nicht zu denken gewesen. Vielleicht wäre ein Hund die beste Therapie. Aber sie konnte das nicht verantworten. Sie hatte keine Zeit, weil sie sich um ihn kümmern musste. Sie war auch alt und ihre Kinder hatten keine Zeit und Raum, einen Hund zu übernehmen. Sie ging mit all diesen Gedanken neben ihm und unterdrückte einen Seufzer, als sie sah, wie er beim Gehen anhielt und den Kopf hob.
»Hans?«
Er antwortete nicht, hielt den Kopf nach oben und konzentrierte sich auf etwas, wie sie es von früheren Zeiten her kannte, als er sie auf die Jagd mitgenommen hatte. Als ob er Witterung aufgenommen hätte. Er schaute in Richtung des Parkplatzes, der sich am Fuße der Höhle befand, unweit der Landstraße, die von Stetten nach Bissingen führte. Deutete mit dem Finger dahin.
»Meinst du das Auto dort?«, fragte sie ihn.
»Ja. Irgendwas stimmt da nicht, weiß nicht«, antwortete er.
»Warum?«, fragte sie ihn und fragte sich im Innern selber, ob so etwas, wie diese Anwandlung, bei einem auf einem Wanderparkplatz geparkten Auto etwas Merkwürdiges zu erkennen, zu den Folgen seines Schlaganfalls gehörte. Schaute ins Tal und vergaß ihn einen Moment. Er hatte sich schon auf den Weg gemacht, Richtung Parkplatz.
»Hans, warte, vielleicht störst du ein Liebespaar«, rief sie ihm hinterher.
Er gab keine Antwort und steigerte sein Lauftempo zu einer Geschwindigkeit, die sie schon lange nicht mehr bei ihm gesehen hatte. Er stand schon neben dem Wagen, als sie ihn fast eingeholt hatte.
Er hielt kurz inne, dann drehte er sich zu ihr um und schien

ihr mit dem ganzen Körper, den er so weit aufrichtete, wie er konnte, den Weg versperren zu wollen. In seinem Blick lag Irrsinn, wie sie zuerst dachte, und dann erkannte sie, dass darin eine Mischung aus Entsetzen, Angst und Trauer lag, die sie bei ihm in diesem Ausmaß noch nie gesehen hatte.
»Du schaust dir das hier nicht an, Ute. Hörst du?«
Sie nickte, wich ein paar Schritte zurück und holte das Handy aus ihrer Jackentasche. Ihre Finger zitterten.
»Notarzt oder Polizei?«, fragte sie ihn und wusste doch, dass ihre Frage nach dieser Alternative völlig überflüssig war.
»Hier hilft kein Arzt der Welt mehr«, sagte er leise und senkte den Blick.

Es war Samstagmorgen und der Anruf holte Hauptkommissar Marco Fois um 7.35 Uhr aus dem Bett, eine Uhrzeit, die auch für das Wochenende als im Rahmen des Vertretbaren bezeichnet werden konnte. Er zog sich schnell an und schaute in den Spiegel. Über seinen graublauen Augen lag ein Schleier der Müdigkeit und über seinen großen hellen Lippen, die vielfach zwischen markant und sinnlich definiert wurden, lag ein Anzeichen für ein neu entstehendes Herpes labialis. Doch an diesem Morgen blieb weder die Zeit, die Salbe zu suchen, die schon seit dem letzten Mal fehlte, noch den Dreitagesbart zu entfernen, der ihn älter aussehen ließ, als er war oder sich fühlte.
Es gab kurzum keine Zeit für Eitelkeiten eines gut erhaltenen und ohnehin gut aussehenden Mannes in den besten Jahren, wie man so sagt, weil dieser sich seit fünf Minuten im Dienst befand. Er strich sich nur kurz mit der einen Bürste durch das dunkle dichte Haar und mit der anderen Bürste über die Zähne, weil ihm die schnellere Variante der

Kaugummis ausgegangen war. Ging in die Küche, in der glücklicherweise die Espresso-Maschine noch an war, er hatte am Vorabend mal wieder vergessen, sie auszuschalten, was in letzter Zeit schon öfters vorgekommen war, an diesem Morgen aber von Vorteil war für einen schnellen heißen Kaffee. Denn die Zeit wäre nicht geblieben, einen italienischen Kaffee im Kännchen aufzusetzen. In der Not hätte er sich mit dem Rest kalten Kaffees begnügen müssen, der in einer halb geleerten Tasse auf der Spüle darauf wartete, irgendwann einmal entsorgt zu werden.
Marco Fois rührte schon den Zucker ein, als der Kaffee noch aus der Maschine dampfte, verlängerte ihn kurz mit kaltem Wasser und trank ihn mit einem Schluck. Er griff sich seine Jacke, am Morgen konnte es recht kühl sein, eine Banane, eine Flasche Sprudel und verließ das Haus.
Er überlegte, wie er am besten fahren würde, um zu dem Parkplatz bei dieser Höhle zu gelangen. Der schnellste Weg wäre sicher der über die Autobahn, die A7 Richtung Ulm, Ausfahrt Niederstotzingen und dann die Landstraße Richtung Stetten. Auch wenn das der längere Weg war und bei Weitem nicht der landschaftlich schönere. Aber Letzteres war jetzt nicht von Interesse, obwohl es ihm gutgetan hätte, um den Tag zu beginnen und vorab einen Ausgleich zu finden, einen kleinen Ausgleich für das, was ihn gleich erwartete. Er fuhr los und war nach 15 Minuten Fahrt vor Ort, dort, wo er hinbestellt worden war, in seiner Eigenschaft als Kommissar der Kriminalpolizei Heidenheim.
Seine örtlichen Kollegen waren bereits eingetroffen und sperrten den Fundort der Leiche ab, ein rot-weißes Band leuchtete grell in den Morgen, der noch nicht viel Farben hatte, aber leuchtendes Sommerwetter versprach. Er begrüßte die Männer, von denen er ein paar von früheren Einsätzen her kannte. Ein sehr junger Kollege reichte ihm kreidebleich die Hand und brachte nicht einmal einen Gruß heraus.

Neben dem Wagen im Zentrum des Gebiets, das abgesperrt war, lag ein Mann. Ausgestreckt auf dem Rücken. Er war groß und schlank gewesen, dunkelhaarig, Ende 40. An seinen kräftigen und doch feinen Händen, die nicht nach körperlicher Arbeit aussahen, steckte ein Ehering. Die Kleidung war leger, es sah nach einer Marken-Jeans aus, ein sommerlicher Blazer, schwarzes Leinen, das Hemd, möglicherweise kurzärmlig, musste einmal blütenweiß gewesen sein.

Der Mann war erschossen worden. Und wer immer das auch getan hatte, war jemand, der ihm keine Chance geben wollte.

Verdammt noch mal«, sagte Marco zu seinem Stellvertreter Bernd Meier, der plötzlich neben ihm stand, »das sieht ja aus, als ob man ihn erschossen hätte wie ein Stück Wild.«

»Ja«, antwortete Bernd Meier und strich sich durch die glatten und gepflegten Haare, die an dem Morgen im Kontrast zu seinem Gesicht dunkler wirkten, als sie waren.

»Du warst aber schnell vor Ort«, sagte Marco, obwohl ihm diese Tatsache klar war, denn Bernd Meier wohnte in Burgberg, einem Ort ganz in der Nähe.

»Ich hatte es ja nicht weit. Die beiden da hinten haben ihn übrigens gefunden«, sagte Meier und zeigte in Richtung eines alten Paars, das einige Meter den angrenzenden Hang hinauf auf einer Bank saß.

»Ich habe mich um sie gekümmert und auch angehört, was sie zu sagen hatten, vor allem der alte Mann. Seine Frau hat was von einem Schlaganfall erzählt, den er gehabt hatte, und dass man ihn schonen müsste, aber der ist trotzdem ganz gut dabei. Ein alter Jäger. Hat sich auch ziemlich klar

darüber geäußert, wie der Mann erschossen wurde und aus welcher Entfernung. Habe alles mitgeschrieben.«
Bernd Meier klopfte auf die Tasche seines Hemdes, die schon immer ein kleines Notizbuch enthielt samt einem Bleistift, den es in der Größe nur in Möbelhäusern gratis gab.
»Aha«, antwortete Marco. Er war wie so oft überrascht von dem Wunsch seines jüngeren Kollegen, die Dinge zumindest organisatorisch im Griff zu haben.
»Weiß man schon, wer der Mann ist?«
»Ja. Jürgen Wegerer, 47 Jahre alt, wohnhaft in Heidenheim, verheiratet, Lehrer, kinderlos«, gab Bernd Meier zur Antwort und in seiner Stimme schwang ein Anflug von Stolz mit.
»Was? Gibt es hier einen Internet-Anschluss?«, fragte Marco in Anspielung auf die allerliebste Recherche-Methode seines Kollegen und erntete dabei einen bösen Blick.
»Er hatte Papiere bei sich. Und außerdem kannte ihn Henning von seinem Segelfliegerverein her.«
»Ach so. Und wo ist Henning, den habe ich hier noch gar nicht gesehen?«
Marco schaute sich nach seinem Kollegen Henning van Dalen um, einem gebürtigen Westfalen, der schon seit vielen Jahren auf der Ostalb lebte, deren Thermik er als leidenschaftlicher Segelflieger sehr schätzte.
»Er war vorher noch hier«, antwortete Bernd Meier, schaute zu den anwesenden Polizisten und in die Umgebung. Marco folgte seinem Blick und sah viele Uniformierte und die Ankunft der Leute von der Spurensicherung in ihren weißen Overalls. Von Henning van Dalen, dem Dritten in ihrem Team, fehlte jede Spur.
»Weiß ich auch nicht«, meinte Meier und zuckte mit der Schulter, »tja, es hat ihn auch ziemlich mitgenommen, die waren mehr als nur Mitglieder im selben Verein, denke ich. Gute Freunde sogar.«

»Danke, Bernd«, sagte Marco und lief neben seinem Kollegen langsam in Richtung des Arztes.
»Warte mal, Marco, da musst du nicht gleich hin. Der Arzt hat noch gar nicht richtig angefangen, kam gerade kurz vor dir. Die Tatzeit war vor acht bis zwölf Stunden, das konnte er schon mal sagen, und Fundort ist Tatort.«
»Ja«, sagte Marco und schaute nochmals auf den Kies, auf dem der Tote lag.
Dann begrüßte er einen der örtlichen Kollegen, den er von einem anderen Einsatz her kannte, einen älteren Mann mit stoppelkurzen Haaren, einem wettergegerbten Gesicht und einer ruhigen Art.
»Wir müssen wissen, ob in Stetten oder in den umliegenden Dörfern irgendjemand etwas bemerkt hat, vielleicht sogar hier gestern Abend in der Gegend war, einen Spaziergang machen, mit Hund oder so«, sagte Marco und wies mit der Hand in Richtung des älteren Ehepaares. In seiner Stimme schwang eine Bitte mit, die der Uniformierte offensichtlich verstand, er nickte.
»Schon klar, Herr Fois, das werde ich übernehmen und mich mal umhören.«
Marco bedankte sich und wandte sich wieder Bernd zu, der im Zeichen größerer Ungeduld mit dem rechten Fuß einen Rhythmus auf den Boden taktete:
»Marco, komm, wir können die alten Leute nicht allzu lange warten lassen.«
»Hm«, sagte Marco, der es nicht mochte, wenn man ihm sagte, wie er zu arbeiten hatte. Aber er akzeptierte das Argument seines Kollegen, als er das Ehepaar auf der Holzbank sitzen sah, die zwischen dem Parkplatz und einem Hinweisschild zu den Wanderwegen der Umgebung stand. Der alte Mann saß gebeugt, in sich zusammengesunken, als hätte er eine schwere Last zu tragen, und sein Gesicht war so blass und grau wie sein Haar. Er wirkte müde und ruhig und traurig. Seine Frau, die gesünder und reger aus-

sah, hielt seine Hand fest, als wollte sie ihn stützen. Als Marco jedoch ihren Blick sah, erkannte er, dass sie sich in dem Moment an ihrem Mann festhielt. Er hatte seit Langem in all den vielen Jahren als Kriminalkommissar nicht mehr eine solche Panik in Augen gesehen.
»Marco Fois«, sagte er, gab dem alten Ehepaar die Hand und drückte beim Händegeben den Versuch des Mannes, sich erheben zu wollen, in die Bank zurück. Die Frau blieb sitzen und starrte Marco an, zuckte ein wenig in sich zusammen, als sie seinen Dienstgrad hörte, dann atmete sie tief durch.
Der Mann stellte seine Frau vor und dann sich selber, betonte den Nachnamen Jäger und fügte ein »Nomen est Omen« bei, fast wie einen Namenzusatz, der als Routine kam, sicherlich schon oft kam bei Leuten, denen er zutraute, dass sie das lateinische Sprichwort verstanden. Marco nickte und lächelte, wie es in dem Moment von ihm erwartet wurde. Der alte Mann nickte und sein Blick hellte kurz auf, dann schüttelte er den Kopf:
»Das gilt jetzt ja eigentlich nicht mehr. Seit ich den Schlaganfall hatte, bin ich natürlich nicht mehr auf der Jagd gewesen.«
»Aber Sie kennen sich immer noch aus?«, fragte Marco mit dem Ton einer Feststellung.
»Ja, ja, natürlich. Nach vierzig Jahren schon noch.«
Hans Jäger sah auf und wartete auf weitere Fragen.
»Sie haben den Mann also gefunden?«
»Ja, wir waren auf einem Spaziergang, wie so oft am Samstagmorgen zu dieser frühen Stunde, und da sah ich da auf dem Parkplatz den Wagen stehen mit offenen Türen und irgendwie hatte ich auch ein komisches Gefühl, ich weiß nicht, ich spürte, dass da was nicht stimmte.«
»Ja, mein Mann ging einfach auf das Auto zu und ich wollte ihn noch zurückhalten, weil ich Angst hatte, dass er ein Liebespaar stört oder jemand anderen, der nicht will,

dass man so nahe kommt und ins Auto schaut, man weiß ja nicht, wie die Leute heute reagieren. Aber er war nicht zu halten, er ging einfach hin«, sagte Ute Jäger.
»Es hätte ja auch sein können, dass jemand dort im Auto Hilfe braucht. In meinem Alter weiß man, dass ein Schlag oder Infarkt schneller über einen hereinbricht, als man überhaupt denkt. Und ich hatte ja auch nicht unrecht. Doch die Hilfe kam zu spät, das sah ich gleich.«
Dann blickte der alte Mann auf den Boden, schüttelte den Kopf und sagte leise:
»Mitten ins Herz.«
Marco nickte.
»Es sieht nach einer Flinte aus?«, sagte er als Frage.
Der alte Mann sah auf und antwortete:
»Ja. Das war ein FLG, ein Flintenlaufgeschoss, da bin ich ganz sicher. Nach dem Einschuss sieht es eindeutig nach so etwas aus, einer Brenneke also, würde sagen Kaliber 12.«
Der alte Jäger schaute Marco kurz an, um zu wissen, ob er diese Aussage noch weiter erläutern müsste oder ob dem Kommissar klar war, was er ausdrücken wollte. Marco empfand das als Ausdruck von Respekt dem Wissen eines anderen gegenüber, wie er ihn nicht mehr bei vielen Leuten verspürte und dankte es dem alten Mann mit einem Nicken.
»Ich bin zwar kein Jäger, aber das dachte ich mir. Wir bewegen uns also bei einer Entfernung von maximal 30 Metern?«
»Theoretisch sogar bis zu 50 Metern, aber nicht in dem Fall, sicher nicht. Eigentlich sind große Entfernungen bei dieser Art von Geschoss nicht möglich. Ich selber habe es auch nie verwendet, ich war immer mit einer Bockbüchsflinte unterwegs.«
»Ist eigentlich gerade Jagdzeit?«
»Jagdzeit?« In Hans Jägers Blick blitzte eine Mischung aus Verwunderung und Belustigung auf, er schien einen Kom-

mentar zu der Frage abgeben zu wollen, dann spitzte er den Mund und warf Marco einen ernsten Blick zu und sagte:
»Teilweise ist schon Jagdzeit. Schwarzwild, Frischlinge und Überläufer dürfen sowieso das ganze Jahr gejagt werden. Bei Rotwild im Moment nur das Schmaltier, ebenso beim Rehwild nur das Schmalreh, also weibliche Tiere, die noch nicht gekalbt haben.«
»Du glaubst doch wohl im Ernst nicht an einen Jagdunfall?«, sagte eine tiefe Stimme mit norddeutschem Akzent hinter Marco.
»Guten Morgen, Henning«, gab der als Antwort, ohne sich umzusehen, »wir erwägen Möglichkeiten.«
»Wenn Sie mich fragen«, sagte der alte Mann, »dann können Sie einen Jagdunfall auf jeden Fall ausschließen, wer immer das da gemacht hat, der konnte mit einer Flinte sehr gut umgehen, insbesondere das Flintenlaufgeschoss, das braucht schon eine geübte Hand, so wie der Mann getroffen wurde.«
»Ein FLG?«, fragte Henning, »wäre das nicht einfacher gewesen, gleich zu einer Kugel zu greifen, da sind doch auch größere Entfernungen möglich.«
»Ja«, antwortete Hans Jäger, »aber vielleicht kam es demjenigen, der geschossen hat, gar nicht auf Entfernungen an, doch auf eines, was Sie bestimmt auch wissen: Bei einem FLG ist nicht feststellbar, aus welcher Waffe der Schuss abgefeuert wurde!«
Marco und Henning nickten einander zu, dann hob Henning den Kopf und blieb in seinen Gedanken hängen, während Marco sich bei dem Mann und seiner Frau bedankte. Die beiden alten Leute wollten sich nicht nach Hause fahren lassen, dankten aber für den Vorschlag und machten sich schließlich auf ihren langsamen Heimweg.

»Du hast den Toten gekannt?«, fragte Marco seinen Kollegen Henning van Dalen und riss diesen mit der Frage aus Gedanken von irgendwoher.

»Was? Ach so, gekannt? Ja, sicher.«
»Tut mir leid um deinen Freund.«
»Mir auch«, erwiderte Henning mit einer Stimme, die fast nicht zu hören war, und starrte auf den Boden.
Marco unterdrückte den Impuls, seinem Kollegen auf die Schulter zu klopfen, weil er spürte, dass das nicht die richtige Geste in dem Moment gewesen wäre und sagte:
»Ich gehe dann mal zu dem Doktor, mal sehen, was der alles weiß«, er wartete keine Antwort ab, sondern machte sich auf den Weg zu dem rotweißen Absperrband, das sich leicht bewegte, als hätte es jemand gerade berührt, es war ein Wind, ein Luftzug, ein Hauch. Der Arzt war alleine neben dem Toten in dieser Art von Sperrbezirk, kniete neben dem Mann, der da niedergestreckt lag, stand schließlich auf und klappte seine Tasche zusammen. Er erwiderte Marcos Gruß mit einem Kopfschütteln.
»Das war ein einziges Geschoss, hat den Mann komplett durchschlagen«, er deutete auf die Wunde in der Herzgegend, »ich habe so was mal bei einem Jagdunfall gesehen, da ging es Gott sei Dank aber nur um den Oberschenkel des Kollegen des Jägers. Aber so was wie hier …«
Er brachte den Satz nicht zu Ende, sondern schüttelte nur den Kopf. Es war klar. Einen Tod wie auf diesem Wanderparkplatz hatte wohl noch keiner von ihnen gesehen.

Am späten Samstagvormittag saßen sie alle um den Besprechungstisch und kauten auf ihren Brezeln, die mit oder ohne Butter auch gleich ein Mittagessen abgaben. Die Arbeit am Tatort war beendet, die Spurensicherung hatte mithilfe eines Metalldetektors das fehlende Flintenlaufgeschoss im Feld gefunden. Der Fund bestätigte die Angaben des alten Jägers. Das Handy Wegerers wurde bislang nicht

gefunden, weder bei dem Toten selber noch im Wagen, noch in der Umgebung. Dass er eines hatte, bestätigte Henning, der auch die Nummer über einen Segelfliegerkollegen organisiert hatte. Das Handy zeigte auch keinen Empfang, es war ausgeschaltet. Henning hatte es schon mehrfach versucht, wie er sagte. Marco sah den Kollegen an: Henning van Dalen, der Älteste im Team mit seinen fünfzig Jahren, der immer auf Gelassenheit bedacht war, auf Ruhe, die er aus der Luft nahm, wie er immer betonte in Bezug auf seine Segelfliegerei, war bleich und wirkte mitgenommen.
Im Prinzip sah er genau so aus, wie Marco sich immer fühlte, wenn er zu spät gekommen war und nicht verhindern konnte, sondern nur aufzuklären hatte. Um Weiteres zu verhindern, so wie er es sich immer einredete, und trotzdem zu spät gekommen war. Und motivieren musste er als Teamchef, wenn die Ermittlungen stecken blieben und er dabei selber um Ruhe und Gelassenheit zu kämpfen hatte. Wie es auch jetzt galt, Henning zuzulächeln und ihn zu bitten, seine Erkenntnisse mitzuteilen. Der schien sich auch einigermaßen gefangen zu haben und begann die eigentliche Teambesprechung über die Gestaltung der Untersuchung mit einer kurzen Darstellung der Person des Toten, die er objektiv zu vermitteln suchte und mit dem Versuch einer Distanz, welche die Polizeiarbeit erforderte.
Das gelang Henning nicht ganz, er musste seine Stimme immer wieder durch ein Räuspern an die Stelle zurückweisen, an der er sie haben wollte. Der Tote, 47 Jahre alt, ein in Heidenheim wohnender und gebürtiger Schwabe, war mit der Galeristin und Kunsthändlerin Inge Rottgardt-Wegerer verheiratet, einer Norddeutschen. Wegerer war Lehrer und unterrichtete in einer Realschule in Dillingen Deutsch und Geschichte. Das Ehepaar hatte keine Kinder. Henning kannte Wegerer gut, weil sie seit über zwanzig Jahren Mitglieder im selben Segelfliegerverein waren, in dem Wegerer jahrelang auch schon Vorstand war. Er war zumindest im

Verein sehr beliebt und galt insgesamt als kontaktfreudig und offen.

Dieses Bild Hennings passte bestimmt auch zu Wegerers beruflichem und weiterem privaten Umfeld. Zumindest war ihm nie zu Ohren gekommen, dass sein Freund Jürgen, genannt Jogi, irgendwie größere Probleme oder Feinde gehabt hätte. Auch wenn – Henning zögerte ein wenig und überdachte seine Aussage – Wegerers Kontaktfreudigkeit gegenüber dem weiblichen Geschlecht manchmal über ein Normalmaß hinausging. Er hatte offenbar den Ruf eines Frauenhelds oder wollte als solcher gesehen werden. Und das hatte einigen Leuten missfallen, zumindest im Verein. Ob die Ehefrau auch was davon wusste, war Henning nicht bekannt. Das Team nahm sich vor, diese selber dazu zu befragen, wenn es Zeit war für solche Fragen. Und wenn man sie überhaupt erreichte. Denn Henning war das an dem Morgen noch nicht gelungen. Inge Rottgardt-Wegerer war nicht zu Hause gewesen und sie war auch nicht in der Galerie. Er hatte eine Viertelstunde bis zur Öffnung um elf Uhr dort gewartet und schließlich eine Studentin oder Aushilfe oder sonst eine Überwacherin der Bilder dort angetroffen, die ihm mitteilte, dass die Chefin am Samstag sowieso nie vor Ort wäre und auch nie vorbeikäme. Über Telefonnummern oder sonstige Erreichbarkeiten der Ehefrau Wegerers konnte diese Frau auch keine Auskunft geben.

Man konnte Henning ansehen, wie froh er insgeheim darüber war, dass er die Frau seines Segelfliegerfreundes nicht erreicht hatte und die traurige Polizeiarbeit des Informierens von Angehörigen zumindest an diesem Morgen noch aufschieben konnte. Am Nachmittag würden sie es wieder probieren, und diesmal würde auch Marco dabei sein.

Nachdem Henning sein Porträt von Jürgen Wegerer beendet hatte, war Bernd Meier an der Reihe, er berichtete über Spuren am Tatort.

Augenmerk wollte er vor allem auf Reifenspuren gerichtet

haben. Abdrücke im Matsch eines Feldweges in unmittelbarer Nähe des Parkplatzes, auf dem Jürgen Wegerer lag. Es handelte sich um die Reifen eines Geländewagens, wie Bernd Meier betonte.
»Das ist vom Profil her ein Simex Extreme oder ein Silverstone Xtreme, auf jeden Fall kein Reifen für ein SUV.«
»Für ein was?«, fragte Henning, der dafür bekannt war, dass er sich, wenn er sich schon auf dem Boden bewegen musste, dafür gerne ein Fahrrad nahm und sich bei Autos wenig auskannte. Bernd Meier warf ihm einen giftigen Blick zu und erklärte:
»Ein Sport Utility Vehicle, ein Pkw mit erhöhter Geländegängigkeit, fast jeder Autohersteller führt so ein Modell.«
»Danke, man lernt nie aus«, gab Henning zur Antwort, »vor allem ausspracheteehnisch bin ich wieder etwas weiter«, was als Anspielung auf den stark schwäbischen Akzent Meiers zu verstehen war, der seine Gewohnheit, die Laute zu formen, auch in andere Sprachen übertrug. Dem gebürtigen Norddeutschen Henning van Dalen fiel die Aussprache des Englischen viel leichter. In Meiers Blick blitzte Wut auf, die er sogleich wieder im Zaum hielt. Er versuchte ein Lächeln und legte ein Foto auf den Besprechungstisch.
»Da, da seht ihr die Reifenspuren, manch einem sind sie vielleicht auch am Tatort aufgefallen, wem nicht, dem hier eine Verdeutlichung: Die Reifen von den Spuren hier montiert man nicht auf diese Modelle drauf, die gehören eindeutig zu einem richtigen Geländewagen, einer, der durch Dreck und Schlamm muss, ich habe mir erst neulich einen Bericht über eine Trekking-Tour durch den Dschungel von Malaysia angesehen, ich sage euch …«
»Wir sind hier auf der Schwäbischen Alb«, unterbrach ihn Henning.
»Eben. Genau das, wie du gut erkannt hast. Und weil wir auf der Schwäbischen Alb sind, kreist sich der Personenkreis derer, die so einen Geländewagen fahren, in eine ver-

gleichbar kleine Anzahl ein und die gilt es herauszufinden. Denn die Spuren sind so frisch wie die Tat.«

Bernd Meier kreuzte die Arme vor der Brust und hatte sichtbar Mühe, seine Wut zu unterdrücken.

»Gut«, sagte Marco, »übernimmst du das mit dem Reifenabdruck?«

Bernd Meier nickte und schien in seinen Ärger hinein noch etwas sagen zu wollen. Deswegen fragte Marco, ob Bernd sonst noch etwas in Erfahrung gebracht hätte.

»Nein«, kam als Antwort, »bis auf die Tatsache, dass ich mich frage, wie man von einem Lehrergehalt den Hobel bezahlen kann, den er gefahren ist.«

Marco nickte, Bernd sprach weiter:

»Und laut Papiere war er auf ihn zugelassen, der A5, ein 3,2 Liter FSI Motor mit 265 PS, da liegt man bei weit über 40 000 Euro schon beim Serienmodell, und der Wagen vom Wegerer hatte noch ein paar Schnickschnacks extra. Ach ja, ist übrigens italienisches Design oder sagen wir anders, ein Italiener hat den mit entworfen und das sieht man auch.«

»Du hast ihn dir ja auch ausgiebig angeschaut, oder?«, sagte Henning.

»Habe ich das? Stimmt. Der hat übrigens die neue LED-Technologie beim Tagfahrlicht, das ist das neue Design, von Modell zu Modell anders realisiert...«

Bernd unterbrach seine Ausführungen und sah den Fingern der rechten Hand Hennings zu, wie sie einen Takt auf die Tischplatte klopften, dann fuhr er weiter:

»Beim A5 zum Beispiel wirken Hauptscheinwerfer und die Lichterkette des Tagfahrlichts wie ein Auge mit einem bösen Blick ...«

Von Henning war als Kommentar zu dieser Aussage ein leichtes Stöhnen zu hören.

Marco räusperte sich und fragte dann schnell:

»Es war ja kein Licht am Auto an, heute Morgen. Wie interpretierst du das Bernd?«

»Gar nicht, das heißt nichts«, antwortete er ganz konzentriert auf Marco in dem Versuch, seinen anderen Kollegen zu ignorieren, »zumindest nichts über die Tatzeit, und ich denke, darauf willst du hinaus.«

Marco nickte und Bernd fuhr fort: »Er konnte noch bei Tageslicht erschossen worden sein oder in der Nacht, im Lichtkegel der Scheinwerfer. Die konnten also an gewesen sein, nach kürzerer Zeit schalten die aber automatisch ab.«

Marco bedankte sich und fragte, ob sonst noch etwas anstehen würde.

»Vielleicht«, antwortete Bernd, »zwar nichts zum Tatort, sondern zu seiner unmittelbaren Nähe eine Anmerkung.«

»Mit den üblichen Erkenntnissen aus dem Internet«, knurrte Henning.

»Nein, in dem Fall nicht. Mit Erkenntnissen eines Wanderführers aus der Brenzregion, der zu geologischen und archäologischen Highlights der Gegend führt, also durchaus interessant ist für Leute, die sich in dieser wunderbaren Landschaft sportlich auch auf dem Boden bewegen.«

»Deinen Lokalpatriotismus in allen Ehren…«

»Meinen Lokalpatriotismus in allen Ehren, haben wir es mit den ältesten Kunstwerken der Menschheit zu tun, die, ob es dir passt oder nicht, gerade auf schwäbischem Grund gefunden wurden.«

»Und das wären?«

»Kleine Plastiken aus Elfenbein, über 30000 Jahre alt, aus der Epoche des Aurignacien«, war die Antwort mit besonderer Betonung des letzten Wortes in perfekter französischer Aussprache.

Henning fiel dementsprechend die Kinnlade auf und wieder zu, und man sah ihm die Lust an, diesen zuletzt erwähnten Ausdruck auf die Schippe zu nehmen, doch gleichzeitig hielt er sich zurück und versuchte sich nicht bei dem französischen Nasallaut, denn da hatte Bernd Meier aufgrund seines schwäbischen Dialekts eindeutig einen Heimvorteil.

Den er mit einem bedeutungsschwangeren Blick auskostete, mit dem er die Runde musterte.

»Also: Die Höhle da oberhalb des Parkplatzes ist der Vogelherd, und da wurde in den 30er-Jahren das Wildpferd gefunden, das sogar als Logo auf der Autobahn für die Gegend des Lonetals herhält. Das dürfte bekannt sein. So. Und vor Kurzem wurde wieder eine Kleinplastik entdeckt, in derselben Höhle, ein Mammut, das älteste vollständig erhaltene Kunstwerk der Welt, nicht einmal vier Zentimeter groß und ein paar Gramm schwer.«

Marco nickte: »Das weiß ich, das war einmal mit dem Wildpferd für ein Wochenende im Schloss Niederstotzingen ausgestellt. Meine Mutter wollte dafür extra von Ligurien nach Heidenheim kommen, aber sie konnte nicht.«

Bernd Meier warf Marco einen belustigten Blick zu, der nichts darüber verriet, was an Marcos Worten genau zu Belustigungen führte.

»Ja, genau, bis jetzt schickt man diese Kunstwerke in der Gegend herum, es wird jetzt endlich mal Zeit, dass die Schwaben ihre Sparsamkeit überwinden und in ein zentrales Museum investieren.«

Henning dagegen beobachtete Bernd mit zusammengekniffenen Augen, als ob er darauf lauerte, dass noch weitere Erläuterungen kämen, als dem nicht so war, räusperte er sich.

»Deine Selbstkritik in Ehren, was bitte schön hat dieses Pferd oder das Mammut mit dem Tod von Jürgen Wegerer zu tun?«

Hennings Frage hatte einen Ton und eine Art, die er bei einem Lehrer in seiner Schulzeit abgeschaut haben musste, woraufhin Bernd ihm einen giftigen Blick zuwarf.

»Erstens, wenn ich von schwäbischer Sparsamkeit rede, dann ist es keine Selbstkritik, denn Geiz ist mein Problem nicht, wie ihr alle genau wisst, oder?«

Henning nickte und strich sich Krümel vom Hemd, sie stammten von einer der Brezeln, die ihnen wieder mal Bernd besorgt hatte. Wie so oft, nur Butter mussten sie selber drauf schmieren, die kaufte Bernd extra, und es lag immer eine Packung als Reserve im Kühlschrank der kleinen Küche im Präsidium. Das war Bernds Art von Großzügigkeit und von Sparsamkeit, zwei Eigenschaften, mit denen sich Henning schwertat, weder die eine noch die andere prägten seinen Charakter. Was er sicherlich auch wusste, denn er schwieg, und das war unüblich, was Bernd auch wusste.

»Zweitens, diese Eiszeitkunst. Möglicherweise hat sie nichts mit Wegerers Tod zu tun. Aber trotzdem kann es auch etwas zu bedeuten haben …«

»Was bitte kann das zu bedeuten haben?«

»… wenn der Mann einer Galeristin, also einer Kunsthändlerin, tot direkt neben dem Fundort dieser Plastiken aufgefunden wird …«, Bernd Meier stützte seine Arme auf dem Besprechungstisch ab, er sah aus wie eine Feder, die gleich losschnellen wollte, »da bleibt der Fantasie freier Lauf. Falls man überhaupt eine hat. O.K.? Ich wollte die Geschichtsträchtigkeit des Tatortes auch nur erwähnt haben. Und bin ganz Ohr für weitere Ergänzungen oder Anregungen.«

»Wenn wir mit der Polemik aufhören, kommen wir vielleicht weiter«, sagte Marco und warf Henning einen strafenden Blick zu. Der zuckte nur mit der Schulter und sah aus dem Fenster in einen Himmel, dem man in einer Farbe zwischen Blau und Grau die Hitze des Tages nicht ansah, und schwieg. Die Besprechung war beendet, es galt jetzt Inge Rottgardt-Wegerers Verbleib ausfindig zu machen und ihr die schreckliche Nachricht zu überbringen.

Gegen Mittag fuhren sie zu dem Haus, in dem Jürgen Wegerer noch achtzehn Stunden zuvor gelebt hatte. Es gehörte zu einer Straße mit großen Flachbauten aus den 70er-

Jahren und mehr oder minder großen Grundstücken. Wer hier wohnte, hatte Geld, als Hauseigentümer oder auch als Mieter und hatte Zeit oder Geld für Gartenarbeiten. Auch der Vorgarten von Nr. 18 sah nach viel Muße oder bezahlter Dienstleistung aus. Alles wirkte still. Bis auf das Wasser, das sich gleich einem Miniaturwasserfall neben einer Steinlaterne und vor einem Bambuszaun in einen kleinen See schüttete, rührte sich nichts,und man hörte nichts auf den Klingelton hin, der wie eine Glocke durchs Haus hallte und so schnell verstummte, wie er losgeschnellt war. Marco zuckte mit der Schulter und drehte sich zu Henning um.

»Suchen Sie die Frau Wegerer?«, fragte eine Stimme hinter ihnen in das Klacken eines Gehstocks hinein. Sie gehörte einer alten Frau, die entweder frisch vom Frisör kam oder längere Zeit vor dem Spiegel mit Bürste und Haarspray verbracht hatte. Ihre Augen und Haare hatten den gleichen Ton, der sich zwischen Blau und Hellgrau einpendelte, ihre Haltung war aufrecht, sie stützte ihre rund 80 Jahre auf einen Stock, der durch wunderbare Schnitzmuster auffiel.

»Guten Tag«, antwortete Marco, »das ist richtig, wir suchen die Frau Rottgardt-Wegerer.«

»Ach ja, der Doppelname, das komplizierte Zeug da«, die alte Frau machte eine Bewegung mit der linken Hand, als wollte sie diese Komplikationen auf den Gehweg werfen, dann fuhr sie fort:

»Also, jedenfalls, die Frau Wegerer, die ist gestern weggefahren, und zwar schon um die Mittagszeit, gegen 12.10 Uhr, das habe ich nämlich von meinem Küchentisch aus gesehen, da esse ich regelmäßig um diese Zeit zu Mittag, wissen Sie, in meinem Alter ist das wichtig, auch die regelmäßige Mahlzeit, und vor allem warmes Essen, nicht Butterbrezeln oder sonst ein Vesper, wie es diese faulen Mütter sogar ihren Kindern vorsetzen, wenn die hungrig aus der Schule kommen.« Der Zeigefinger ihrer linken Hand ging wie die Ermahnung bei einer Predigt in die Luft. Henning räusperte sich, typi-

sches Zeichen des Versuchs der Bezähmung von Ungeduld.
»Und woraus schließen Sie, dass Frau Wegerer weggefahren ist?«, fragte Marco.
»Sie hatte die Reisetasche mit dem Paisleymuster dabei, die nimmt sie immer, wenn sie nur kurz weg ist, so fürs Wochenende, wenn es länger geht, hat sie einen Koffer dabei, einen schwarzen, so ein Modell, das man auch hinter sich herziehen kann.«
»Aha«, kam von Henning, er warf Marco einen vielsagenden Blick zu.
»Aber warum wollen Sie das denn wissen?«, fragte die alte Frau und reckte ihren Hals vor, als könnte sie so die Antwort schneller aufnehmen.
Doch sie bekam keine Antwort, es sollte nicht die ganze Straße über den Tod von Jürgen Wegerer Bescheid wissen, bevor es seine Witwe wusste. Sie dankten der alten Frau mit der vagen Antwort, sie hätten der Ehefrau etwas mitzuteilen, verabschiedeten sich und stiegen in den Dienstwagen.
»Ich hatte in meiner Studienzeit mal eine Nachbarin, die Vorgänge in ihrer Straße mit dem Fernrohr beobachtete«, sagte Marco und lachte, »weiße und nicht transparente Gardinen mit Blumenmuster und dazwischen ein schwarzer Kreis, der sich leicht bewegte und bei Lichteinfall Licht reflektierte. Und die hat auch noch gemeint, man sehe sie nicht.«
Henning klopfte sich an die Stirn, dann schnallte er sich an. Marco wollte gerade den Motor anlassen, als Hennings Handy klingelte. Der kommentierte das, was er hörte mit mehrfachen Äußerungen des Erstaunens, bedankte sich, legte auf und behielt das Handy in der Hand. Er warf Marco einen vielsagenden Blick zu:
»Es war die Gerichtsmedizin. So wie es aussieht, hatte ich recht mit meiner Theorie.«
Und gerade, als er Marco den Sachverhalt erläutern wollte, läutete wieder das Telefon, diesmal war es Marcos Handy. Auch die Spurensicherung hatte etwas gefunden.

Es sah nicht nur so aus, dass Henning recht hatte mit seiner Theorie, sondern dass Marco nun auch alleine in die Galerie fahren musste, denn Henning hatte aufgrund der neuesten Erkenntnisse zu tun. Sie blieben noch kurz in Marcos Dienstwagen sitzen, um die Nachricht zu verdauen, die sie eben erhalten hatten. Einerseits der Gerichtsmediziner: Offensichtlich war Jürgen Wegerer in Liebesdingen recht aktiv gewesen, so wie es Henning bereits in der Beschreibung seines Freundes angedeutet hatte. Es sah nämlich danach aus, dass er nicht lange bevor er sterben musste, drei Hämatome verpasst bekommen hatte, und zwar vom Bauch rechts vom Nabel ausgehend in Richtung Leistengegend. Die Umgangssprache bezeichnete diese als Knutschflecken. Deswegen hatten sie jetzt nicht nur das Problem, der Ehefrau die Nachricht vom Tod ihres Mannes überbringen, sondern wenig später auch noch dieses heikle Thema ansprechen zu müssen. Oder besser: Er allein hatte das Problem. Zu hoffen, dass die Hämatome von ihr kamen, und zu hoffen, dass er die richtige Wortwahl fand, diskret diesen Sachverhalt zu eruieren. Denn die Haare, welche andererseits die Spurensicherung im Audi gefunden hatte, waren sicher nicht von ihr, wie Henning bestätigte, der die Galeristin wenig zuvor im Segelfliegerverein mit ihrem Mann gesehen hatte. Es galt nur zu hoffen, dass die langen schwarzen und leicht gelockten Haare sowie die anderen langen glatten rotblonden von dem Kopf einer Schülerin stammten, die Wegerer ganz harmlos nach Hause begleitet hatte.
Es war schon so alles schlimm genug für die Witwe.
»Na denn, Marco, da wünsche ich dir mal gute Nerven für die Galerie«, sagte Henning, wobei er betonte, wie sehr er mit seinen Aufgaben im Team beschäftigt war. Und ehe sich Marco versah, war Kollege van Dalen aus dem Wagen verschwunden.

Marco kannte die Galerie. Sie befand sich an einer der besten Adressen Heidenheims. Er war schon einmal dort gewesen, mit Silvie, als er sie noch als seine Freundin bezeichnen durfte. Sie wollte damals ihre Bilder dort unterbringen. Richtig fein gemacht hatte sie sich für diese Gelegenheit und ihre Kleider aus den 70er-Jahren, die sie auf Flohmärkten zu erwerben pflegte, gegen einen Hosenanzug ausgetauscht, der ihre zierliche Figur auf eine ungewohnt elegante Weise kleidete. Stand ihr echt gut, so wie auch die Frisur: Ihr hennabraunes langes Haar war bis auf eine kleine Strähne unter dem Kinn in einem Knoten zusammengebunden.

Und so betraten sie die Galerie, er hielt ihr die Tür auf und sie kam ihm hinterher mit diesem freudigen Lächeln in ihren großen braunen Augen und um den rot geschminkten Mund. Doch die Fröhlichkeit, fast Koketterie, mit der sie ihn, Marco, bedacht hatte, wich in den Galerieräumen selber einer unglaublichen Arroganz, wie er sie an ihr noch nie erlebt hatte. Wahrscheinlich war sie aber nur unsicher. Jedenfalls kam ihr Gehabe einer großen Künstlerin, die gnädigerweise ihre Werke in der Galerie Rottgardt ausstellen wollte, dort nicht so gut an. Sie war richtig abgeblitzt bei dem jungen Herrn, der den Kunsttempel hütete, denn von der Galeristin selber war die ganze Zeit über nichts zu sehen gewesen.

Denn dieser Angestellte nahm es sich heraus, nur einen kurzen Blick auf Silvies Mappe zu werfen, und seine Meinung über ihre Kunst mit einem Lächeln, das nur in einer Gesichtshälfte zuckte, zu quittieren.

»Hm, Stillleben mit Schnittblumen, sehr originell. Aber ich glaube nicht ganz, dass unsere Kunden so etwas schätzen. Unsere Chefin auch nicht, bis jetzt gab es hier noch nie Rosengemälde oder irgendwas anderes aus der Botanik.«

Silvie starrte ihn daraufhin an und fuhr mit zitternden Fingern durch ihre Mappe.

»Es gibt ja nicht nur Blumen, da, hier habe ich auch noch Motive der Vanitas dabei!«, wobei sie auf ein Stillleben mit einem Totenschädel neben einer Geige tippte. Der Verkäufer sah Silvie mit einem leeren Blick an und schwieg, während Marco sich in dieses Schweigen hinein fragte, was Eitelkeit, denn soweit konnte er den von Silvie verwendeten lateinischen Begriff über seine Italienisch-Kenntnisse ableiten, mit Totenköpfen zu tun hatte. Silvie schien auf eine Reaktion zu warten, woraufhin der Mann ihr einen Blick sandte, der sehr darum bemüht war, seine Langeweile zum Ausdruck zu bringen.

»Sie können die Mappe ja mal hierlassen, dann kann Frau Rottgardt selber drauf schauen.«

Als Antwort klappte Silvie besagtes Objekt zusammen und klemmte es unter die Arme, dann hob sie den Kopf:

»Ich glaube nicht, dass ich hierher passe oder besser: hierher passen will«, sagte sie noch, bevor sie grußlos aus der Galerie stolzierte. Marco konnte ihr nur noch folgen, er versuchte ein Achselzucken in Richtung des Verkäufers, der den Gruß mit der Hand erwiderte und ein Lächeln andeutete. Im Prinzip war sie selber daran schuld, dass sie mit ihrer Kunst so abgeblitzt war, auch wenn sie Marco damals leidtat, als sie heulend im Auto neben ihm saß und zwischen lauten Schluchzern mit den Fäusten auf die Handschuhablage losging. Und sich erst durch Marcos Hände beruhigen ließ, die ihre ergriffen und festhielten. Mit ihren Fingern in den seinen strich sie ihm schließlich übers Gesicht und küsste ihn mit einer Sanftheit auf den Mund, die kurz zuvor nicht möglich erschienen wäre. Verrückte Frau. Und verrückte Gedanken. Und er zwang sich, all dies für den Moment wegzustecken.

Die Tür öffnete sich automatisch, und er stand wieder in diesem Tempel der Kunst, der Normalsterbliche mit Preisen abschreckte, die im Astronomischen schwebten. Dies-

mal hütete eine Frau die Galerie. Sie trug einen Hosenanzug in einem schimmernden schwarzen Stoff, gutes Tuch, das ganz nach gut betucht aussah, und rote Stöckelschuhe, die für Marcos Geschmack überhaupt nicht zum Anzug passten, aber wohl farblich die Bilder symbolisieren sollten, die an der Wand hingen. Corporate Identity mit schwarzer Tinte und roten Punkten auf irgendwelchen Leinwänden. Und mit den Preisen, für welche die Galerie Rottgardt bekannt war, wie Marco ein kurzer Blick in Richtung der Bilder bestätigte.
Nach der Beschreibung, die Henning von der Witwe gegeben hatte, konnte die Frau unmöglich Inge Wegerer sein, dafür war sie etwa ein Jahrzehnt zu alt und rund 20 Zentimeter zu klein. Aber auf ihre Weise genauso gepflegt und gestylt wie die Inhaberin laut Henning war. Ihre Haut war sehr glatt und sah nach teurer Pflege aus und ihr leicht gewelltes mittellanges Haar verriet nicht, ob es in einem Naturbraun oder einem gefärbten Ton glänzte.
Marco stellte sich vor und nestelte dabei seinen Ausweis aus der Tasche seines hellen Sommerjacketts und fragte nach Inge Rottgardt-Wegerer.
»Ingrid, nicht Inge, Ingrid ist ihr richtiger Name«, kam als Antwort, wobei die Frau seine Daten genauer überprüfte, als er erwartet hätte, dann sah sie ihn an und in ihrem Blick blitzte ein Irgendetwas zwischen Neugier und Zurückhaltung auf.
»Ist sie da?«, fragte Marco, um die Inspektion abzukürzen.
»Nein, sie kommt erst heute Abend zurück und dann kommt sie auch nicht hierher. Worum geht es denn? Kann ich ihr etwas ausrichten? Ich bin ihre Tante, Helga Wiedemann.«
Sie lachte, als sie sein Erstaunen bemerkte, und erklärte, dass sie die jüngste Schwester von Jürgen Wegerers Vater sei, eine Nachzüglerin und altersmäßig daher eher in der Generation ihres Neffen anzusiedeln, zwischen Wegerer

und ihr lägen gerade einmal acht Jahre. Dann sah sie auf und ihr Lachen verstummte.
»Ist etwas passiert?«, fragte sie und ihrer Stimme war der Anflug von Angst anzuhören.
»Ja«, antwortete Marco und atmete kurz durch, tief durch, »ich muss Ihnen eine traurige Mitteilung überbringen.«
»Oh Gott, was ist los?«
Und dann sagte er ihr, was er sagen musste.

Sie nahm es mit großer Fassung auf, es war, als sei sie in sich zusammengesunken, erstarrt, zu einer Skulptur erstarrt, die nichts anderes ausdrückte als Trauer und Schmerz. Und dann kamen all die Fragen, die Marco noch nie in dieser kurzen Zeit nach Entdeckung einer Tat hatte beantworten können, Fragen nach dem Motiv und dem Täter. Nur der Frage nach den Umständen der Tat konnte er nachkommen. Sie nickte und ihr Blick schweifte in Gedanken ab. Schließlich stellte er die Fragen, die er zu stellen hatte, fragte nach möglichen Feinden und ob jemand Jürgen Wegerer gehasst haben könnte, tastete sich an die Frage nach dem Gegenteil hin, inwiefern und von wie vielen er geliebt wurde.
»Kann es sein, dass Ihr Neffe den Zorn von jemandem auf sich gezogen hat, weil er sehr charmant war und gerne mit Frauen flirtete?«
»Nein«, kam als Antwort mit einer Wucht von Energie und fast Empörung, die sie endgültig aus der Starre löste, in der sie gefangen war, »mein Neffe hat eine bestimmte Grenze nie überschritten und deswegen können Sie so etwas ausschließen. Und außerdem, wer sagt denn so was und auch noch jetzt, wo er tot ist?«
Marco war einer Antwort ausgewichen und hatte einfach nur noch nach dem Verbleib der Ehefrau gefragt und da-

nach, wann er sie persönlich erreichen könnte. Sie hätte zu einer Galerie nach Hannover fahren müssen, sie sei am Freitag schon losgefahren, hätte dort übernachtet und würde gegen Abend wieder eintreffen, aber zu Hause, nicht in ihrer Galerie. Bei der Adresse, die Marco bekannt war, und sie erwartete dort natürlich ihren Mann. Bei diesem Gedanken seufzte Helga Wiedemann auf, es hörte sich wie ein unterdrückter Schluchzer an, dann sah sie auf die Uhr und nannte ihm die mögliche Zeit der Rückkehr von Ingrid Wegerer und sagte, sie würde auf jeden Fall auch da sein, denn es sei nicht absehbar, wie die Witwe auf diesen Schlag reagieren würde.
»Ich möchte ihr nicht zumuten, dass sie ihn identifiziert, das mache ich«, sagte sie schließlich, griff sich Jacke und Tasche, hing ein Schild in die Tür »Vorübergehend geschlossen« und verriegelte die Galerie.
Sie waren gerade auf dem Weg zum Auto, als Marcos Handy klingelte. Es war die Spurensicherung, die mit der Untersuchung von Wegerers Auto fertig war. In Helga Wiedemanns Blick blitzte Neugierde auf und sie verkniff sich wohl eine Frage. Doch diese hätte er auch nie in dem Moment beantwortet, so schnell würde er ihr nicht sagen, was sie in dem A5 gefunden hatten. Es war alles schon schlimm genug.

Sie bestätigte schließlich ernst und still Jürgen Wegerers Identität und setzte sich dann auf einen Stuhl, auf dem sie eine ganze Weile mit geschlossenen Augen und leicht gesenktem Kopf sitzen blieb. Dann sah sie auf, sah Marco an mit all diesem Wasser in ihren Augen, als suchte sie bei ihm, einem Fremden Halt, den er ihr auch geben wollte. Er bot ihr seinen Arm, an dem sie sich hochzog und von dem sie sich aus dem Raum mit den weißen Kacheln führen ließ.
»Das ist menschenunwürdig«, sagte sie, »diesen Tod hat er nicht verdient, so etwas hat niemand verdient.«

»Nein«, sagte Marco, auch wenn er das Gefühl hatte, dass alles, was er sagte, sich nur leer und hohl anhörte, und doch, wenn Helga Wiedemann irgendwie reden wollte, musste er irgendwie antworten. Als er sie nach Hause brachte, saß Wegerers Tante auf dem Beifahrersitz und starrte aus dem Fenster. Marco, der ab und zu nach ihr schaute, sah nichts als ihr Profil, das auch in ihrem Alter einer Mittfünfzigerin sehr hübsch war und etwas Junges an sich hatte mit der kleinen Nase, die in die Luft stupste, und dem großen Mund, der in seinem Kummer von der Seite wirkte, als schmollte er.
Als Marco vor ihrer Haustür einparkte, fand er sie so weit gefasst, dass er beschloss, die Frage zu stellen, die er irgendwann noch stellen musste. Nämlich die, wie sie es sich erklären konnte, dass Herr Wegerer in seinem Wagen Geschlechtsverkehr hatte, denn entsprechende Spuren wären dort gefunden worden.
Sie starrte ihn dabei an, als hätte er seinen Verstand verloren, und es sah aus, als wollte sie ihn schlagen oder ihm ins Gesicht springen.
»Tut mir leid, dass diese Tatsache Ihre vorherigen Äußerungen so stark in ein ganz anderes Bild rückt, auch wenn es nicht zwangsweise heißen muss, dass er eine Geliebte hatte.«
»Was denn sonst?«
Marco seufzte und gab mit einer Handbewegung und gleichzeitigem Schulterzucken zu verstehen, dass es durchaus Alternativen gab. Sie schwieg und dachte nach.
»Im besten Fall war es ein romantisches Stelldichein unter Eheleuten. Im Auto, oder?«
»Ja.«
»Sie werden diese Frage meiner Nichte auf keinen Fall stellen, nicht wahr? Zumindest nicht so schnell.«
»Deswegen frage ich jetzt Sie. Vielleicht fällt Ihnen ja doch eine Frau ein, die als Geliebte Ihres Neffen infrage käme. Dann käme vielleicht ein eifersüchtiger Ehemann infrage. Verstehen Sie?«

Sie versuchte vielleicht ein kurzes Lächeln, denn ihre Mundwinkel zuckten, und sie sah nicht mehr zornig aus.
»Ich weiß doch, dass Sie mich nicht ärgern wollten«, sagte sie dann, »aber ich empfand das jetzt einfach als geschmacklos, wissen Sie?«
Marco nickte und sagte, ihm würde alles so leidtun. Woraufhin sie auf die Uhr schaute und ihn bat, sie anzurufen, kurz bevor er an Frau Wegerers Haustür klingelte.
»Ich muss ihr unbedingt helfen, ich muss unbedingt bei ihr sein. Es ist alles so schlimm.«
Marco schaute sie an und bekräftigte sein Versprechen, wobei er daran dachte, wie nichtig und überflüssig und wichtig Worte alles in allem sein konnten. Ja, es war einfach schlimm.

Es kam noch schlimmer, als sie befürchtet hatten. Sie mussten einen Arzt rufen. Ingrid Wegerer war vor ihren Augen zusammengebrochen und Marco, Bernd und Henning waren froh, dass Helga Wiedemann anwesend war und über Nacht bei der Witwe bleiben würde. Am nächsten Morgen würden sie erneut versuchen, mit Frau Wegerer zu reden, Informationen zu bekommen über den Toten, der einmal ihr Mann gewesen war. Arme Frau. Sie musste ihn sehr geliebt haben, das hatte Wegerers Tante auch mehrfach betont. Ob es umgekehrt auch so war, blieb im Nachhinein zu hoffen, für die Frau, die diesen Verlust tragen musste, und für die Erkenntnisse, die die Klärung des Falls nach sich zogen. Wie zum Beispiel die als heikel zu behandelnden Ergebnisse der kriminaltechnischen Untersuchung von Wegerers Wagen. Sperma, eindeutig dem Toten zuzuordnen. Sowie ein großer Mix an fremden DNA-Materialien. Aber die Ehefrau war beim Sex im Auto nicht auszuschließen, trotz der Existenz eines gemeinsamen Heims und daher auch Schlafzimmers. Aber danach konnte Marco sie selber noch nicht fragen, das wusste er auch ohne Helga Wiedemann. Irgendwann aber musste er das fragen, das war auch klar, aber irgendwann war noch weit weg. Das waren die letzten Erkenntnisse an diesem Tag, der sie alle so umgetrieben hatte. Jeder von ihnen würde seine Gedanken mit nach Hause nehmen und ein bisschen abzuschalten versuchen.

Es war Nacht geworden, und Marco saß in der Stille dieses Samstagabends in seiner Wohnung in Nattheim und versuchte, seine Gedanken zu ordnen, die sich immer und immer wieder um den Zusammenbruch der Ehefrau und die Bilder vom Parkplatz unter dieser Höhle kreisten. Eine Jagdwaffe, eine Flinte, fast wie bei der Mafia. Lupara hieß eine der berüchtigten Waffen, die ursprünglich zur Wolfsjagd verwendet wurden. Da sie mit ihren verkürzten Läufen nicht viel größer als eine Pistole war, konnte sie in der Kleidung versteckt werden. Den verwendeten Schrotkugeln verhalf sie aufgrund der kurzen Läufe zu einer verheerenden Streuung. Marco hatte Bilder der Opfer gesehen. Das sah noch einmal eine ganze Spur anders aus als da unten im Lonetal. Wenn man überhaupt die Wirkung der Lupara sah, denn eine weitere Art des Einsatzes dieser Waffe mündete in dem in Italien unter Lupara Bianca bekannten Verbrechen, der Weißen Lupara: Das Opfer löste sich in nichts auf, war unauffindbar.
Doch Sizilien war weit weg und auch Sardinien, letztere Insel die Heimat seines Vaters und auch seine, Marcos Heimat, wie er nach einem langen Prozess der Identitätsfindung erkannt hatte. Zwischen Deutschland und Italien

aufgewachsen sprach er beide Sprachen und hatte auch etwas von beiden Mentalitäten in sich. Als Staatsbürgerschaft hatte er nur eine, die seiner deutschen Mutter, dazu musste er sich entscheiden, als er vor über 20 Jahren die Laufbahn bei der hiesigen Polizei eingeschlagen hatte. Sein Vater hatte diese Wahl selbst nach all den Jahren nie akzeptiert und tat jede Bemerkung Marcos, er sei Sarde im Kopf, mit einer Handbewegung ab. Vielleicht hatte der Alte auch recht, denn oft wusste Marco selber nicht, ob er Italiener oder Schwabe oder sonst etwas war. Sein Vater war natürlich Sarde, doch das Sardinien, das der vor Augen hatte, gab es nicht mehr. Es war nur eine Insel in seinem sturen Kopf, ein isoliertes Etwas, das sich im Hirn des Ausgewanderten als das ewig verlorene Paradies der Herkunft festsetzte. Als Zufluchtsort und Ausgleich für das, was man in der Ferne erlitt. Was man vielleicht auch in der Nähe erlitten hätte, wäre man geblieben, aber an vielem Unbill darf einfach die Fremde schuld sein. Die Fremde, die nah geworden war, und Alltag und eine Form zu leben, an die man sich längst gewöhnt hatte. Marcos Vater würde letzteren Sachverhalt aber nie zugeben, er wäre immer noch bereit, nach Sardinien zurückzuziehen, jetzt im Rentenstand.
Schuld daran, warum sie immer noch in Ligurien lebten und ein Haus in einem Tal bei Genua sanierten, war Marcos Mutter Lore, die sich standhaft weigerte, den Kontinent zu verlassen, um auf eine Insel zu ziehen. Das war die offizielle Version, die Lore gerne auf ihre Schultern nahm, die inoffizielle wusste der alte Steinkopf selber: Er könnte sich nicht mehr in den Lebensstil seiner alten Heimat eingliedern. So war das.
Marco lächelte und stand auf, froh, dass seine Gedanken eine Richtung genommen hatten, die zum ersten Mal an dem Tag in Richtung einer Privatsphäre gingen, den Rest hatte nur Arbeit, Arbeit und wieder Arbeit belegt. Auch wenn im Moment seine Privatsphäre eine große Lücke an

der Stelle aufwies, die bis vor Kurzem noch Silvie belegte, doch dieses Thema war wieder eines der unangenehmeren Art und er ließ es in Gedanken fallen wie der Baum den wurmstichigen Apfel, unreif und doch bald Matsch. Ja, genau das war es, das Bild passte, in der ganzen Beziehung war der Wurm drin gewesen, weil die Zeit für beide noch nicht reif war. Was nicht ist, konnte noch werden. Immer. Es musste wieder werden, dachte er. Er ging ins Bett und fiel in einen tiefen Schlaf ohne Bilder und ohne Träume.

Am nächsten Morgen öffnete Helga Wiedemann die Tür des Flachbaus aus den 70er-Jahren. Sie begrüßte ihn und Henning in der Diele und führte sie diesmal geradeaus durch eine kleinere Einbauküche. Diese war im Stil so, wie man sie überall sah, Massenware aus dem Möbelhaus, hier in den Farben grau und weiß, und wie im Möbelhaus geruchlos und völlig unbewohnt. Nicht mal ein Apfel war in irgendeinem Korb oder auf irgendeiner Ablage zu sehen. Hinter der Küche schloss ein sehr heller Raum an, dessen Zugang Ingrid Wegerer versperrte, bewachte oder einfach nur flankierte.

Sie war groß, größer noch, als Marco sie vom vorigen Tag her in Erinnerung hatte, übertraf fast seine Größe, die trotz sardischer Herkunft mit einem stolzen Meter einundachtzig im Personalausweis aufwarten konnte.

Vielleicht wirkte sie auch nur so, weil sie so schmal war und so kerzengerade dastand wie jemand, der Haltung bewahren wollte oder diese auch nur dringend suchte. Ihr Gesicht war bleich und ungeschminkt und ihre Augen so kühl und blau wie das Meer im Norden, von dem sie stammte. Sie strich sich durch die dünnen Haare, die ihr strähnig und aschblond bis zum Kinn hingen, hier und da von hellen

Strähnen durchsetzt als Zeichen eines Versuchs, der Natur farblich nachzuhelfen. Sie nickte zum Gruß und gab ihnen mit der Hand zu verstehen, ihr in den Raum zu folgen und Platz zu nehmen.

Was sie dort erwartete war bombastisch und hatte nichts mit dem gemeinsam, was Marco je in anderen Privathaushalten als Wohnzimmer gesehen hatte. Auch Henning schien es die Sprache verschlagen zu haben, er sah sich in einer 360-Grad-Drehung um. Vor ihnen lag eine atemberaubende Kombination von hellen warmen Naturfarben und gelben Wänden, die an Vanille denken ließen, mit Möbeln und einer Einrichtung in einem Schnitt aus Europa und Exotik, selbst ein Duft im Zimmer entsprach dem Stil. Undefinierbar würzig und fruchtig und in sich harmonisch mit einem Unterton aus Zimt. Der Raum hatte etwas von dem Atelier eines Künstlers, und er war mit der Bravour eines Künstlers gestaltet worden. Der Fußboden bestand aus sandfarbenen und dunkelbraunen Fliesen, die ein gleichmäßiges Karo ergaben und ihre Farbigkeit in dem Paisley-Muster einer Sesselgruppe reflektierten. Ein helles Bild, das fast eine Wand bedeckte und bis auf ein paar dunklere Kreise nichts anderes darstellte als sich selbst, kontrastierte mit Skulpturen aus einem Material, das so schwarz war, dass es nur Ebenholz sein konnte. Und eben so etwas stand auch im Raum: Afrika, Kolonialismus. Ausdruck eines unglaublich geschickten Händchens, Ausdruck von Kunst.

Sie setzten sich beide in die freien Sessel der Dreiergruppe, wo Ingrid Wegerer bereits Platz genommen hatte und mit dem Blick auf den Boden wartete, nachdachte oder trauerte. Dann hob sie den Kopf und starrte in Richtung des Lichts eines der großen Fenster, drehte ihn dann mit einem Ruck und sah die Polizisten an. Der Blick führte in ihr Inneres hinein und kurz, nur ganz kurz flammte in ihren Augen ein Schmerz auf, der so stark war, dass er Marco selber wehtat.

Dann schloss sie die Augen. Als sie diese wieder öffnete, gaben sie keinen Zugang mehr zu ihrer Verfassung.
»Frau Wegerer?«, fragte Marco, »dürfen wir Ihnen jetzt ein paar Fragen stellen?«
Sie antwortete nicht, sondern fing an, mit dem Nagel ihres rechten Zeigefingers die Nagelhaut seines Pendants auf der linken Seite aufzukratzen, hielt plötzlich inne.
»Ich muss ihn sehen.«
»Sind Sie sicher? Ihre Tante hat Ihren Mann bereits identifiziert. Es wäre vielleicht besser…«
»Ich will ihn sehen.« Ihren Worten schwang eine Entschiedenheit mit, die sich wie eine Drohung anhörte. Marco sah sich um. Helga Wiedemann war verschwunden oder nicht offiziell anwesend, dann sagte er:
»Gut. Sie können ihn natürlich sehen.«
Sie schwieg und schien nicht zuzuhören. Ihre Finger hatten sich wieder selbstständig gemacht, sie hielt die Hände wie zum Gebet, zu einem katholischen Gebet, die Handflächen offen, ihre Fingerkuppen zitterten.
»Wer hat das getan? Und warum?«, fragte sie.
»Wissen Sie, ob er Feinde hatte?«
»Feinde? Jürgen?«
Sie sah auf und schien, wie auch er, die Hilfe von Frau Wiedemann zu suchen, die sogleich aus der Küche auftauchte und den Kopf schüttelte, sichtbar und spürbar zu Ingrid Wegerers Erleichterung, die nickte, mehrfach nickte und dann aufsah:
»Ich weiß nichts von Feinden und Jürgens Tante auch nicht. Wir haben uns den Kopf darüber zerbrochen, die halbe Nacht. Es gibt keine Feinde. Und es gibt auch keine anderen Frauen.«
Sie hob den Kopf in einer Geste zwischen Abwehrhaltung und Stolz und sah zuerst Marco und dann Henning an.
»Ja, meine Tante hat mir gesagt, Sie meinten, mein Mann könnte eine Geliebte gehabt haben. Aber das können Sie

ausschließen, Jürgen hat eine gewisse Grenze nie überschritten, es blieb immer nur bei reiner Freundschaft. Und er hatte viele Freunde, viele, keine Feinde.«
Ihre Stimme hatte einen lauten und heftigen Unterton und hörte sich an, als wollte sie die Tatsachen beschwören, so zu sein, wie sie sie schilderte. Marco warf Henning einen kurzen Blick zu, eine Frage, die der beantwortete, indem er mit der Schulter zuckte. Beide waren sie erstaunt, dass die Witwe von sich aus das Thema mit den anderen Frauen ansprach, aber aufgrund der Heftigkeit der Reaktion war es jetzt zu früh, da nachzuhaken. Außerdem war ihre Aussage eindeutig, Jürgen Wegerer war nicht fremdgegangen.
»Wann haben Sie Ihren Mann zum letzten Mal gesehen oder gehört?«, fragte Henning.
»Freitag früh, da haben wir zusammen gefrühstückt, gehört haben wir uns nicht mehr, ich habe es ab dem Abend dann versucht, auch noch von unterwegs bis mitten in die Nacht. Er ging nicht ans Telefon. Konnte ja nicht mehr…«
Es folgte ein Schluchzer, kurz wie ein Aufschrei, der gleich unterdrückt wurde. Und sie stand auf, ging zum Fenster und schüttelte den Kopf, dann blieb sie mit dem Rücken zu ihnen stehen, eine ganze Zeit lang verharrt in Schweigen, starrte abwechselnd auf irgendwas im Garten und dann wieder auf irgendwas am Himmel. Schließlich drehte sie sich um.
»Was Feinde oder Animositäten anbetrifft, das gab es am ehesten an Jürgens Arbeitsplatz, der Schule, natürlich Auseinandersetzungen mit Schülern, Probleme wegen Noten, klar. Vielleicht auch Meinungsverschiedenheiten mit einem Kollegen? Aber Jürgen hatte es immer gut im Griff.«
Marco wartete, denn sie schien nachzudenken.
»Bis auf eines, neulich, da war er mal richtig sauer, aber das war auch nur ein dummer Streich. Es war die Sache mit den Mohrenköpfen.«
»Aha«, sagte Marco, »was war da?«

»Ach, soweit ich das mitbekommen habe, hatte mein Mann ein paar Schüler erwischt, wie sie sich in der Pause im Klassenzimmer Mohrenköpfe zugeworfen haben. Ein paar davon fielen auf den Boden und dann gab es richtigen Ärger für die Jungs.«

»Wirklich?«, fragte Henning, »so was haben wir doch auch gemacht.«

»Ja? Aber wenn, dann auf dem Pausenhof und nicht in einem Klassenzimmer mit Teppichboden.«

»Teppichboden im Klassenzimmer?«, fragte Marco und schüttelte den Kopf.

»Ja, und hineingetreten sind sie dann auch noch. Richtig Arbeit für die Putzfrau.«

»Hm. Und was ist dann passiert?«

»Es gab einen Disziplinarausschuss wegen Vandalismus im Klassenzimmer.«

»Aha, und was bedeutet das genau?«

»Das ist so etwas wie ein schulinternes Gerichtsverfahren.«

»Wegen Mohrenköpfen?«, fragte Henning.

»Ja. Mein Mann hat mir immer erklärt, dass das eine erzieherische Maßnahmen sei.«

»Da kann man ja nur hoffen, dass diese Maßnahme gefruchtet hat.«

»Wie auch immer«, sagte sie und hörte sich dabei in ihrer Sprechweise noch nördlicher an als Henning, der sich schon immer als extremes Nordlicht bezeichnet hatte, »was ich letzten Endes sagen will, ist, Jürgens Wagen, ein brandneuer Audi, war eines Morgens mit Mohrenköpfen verschmiert, mindestens eine Großpackung. Das muss in der Nacht geschehen sein, als er den Wagen mal draußen stehen ließ. Mein Mann war sehr erbost darüber.«

»Und er ging davon aus, dass es einer dieser Schüler war.«

»Ja, aber letzten Endes hatte er keine Beweise und zum Glück ging diese Pampe auch wieder gut weg, ohne Kratzer.«

»Gab es noch andere Vorkommnisse in der Art, Ärger?«
»Ich denke schon, aber Jürgen sprach nie darüber, nur in dem einen Fall, ich hatte schließlich den besudelten Wagen gesehen. Sie müssen den Rektor fragen, wenn Sie mehr wissen wollen, den Hans Dombart.«
Marco und Henning standen auf, und verabschiedeten sich von ihr und der Tante Wegerers, die wieder in der Diele stand. Es war nicht mehr die Rede davon, dass Ingrid Wegerer ihren Mann sehen wollte.

Als sie nach dem Gespräch mit der Witwe wieder im Wagen saßen, klingelte Marcos Handy und eine tiefe, freundliche Stimme meldete sich mit dem Namen Bayer und begrüßte ihn, den Herrn Hauptkommissar. Mehr die Stimme als der Name gaben Marco zu verstehen, dass er mit dem netten Polizisten von der örtlichen Polizei sprach, der am Morgen zuvor auch am Tatort gewesen war.
»Sie haben bestimmt Informationen eingeholt«, sagte Marco gleich nach der Begrüßung, um zu verstehen zu geben, dass er sich sehr wohl erinnerte.
»Ja, genau, Herr Fois. Gerade komme ich vom letzten Stammtisch, dem vom Sonntagmorgen im Hirsch in Stetten.«
Es folgte ein Schweigen.
»Ja?«, sagte Marco, der bedeutungsschwangere Pausen gerne abkürzte.
»Also, da saßen fast zwanzig Leute und die haben alle einstimmig gesagt, dass am Freitagabend in der Dämmerung das halbe Dorf unterwegs war, um einer hübschen jungen Frau zu helfen, deren Auto in einem Straßengraben gelandet war. Beziehungsweise einer half mit seinem Traktor und die anderen sahen zu.«
Bayer sagte das sehr trocken, fast so, als wollte er ein gewisses Amüsement, das er bei dieser Aussage empfand, verstecken.

»Dann war die Frau sehr hübsch«, sagte Marco.
»Ja, oder die hatten am Freitagabend einfach nichts zu tun.«
»Verstehe. Und wo war das genau?«
»Auf der Straße zwischen Stetten und Asselfingen, das ist also genau die andere Richtung von Stetten aus gesehen.«
»Hm.«
»Ach ja, und noch etwas, die Hälfte von der Hälfte vom Hilfstrupp wiederum hat dann am nächsten Morgen nach einem Reh gesucht, das verletzt wurde, als die junge Frau im Graben landete. Das war nämlich ein Wildunfall. Die sind schon früh am Morgen los. Oder spät in der Nacht, je nachdem wie man es sieht. Da sind nämlich vier junge Burschen in der Morgendämmerung in den Wald, nachdem sie die Nacht durchgemacht hatten. Wie Sie sagten, Herr Fois, es ging da um eine sehr hübsche junge Frau, aber von einem verletzten Reh keine Spur.«
»Wo ist der Wald?«
»Auch Richtung Asselfingen. Keiner von denen kam weder am Freitagabend noch am nächsten Morgen in Richtung des Tatortes, daher hat keiner auch nur das Geringste mitbekommen. Und das gilt für die anderen Ortschaften genauso. Auch ohne Frau und ohne Reh.«
Marco lachte und hörte sich dann die Liste der Ortschaften an, in denen Bayer nachgehakt hatte, und dankte. Der Mann hatte eine super Arbeit geleistet, was Marco ihm auch sagte, bevor sie das Gespräch beendeten.
»Was für eine Frau, was für ein Reh und welche Begeisterung?«, knurrte Henning und ließ sich dann die Erklärung für alle drei Phänomene kurz zusammenfassen. Danach gab er zu verstehen, dass die Arbeit Bayers hervorragend war, dass man aber immer noch auf mögliche andere Zeugen setzen müsste. So erhoffte sich Henning viel von der Zeitungsmitteilung, die am Montag herauskommen würde.

Gerade als Marco am Spätnachmittag in seiner Wohnung eine Portion Spätzle gegessen hatte und sich kurz hinlegen wollte, klingelte das Telefon. Es war die Festnetz-Nummer von Bernd Meier.
»Treffer!«, tönte der gleich ins Telefon, ohne sich mit einem Begrüßungszeremoniell abzugeben, »ich habe was über den Reifenabdruck herausbekommen. Das heißt der Wagen ist identifiziert.«
Marco, der zu müde war, sich auf Bernds Begeisterungen einzulassen, beschloss, den neuesten Gang der Ermittlungen gleich auf das Wesentliche zu reduzieren:
»Aha. Kommt der Fahrer für die Tat infrage?«
»Nein, nein, überhaupt nicht, er hat sogar ein Alibi.«
»Hm.«
»Sag mal, störe ich gerade? Scheint dich gar nicht zu interessieren.«
Marco beteuerte, dass ihn Bernds Erkenntnisse sehr interessierten, und besänftigte ihn mit der Erklärung, er habe seinen Mittagskaffee noch nicht zu sich genommen. Wobei Kollege Meier, gleich wieder sehr kooperativ, mitteilte, man könnte doch zufrieden sein, wenn schon einmal die Spur des Reifenabdrucks ausgeschlossen werden könnte. Des Weiteren kam natürlich eine genaue Erläuterung, warum man diese Spur auszuschließen hätte: Er, Bernd, habe sich in seinem Dorf, das bekanntermaßen nicht weit vom Tatort entfernt sei, bei den ihm bekannten Besitzern von Geländewagen umgehört, ob einer derselben am Freitag oder gar Freitagabend auf dem Parkplatz unterhalb der Vogelherdhöhle herumgefahren wäre. Er hatte dabei zwar nur zwei der vier einschlägig bekannten Geländewagenbesitzer im Laufe des Tages erreicht, was aber nicht wichtig war, denn der zweite, Fahrer eines Jeeps, gab ihm gleich einen wichtigen Hinweis. Dass nämlich jemand in Bissingen, zwei Kilometer westlich des Tatorts, genau denselben Jeep wie er fuhr, aber mit Silverstone Xtreme Reifen drauf. Es folg-

ten kurze technische Schilderungen des Wagens, die Marco überhörte, weil sie ihm für den Fortgang der Ermittlungen nicht wesentlich erschienen. Bei den oft regen und überflüssigen Schilderungen des Kollegen, vor allem aus dem Bereich seines Hobbys, des Motorsports, war Marcos Verhalten nichts anderes als mentale Notwehr. Aufmerksam wurde Marco wieder bei der Tatsache, dass der Jeep-Fahrer aus Bissingen offenbar regelmäßig seinen Hund im Lonetal spazieren führte und daher auch regelmäßig seinen Wagen auf dem Wanderparkplatz abstellte.

Es folgten wiederum ausführliche Schilderungen Bernds, wie er an die Adresse des Mannes aus Bissingen gekommen war, bei dem er dann auch klingelte.

»Dieser Robert Metzger war gleich superfreundlich und ganz kooperativ«, ergänzte Meier.

»Aha«, sagte Marco.

»Der hat mich auch gleich zu dem Wagen geführt, ein gelber Jeep Wrangler mit den Silverstone-Reifen, in denen auch noch richtig der Dreck hing, er sagte, er sei noch nicht dazu gekommen, den wegzumachen.«

»Und wann war er im Lonetal?«, fragte Marco.

»Gegen 17 Uhr, begleitet von Freundin und Hund. Um 17.40 Uhr ist er von dort wieder weggefahren, das wusste er genau, weil seine Freundin Stress machte wegen dem Geburtstag ihrer Mutter, zu dem sie eingeladen waren, der begann um sechs und wegen dem Zeitdruck ist Bob Metzger zu weit aus dem Parkplatz rausgefahren, daran hat er sich auch noch erinnert, als wir dort waren. Er kam nämlich mit vor Ort und hat mir genau gezeigt, wo er geparkt hat.«

»Hat er was Besonderes beobachtet im Lonetal um die Zeit?«

»Nichts und rein gar nichts, die beiden sind auf ihrem Spaziergang niemandem begegnet, was ungewöhnlich ist, aber es war so.«

»Hm.«

»All diese Angaben wurden übrigens von der Freundin bestätigt, weil die in der Zwischenzeit eingetroffen war, als wir vom Parkplatz zurückkamen.«
»Na, immerhin sind wir einen Schritt weiter«, sagte Marco, indem er diesem Kommentar noch ein großes Lob für die ausgezeichnete Arbeit von Kollege Meier anfügte und des Weiteren seinen ausführlichen Bericht über das Gespräch mit dem Ortspolizisten Bayer anfügte. Bernd Meier klapperte beim Zuhören mit irgendwelchen Schüsseln, was Marco leicht irritierte und ihn zu der Nachfrage veranlasste, ob der Kollege ihm auch tatsächlich folgen würde.
»Natürlich, natürlich, aber ich muss mir jetzt nebenher was zu essen machen, sonst dreht sich mir noch der Magen um.«
Und so wünschte ihm Marco vorab schon einmal einen guten Appetit. Dann vereinbarten sie, sich am Abend am Parkplatz im Lonetal zu treffen, um sich auf die Lichtverhältnisse in der Dämmerung einzulassen, zu der Zeit also, zu der Jürgen Wegerer erschossen wurde.

Ein paar Stunden später fuhr Marco gegen acht Uhr abends über Hürben Richtung Lonetal, wieder vorbei an einer dieser berühmten Höhlen, wobei er sich bei der, die rechter Hand oben im Hang lag, an riesige Tropfsteine erinnern konnte und daran, dass sie ihren Namen von einer württembergischen Königin hatte. Offensichtlich wurde zumindest dieses Ergebnis des Karstgesteins touristisch aufgewertet, denn auf der anderen Seite der Höhle befanden sich seit Kurzem ein Kinderspielplatz und ein Informationszentrum mit einer auffallenden Architektur. Es sah fast so aus, als hätten die Wikinger dieses Haus aus Holz ins Tal gestellt. Marco fuhr weiter Richtung Lonetal und dachte sich noch, dass er eigentlich Bernd Meier hätte abholen können, denn zwei Kilometer weiter geradeaus lag der Ort Burgberg, der Wohnort Meiers.

Aber so fuhr er direkt vom Präsidium zum Parkplatz, denn dort hatte er nach seiner verspäteten Mittagspause vorbeigeschaut in der Hoffnung, in Heidenheim ermittlungstechnisch neue Informationen zu bekommen. Doch es gab nichts, bis auf ein paar müde und frustrierte Gesichter und den Duft von Kaffee, und sogar Henning van Dalen im Dienst, der unnötigerweise erklärte, er hätte sowieso an dem Tag nicht in die Luft gehen können, denn sein Darm machte ihm Probleme.
Gerade weil das Ziel seiner Fahrt trübe und schwere Gedanken in ihm hervorrufen würde, genoss Marco die Fahrt durch das Lonetal. Der laue Duft des Sommers in der Dämmerung strömte durch das offene Fenster in seinen Wagen.

Der kleine Fluss aus der langen alten Zeit schlängelte sich in den Windungen des Tals, das Wasser nur an manchen Stellen so nah, dass man es zu gluckern vernehmen glaubte, hier und dort mit Inseln aus langen saftigen Gräsern verziert.
Marco parkte seinen Wagen auf dem Wanderparkplatz unterhalb der Vogelherdhöhle, der wieder für die Öffentlichkeit freigegeben war, welche von dieser Tatsache jedoch keinen Gebrauch machte. Marco war der einzige Besucher, auch von dem sonst so pünktlichen Bernd Meier fehlte jede Spur.
So setzte er sich auf die Bank, auf der das Ehepaar Jäger gesessen hatte, und wartete auf seinen Kollegen, der schließlich zehn Minuten später aus dem Vorgängermodell von Jürgen Wegerers Audi stieg, ein Fahrzeug, das er mit Leidenschaft fuhr und pflegte, genau wie sein Äußeres, das ganz unter dem Zeichen von Eitelkeit stand.
So strich er sich wieder einmal, gerade aus dem Auto gestiegen, in einer für ihn typischen Geste die schönen dichten und gepflegten dunklen Haare aus der Stirn in den Hinterkopf zurück. Als Bernd Meier näherkam, erkannte Marco auch noch eine gewisse Verdrießlichkeit, ja direkt

schlechte Laune, die er seit Langem nicht bei seinem Kollegen gesehen hatte.
»Hei, was ist denn los?«, fragte er auch gleich.
»Vergiss es!«, kam als Antwort, »der Sonnenuntergang jedenfalls ist laut Internet um 21.05 Uhr, bezogen auf Süddeutschland.«
»Naja, da sind wir jetzt ja noch ein Weilchen davon entfernt«, sagte Marco betont sachlich als Mitteilung, dass er Bernds Gemütszustand nicht weiter hinterfragen wollte.
»Was machen wir so lange?«, fragte der.
»Ich dachte, wir gehen mal zu der Höhle hoch, wenn sie so bedeutsam ist, wie du gesagt hast.«
»Die Höhle der Eiszeitjäger, du kennst sie gar nicht?«, in der Frage schwang Verwunderung mit.
»Ich glaube nicht, ich war mal bei einer anderen Höhle, auch im Lonetal, es war ein Schulausflug und wir haben in der Höhle Würstchen gegrillt, aber hier war ich noch nicht.«
Marco sah sich in der Gegend um: Ein steiler, steiniger Weg führte zu einer Grotte mit zwei Eingängen, von denen der größere in einer Halle mündete, deren Decke rußgeschwärzt war. Er folgte Bernd zum Außenbereich vor der Höhle, einem Teppich aus Gras und kurzen Sträuchern, aus dem wie weiße Inseln hier und dort Brocken aus löchrigem Kalkgestein ragten.
»Stell dir mal vor, so standen sie hier in der Eiszeit und hielten nach Mammuts Ausschau«, sagte Bernd Meier und hielt die Hand über seine Augen.
Marco war sich bei der Geste unschlüssig, ob Bernd Meier andeuten wollte, er spähe selber nach Großwild, oder ob er schlicht und einfach von der noch starken Abendsonne geblendet war, die ihre Strahlen am Horizont auffächerte.
»Ist wohl ein bisschen zu warm, um sich das vorzustellen. Und die hatten bestimmt auch mehr Wasser«, sagte Marco.
»Spätsommer!«, antwortete Bernd Meier, nahm die Hand von der Stirn und strich sich durch die Haare, wobei sein

Gesichtsausdruck merkwürdigerweise etwas Trotziges bekam, »im Spätsommer führt die Lone hier am Unterlauf wenig und manchmal gar kein Wasser. Was bei der Wiederansiedelung des Bibers nicht einfach war.«
Er sprach leise, so als seien die Worte nur als Ausdruck seiner Gedanken bestimmt. Kollege Meier hatte an dem Abend wirklich merkwürdige Anwandlungen, und so auch jetzt, er drehte den Kopf zu Marco und lachte laut auf.
»Jaja, der Biber. Meine Ex-Frau und mein Schwiegervater waren ganz aktiv im Tierschutz. Das heißt, sie werden es wohl auch noch sein.«
Es geschah selten, dass Bernd Meier seine Ehe erwähnte, aber wie die anderen Male auch mit einem Unterton, der weitere Nachfragen verbot.
»Der Biber war hier in diesen Breiten einmal ausgerottet und jetzt ist er wieder im Kommen, Nag-Nag-Nag, gerade hier im Lonetal.«
»Das ist immerhin eine gute Sache«, sagte Marco redselig, doch Kollege Meier lachte nur boshaft und sagte:
»Nicht für alle Landwirte und nicht für alle Waldbesitzer«, und damit war das Thema für ihn beendet, wie er mit einer Handbewegung andeutete. Marco ließ es nicht dabei bewenden:
»Immerhin ist das bei den Mammuts nicht mehr möglich.«
Ein Kommentar, der ihm einen müden Blick von Kollege Meier als Antwort einbrachte. Doch Marco gab nicht klein bei:
»Ja, Bernd. Die Eiszeitmenschen hätten von so was wie da hinten geträumt, Schießen von einem versteckten Hochstand aus.«
Bernd folgte Marcos Handbewegung und rappelte sich zu einem Kommentar auf:
»Womit wir wohl wieder beim Thema wären, oder?« Dann schaute er auf die Uhr.
»21.03 Uhr. Bald geht die Sonne unter.«

Als ob Marco das nicht selber gesehen hätte, bei dem Lichtschein im Westen, der die ganze Umgebung in graue Schatten tauchte, als hätten sich alle Farben in dem untergehenden Rot konzentriert, um von ihm in die Tiefe gezogen zu werden. Um halb zehn schließlich lag der Wanderparkplatz in vollkommener Dunkelheit. Sie waren sich beide einig: Ein Todeszeitpunkt nach dieser Uhrzeit konnte eher ausgeschlossen werden. Oder sie hatten es mit einem nachterfahrenen Schützen zu tun. Sie waren keinen Schritt weiter. Und die ganze Aktion war unnütz gewesen. Aber das gaben sie voreinander nicht zu.

Marco betrat seine Wohnung in Nattheim, es war stickig und er riss ein paar Fenster auf, halb elf Uhr abends, der Anrufbeantworter blinkte. Er hörte die fröhliche Stimme seiner Mutter, die bedauerte, dass sie ihn nicht persönlich erreicht hatte, ihm aber bei der Gelegenheit einen schönen Sonntagabend wünschte. Für solch einen schönen Abend war es zu spät und auf einen Rückruf hatte er keine Lust.
Ihn plagte der Hunger, und nachdem er keine Lust zu kochen hatte, machte er sich über seine letzten zwei Bananen her, die schon seit einer Woche neben drei Äpfeln einer regionalen Sorte vor sich hin reiften.
Bernd Meier war auch nach Hause gefahren und dachte dort nun bestimmt über seine gescheiterte Ehe nach. Denn beim Abschied auf dem Wanderparkplatz hatte der Kollege noch erzählt, was ihn beschäftigte und diese Laune verursachte: Meiers Ex-Frau Susanne war ihm in Burgberg über den Weg gelaufen, als sie ehemals gemeinsame Bekannte besuchte. Was Bernd deswegen wusste, weil ihr Wagen vor dem Gartentor stand und sie vor der Haustür. Dort wartete sie neben der Klingel auf Einlass. Bernd hatte anscheinend

zuerst Ärger verspürt, weil diese gemeinsamen Bekannten nicht mehr zu seinen gehörten und er das Gefühl hatte, dass bei jedem Besuch über ihn gelästert werden würde. Viel schlimmer war aber noch die Tatsache für den Kollegen gewesen, dass er unter dem leichten Sommerkleid Susannes ein leichtes Bäuchlein erkannt hatte, mit einer straffen Rundung, sie aber ansonsten gleich schlank geblieben war. Bernds Ex-Frau war daher eindeutig schwanger, und das, obwohl sie in ihrer Ehe ganz verbissen gegen Bernds Kinderwunsch gekämpft hatte, mit dem Argument, sie sei von ihrem Charakter her nicht für die Mutterschaft geeignet.
Marco schüttelte bei dem Gedanken daran den Kopf und trat dann auf seinen Balkon, atmete die frische und laue Sommerluft ein, er roch auch nasse Erde. Und tatsächlich, seine Nachbarin hatte ihre Geranien frisch gegossen, sie tropften noch ab, wie Marco mit einem verstohlenen Blick um die Trennwand zwischen beiden Balkonen erkennen konnte. Er zündete sich eine Zigarette an und schaute den wenigen Autos hinterher, die durch die nächtliche Hauptstraße fuhren. Für jeden Scheinwerfer ein neuer Gedanke, der ihm kam und dann weiterfuhr.
Seine Pause mit Silvie und dann Marcos Mutter, die trotz all dieser Ehejahre fröhlich war oder vielleicht gerade deswegen. Bernd und sein Unglück wegen seiner Ex-Frau. All diese Gedanken führten schließlich zu der armen Frau, die ihren Mann verloren hatte, den sie so sehr liebte. Die einzige gute Beziehung, von der Marco an dem Tag gehört hatte, war so grausam getrennt worden.

Sie hat sich oft gefragt, was aus ihrem Leben geworden wäre, hätte sie damals nicht angeboten, die Kinder mitzunehmen. Oder besser, es war die Überlegung, was anders geworden wäre. Der erste Gedanke fühlte sich so hoffnungslos an, als wäre alles unerfüllt geblieben. Das konnte man nicht behaupten, wirklich nicht.

Sie wusste heute nicht mehr, wie sie überhaupt auf dieses Angebot kam, die Nachbarin zu fragen, ob sie ihr die Kinder abnehmen sollte für einen Nachmittag. Vielleicht, weil die Frau immer so müde aussah, ganz das Gegenteil zu dem Nachwuchs, einem Jungen und einem Mädchen, die gerade mal ein Jahr auseinander waren, im ersten und zweiten Schuljahr. Er war blond, sie hatte rothaarige Locken. Es waren nette Kinder gewesen.

Der Tag damals hatte viel versprochen, schon vom Wetter und der Stimmung her. Sommer war es, nicht zu heiß, nur angenehm warm und trocken, und die Kleinen, die sie auf den Ausflug mitgenommen hatte, schwatzen und lachten schon auf der Hinfahrt im Auto. Das Wikingermuseum, das sie besichtigen wollten, hatte kurz zuvor eröffnet. Wie es von der Besucherzahl her aussah, war es schon recht bekannt, aber nicht überlaufen. Es gab Platz um die Vitrinen mit den alten Gefäßen und Schmuckstücken und Hausratsgegenständen. Man konnte auch sehen, wie die Menschen damals ihre Häuser bauten.

»Was ist denn das für ein Kleber, da in den Wänden?«, hatte eines der Kinder gefragt.

»Gips!«, war ihre spontane Antwort, und sie drehte den Kopf, als sie ein leises Lachen neben sich hörte, das von einem Erwachsenen kam, einem Mann mit so viel Humor und Wärme in seinem Blick, dass sie diesen fast körperlich auf sich fühlte. Gleich in dem ersten Moment.

»Das ist Lehm!«, sagte er, und wie er diese Worte sprach, sah sie nur, wie sein Mund sich bewegte, mit einem so sinnlichen Schnitt, als wollte er nicht sprechen, sondern berühren. Es war etwas in seiner Art zu sprechen und zu schauen, an seinem Aussehen, das sie traf wie ein Blitz. Als ob sie in Sekundenschnelle begriffen hätte, dass sie etwas gefunden hatte, das ihr seit Langem fehlte, auch wenn sie davon nichts wusste. Sie spürte Freude in sich, die keinen Platz ließ für den Ärger, den sie unter anderen Umständen empfun-

den hätte, wäre jemand auf die Idee gekommen, über sie zu lachen.
»Gips... Lehm... ja natürlich«, murmelte sie und suchte beim Reden ihre Gedanken zu fassen.
»Ja, natürlich«, wiederholte sie mit lauterer Stimme, »habt ihr gehört? Lehm! Sonst sagt eure Mutter noch, ich hätte euch einen Quatsch erzählt.«
Er stand da, taxierte sie von Kopf bis Fuß, so schnell, dass sie es fast nicht wahrnahm, und sie studierte ihn auch. Er war so groß wie sie, vielleicht eine Idee größer noch, und in ihrem Alter. Wenn man bei jenen jungen Jahren überhaupt von Alter sprechen konnte. Er schwieg, schien nachzudenken für einen Augenblick und strich sich durch die braunen glatten Haare mit einer Geste, die ihr bekannt vorkam. In dem dunklen Braun seines Blicks blitzte Verwunderung, in seinen Lippen spielte ein Lächeln, das nicht enden wollte und ihn beim Schweigen hielt. Als ihr Lächeln und Schweigen für einen Augenblick zu viel wurden, sagte sie:
»Bei mir im Haus wird gerade viel renoviert und bei den Handwerkern, die aus- und eingehen, ist mir spontan Gips eingefallen.«
Er hörte ihr genau zu, und wie es schien, nicht nur ihren Worten, sondern auch, wie sie die Worte sagte.
»Sorry, ich will niemandem zu nahe treten«, sagte er fast als Entschuldigung, in einer Art zu reden, die sich nach geografisch weit weg anhörte. Als Antwort lächelte sie und dachte dabei, dass sie es verdammt gern hätte, dass er ihr nahe treten würde, ganz nah. Ob er das spürte, wusste sie nicht, es gab wieder das unergründliche Lächeln, das kam und wieder verschwand.
»Du bist von hier?«, fragte er dann und es hörte sich wie eine Feststellung an, eine Aufforderung zum Tanz, wäre das Museum ein Ballsaal.
»Fast«, gab sie als Antwort, »ich bin aus Eckernförde, du aber nicht.«

»Nein«, er schüttelte den Kopf und lachte, schien mit der Hand ihren Oberarm berühren zu wollen, eine Geste, die er unterbrach, vielleicht, weil es zu früh war.
»Ich will auch mal in so einem Haus wohnen«, sagte das kleine rothaarige Mädchen zu der Vitrine mit den Hauswänden aus Lehm und Schilf, »und an so einer Feuerstelle kochen.«
»Hauptsache, du lässt nichts anbrennen«, sagte er.
Dieser Satz war ihr erst nach Jahren wieder in Erinnerung gekommen, die Frage, warum und wie er diese Worte von sich gab. Hatte er nur so gesprochen, wollte er dem Kind etwas sagen? Oder war es an seine eigene Adresse gerichtet gewesen? Je mehr sie darüber nachdachte, desto mehr verfestigten sich ihre Gedanken um die letzte Interpretation. Sie hätte genau hinhören müssen, damals. Vielleicht wäre ihr dann einiges erspart geblieben.

Im Präsidium gab es am Montagmorgen eine größere Diskussion über den Sinn oder Unsinn, die über Mohrenköpfe zu jugendlichen Tätern führen könnten, die mit ihrem Lehrer abrechnen wollten. Eine Jagdwaffe in den Händen von Kindern und so ein gezielter Schuss in die Herzgegend, sie konnten sich mit diesem Gedanken nicht anfreunden. Und sie sahen in den Strafmaßnahmen an der Schule auch kein Motiv, das zu solch einer Tat veranlassen könnte. Doch es war Henning, der ein Argument bot, das sie zum Handeln zwang: Bei dem, was Jugendliche in den letzten Jahren in Schulen, S-Bahn- und U-Bahnstationen angerichtet hatten, musste man einfach auch jede Spur in Richtung dieser Altersklasse verfolgen. Und so fuhren Marco und Bernd zum ehemaligen Arbeitsplatz von Jürgen Wegerer.
Die Schule, in der dieser als Lehrer und Konrektor gearbeitet

hatte, befand sich in einem Schulzentrum, das außerhalb der Stadt mehrere unterschiedliche Schultypen in mehrere Gebäude um einen riesigen asphaltierten Pausenhof gruppierte.
»Findest du es in Ordnung, dass die so früh getrennt werden, schon nach Klasse vier?«, fragte Marco, »in Italien sind alle zuerst einmal acht Jahre zusammen.«
Bernd schüttelte den Kopf und schnüffelte, er roch offensichtlich den Geruch, der von den Wiesen kam.
»Genau das, es stinkt zum Himmel«, meinte Bernd dann und zeigte in Richtung eines Traktors, der die Felder düngte, »das sagt meine Schwester übrigens schon lange. Ach ja, und die Nachhilfe für meinen Neffen, die zahle ich. Bei dem, was mein Ex-Schwager an Unterhalt bezahlt, wäre da so ein Luxus nicht drin. Dabei ist es kein Luxus, sondern in dem Fall Notwendigkeit.«
Marco sah auf, Bernd schien keinen Kommentar zu erwarten, auch hatten sie in der Zwischenzeit Wegerers Schule erreicht. Sie öffneten die Eingangstür und standen in einer riesigen Aula, in der es nach Essen und Putzmitteln roch. Als sie sich umsahen und zu orientieren suchten, spürte Marco seinen rechten Fuß auf einer braunen Flüssigkeit auf dem Boden kleben. Kaffee war es nicht. Und tatsächlich bot ein Getränkeautomat in ihrer Nähe Cola-Flaschen und andere Limonaden zum Verkauf an. Marco zog seinen Fuß von der angetrockneten Pfütze weg.
»Zu meiner Zeit gab es an der Schule nur Milch oder Kaba.«
»Zu meiner Zeit auch noch«, antwortete Bernd Meier und beobachtete zwei Jungen im Alter von etwa vierzehn Jahren, die aus einem Flur kamen und gerade durch die Aula auf sie zuliefen. Marco gab ihnen ein Zeichen, das andeutete, dass er eine Frage hatte, und sie blieben stehen.
Sie waren beide fast so groß wie er und trugen auffallende T-Shirts in Glitzeroptik. Der Dunkelhaarige der beiden Jungen trug ein gelbes Hemd, auf dem SpongeBob so lachte, dass man in seinen Schlund sehen konnte, dar-

unter stand der Schriftzug »Schwamm drüber«. Der andere Junge, ein Blonder mit alterstypischen Hautproblemen, hatte ein türkisfarbenes Hemd an, es zeigte in grauer Farbe den Kopf von Che Guevara, darunter stand in glitzerigen Buchstaben »Revolution«. Marco grüßte sie und fragte nach dem Weg zum Direktorat. Die Antwort kam so langsam, dass Marco sich fragte, ob die beiden Jungen doch nicht von der Schule waren. Dann erklärte ihnen der Dunkelhaarige den Weg über die Treppe vom Eingangsbereich in das erste Obergeschoss links. Sie dankten den beiden, und Bernd sah ihnen hinterher, wie sie rechterhand in einen anderen Flur weitertrotteten.
»Glaubst du, die wissen wer das ist, da auf dem T-Shirt?«, fragte er Marco.
»Bei SpongeBob bestimmt«, gab der als Antwort und lachte.
»Ist schon eigenartig«, sagte Bernd, als sie nebeneinander die Treppe hochgingen, »mein Neffe kam letzten Winter mit einem Schal an, den er als ›Pali‹ bezeichnete. Es ist das Palästinensertuch, das hängen sich die Kiddies heute um den Hals. Aber es hat anscheinend nichts mit politischer Gesinnung zu tun. Egal wie, meine Schwester ist heilfroh, denn so trägt ihr Junior wenigstens einen Schal, was er vorher nicht getan hat.«
Dann zeigte er auf die Tür, vor der sie standen. Sie hatten das Direktorat auf Anhieb gefunden. Der Rektor, Hans Dombart, ein großer und schwerer Mann Ende fünfzig, hatte anscheinend schon eine Durchsage gemacht und eine Schweigeminute verordnet. Er war entsetzt und klagte über ein Durcheinander, Stress und Fragen. Schließlich, nach einem Fluss von Erklärungen und Bekundungen, die nicht enden wollten, bat er die Polizisten darum, in seinem Büro Platz zu nehmen. Er sagte seiner Sekretärin fest und bestimmt, dass man ihn auf gar keinen Fall stören sollte und schloss die Tür.
Marco fragte sich, wie viele arme Sünder mit dem Aller-

wertesten schon auf dem unbequemen Sessel gezittert hatten, voller Angst vor den Worten bezüglich irgendwelcher Taten, aufgrund derer sie ins Rektorat gebeten wurden. Als er den fragenden Blick des Rektors auf sich sah, schob er diesen Gedanken weg, räusperte sich und begann mit seinem Anliegen. Gab es Ärger, gab es Probleme, gab es gar Feinde von Jürgen Wegerer? Der Rektor schien nachzudenken, ohne Ergebnisse, er schwieg.
»Die Geschichte mit den Negerküssen vielleicht«, sagte Bernd Meier, der ihm offensichtlich auf die Sprünge helfen wollte.
Durch den Oberkörper des Rektors zuckte es, als habe er einen Schlag von dem elektrischen Zaun einer Kuhweide abbekommen.
»Die was?«, fragte er.
»Mein Kollege meint, dass es Probleme wegen einer Mohrenkopfschlacht gab.«
Hans Dombart fuhr wieder zusammen, dann stützte er sich auf der Tischplatte ab und schob seinen Oberkörper in ihre Richtung.
»Bitte sagen Sie so etwas nicht«, raunte er ihnen zu, »so etwas sagt man heute nicht mehr. Diese Schaummasse mit dem dunklen Guss, mit denen das Klassenzimmer der 8B verwüstet wurde, heißt Schokokuss, bitte.«
»Ich sage auch Bärendreck zu Lakritze«, sagte Bernd Meier dann, woraufhin der Direktor mit einem tadelnden Blick den Kopf schüttelte und sich ausschwieg über diese seiner Meinung nach verbalen Peinlichkeiten.
»Herr Dombart, wir sind nicht hier, um über die Bezeichnung von Süßigkeiten zu diskutieren«, beendete Marco die Unterweisung des Rektors, »was das vorherige Thema jedoch anbetrifft, so wurde auch das Auto von Herrn Wegerer mit oben genanntem Material besudelt.«
»Was? Davon hat er mir gar nichts gesagt, das hätte er doch melden können.«

Marco zuckte mit der Schulter und sagte dann:
»Das ist ja nicht an der Schule passiert. Im Gegensatz zu der Mohrenkopfschlacht, wegen der es auch so einen Disziplinarausschuss gab.«
»Aha, ich sehe, Sie sind über manche Dinge hier recht ordentlich informiert.«
Marco überhörte den Unterton in dieser Aussage.
»Leider konnten wir uns darüber kein genaues Bild machen.«
»Ach so? Also, ein Disziplinarausschuss ist so eine Art Gerichtsverhandlung an der Schule. Eine Lehrerkonferenz sitzt dem angeklagten Schüler und seinem Verteidiger gegenüber, in der Regel Vater oder Mutter. Es wird die Anklage vorgelesen, der Schüler wird angehört, in seiner Abwesenheit wird das Urteil beschlossen und dieses wird dann im Namen Bayerns verkündet. In dem Fall waren es übrigens zwei Schüler.«
»Und beide waren Schüler von Herrn Wegerer?«
»Ja. Er war dort Klassenleiter.«
»Verstehe«, sagte Bernd, »eine Gerichtsverhandlung wegen Schaum mit Schoko.«
Der Rektor sah ihn leicht giftig an und Marco wechselte schnell das Thema:
»Wir brauchen die Adressen der Schüler, die bei diesem Disziplinarausschuss waren.«
»Die können Sie haben, aber die sind nicht mehr da, ich meine, an unserer Schule.«
»So?«, sagte Bernd, »und weswegen?«
Der Rektor lehnte sich zurück, verschränkte die Arme, lächelte und sagte:
»Bei dem einen waren es die Noten, bei dem anderen die Schoten.«
»Wie bitte?«, fragten Marco und Bernd gleichzeitig.
»Verhaltensauffälligkeiten, meine Herren, der eine spielte den Klassenclown und störte massiv den Unterricht. Dazu

kamen noch wiederholtes Schneeballwerfen auf dem Schulhof und eine unflätige Bemerkung gegenüber einer Lehrerin, das reichte.«
»Was für eine Bemerkung?«, fragte Bernd.
»Das habe ich vergessen, jedenfalls hat es gereicht.«
»Den Jungen rauszuwerfen?«
»Sehen Sie es, wie Sie es wollen. Solche Kinder jedoch können wir hier nicht haben. Es gibt ja auch noch andere, die was lernen wollen.«
»Und warum fliegt man wegen Noten? Da wiederholt man doch, oder?« Bernd konnte es einfach nicht lassen.
»Wenn man in derselben Sekundarstufe nicht schon einmal wiederholt hat, ja. Wenn nicht, dann kann man nicht bleiben.«
»Herr Wegerer unterrichtete hier Deutsch und Geschichte?«, fragte Marco, der gerne das Thema wechseln wollte.
»Oh ja, er ist, beziehungsweise er war«, die Korrektur der Aussage erfolgte mit einem Hüsteln, »eine ausgezeichnete Fachkraft, die uns jetzt natürlich sehr fehlen wird, sei es in Sachen Kompetenz, wie auch in der großen Erfahrung, die er in einem dialogbereiten Umgang mit den Schülern immer vorlebte. Des Weiteren war er sehr engagiert in der Theater-AG und wir wissen im Moment überhaupt nicht, wie wir die Aufführung des von ihm eingeübten Stücks zu Ende bringen sollen. Schließlich hat ›Das Haus in Montevideo‹ nicht nur ein Engagement hier vor der Elternschaft, sondern auch noch in Heidenheim.«
Der Rektor holte tief Luft und schien auf weitere Fragen zu warten.
»Gab es weitere Probleme mit Schülern?«, fragte Marco.
»Die gibt es hier immer. Aber was Herrn Wegerer anbetrifft, so hatte er immer alles im Griff, er war auch von seiner sozialen Intelligenz her ein hervorragender Lehrer.«
Sie hatten zunächst die Information, die sie brauchten und dankten. Es war an der Zeit, zu gehen und dem Rektor

wieder die Organisation seines Schulalltages zu überlassen. Sprachlos liefen sie den Weg zurück, den sie gekommen waren. Überall war Leere, alle Schüler schienen in irgendwelchen Klassenräumen verstaut.
»Und? Was denkst du?«, fragte Marco schließlich, als er den Wagen aufschloss.
»Was soll ich denn schon denken?«, kam als Antwort, »ich bin geplättet von Mohrenköpfen, die nicht als solche bezeichnet werden dürfen, und dem Rest, den wir gehört haben. Was bin ich froh, dass ich heutzutage kein Schüler bin und auch kein Lehrer.«
»Wir müssen die beiden Jungen verhören«, sagte Marco, als sie bereits im Auto saßen. Bernd warf ihm von der Seite her einen Blick zu, der nichts Gutes versprach und sagte:
»Wenn du meinst, dann müssen wir. Dann geh mal du. Die Namen und Adressen hast du, vom Rektor höchstpersönlich überreicht. Ich persönlich habe nicht das geringste Interesse und sehe auch nicht die geringste Notwendigkeit, bei so einem Quatsch nachzuhaken. Wie ich mich auch nicht belehren lassen möchte über die Verwendung meiner Wortwahl bei Negerküssen. Das ist doch ein unglaublicher Schwachsinn. Bin ich deswegen Rassist oder was? Und wer garantiert mir, dass die keine Rassisten sind, nur weil die bei den Worten aufpassen. Warum sind denn so viele Ausländer auf der Hauptschule? Nur wegen der Leistung oder was?«
»Ich weiß. Und was denkst du über die Sache mit den Jungen?«
»Ich denke, dass Henning recht hat. Bei dem, was in den letzten Jahren Jugendliche angerichtet haben, müssen wir nachhaken, aber dass unsere beiden Kandidaten für einen Mord an Wegerer infrage kommen, nein.«
Darin waren sich beide einig. Wieder einmal.

Sie saßen bei einem späten Frühstück um den Besprechungstisch. Die Pizzaschnitten und Brezeln, die Marco und Bernd auf dem Rückweg von der Schule gekauft hatten, mussten vorläufig auch als Ersatz für das Mittagessen gelten. Pia Steck, die Sekretärin des Teams, schüttelte den Kopf, als sie den Bericht von der Realschule hörte. Doch so komisch sie diese Geschichte um Schaummassen auch fanden, so waren sie alle doch der Meinung, dass die beiden Jugendlichen verhört werden mussten.
Des Weiteren besprachen sie die Rückmeldungen aus der Bevölkerung. Diese war über verschiedene Medien um Mithilfe gebeten worden. So konnte Pia von zwei Anrufern berichten, die in der späten Dämmerung am Parkplatz des Vogelherds vorbeigekommen waren, dort aber nichts gesehen hätten.
»Der eine fuhr genau um 20.30 Uhr Richtung Lonsee. Das wusste der so genau, weil er im Auto gerade die Kurznachrichten hörte, die um halb neun gesendet wurden. Da war niemand auf dem Parkplatz, denn das wäre ihm aufgefallen, er sei ein sehr genauer Beobachter, sagte der Mann. Das andere war eine Familie mit zwei kleinen Kindern, die von Stetten Richtung Bissingen fuhren, als eines der Kleinen dringend pinkeln musste und sie deswegen an dem Parkplatz anhielten.«
»Wann war das?«, fragte Marco.
»Auch um die Zeit, genau wusste das die Frau nicht mehr so, aber auf jeden Fall vor neun Uhr. Im Westen ging gerade die Sonne unter.«
»Schön, wenn die Leute anrufen, um uns mitzuteilen, dass sie nichts wissen«, knurrte Henning.
»Sonst noch was?«, fragte Marco.
»Ja«, antwortete Kollege van Dalen, »ich habe mit drei Leuten gesprochen«, er zog dabei einen Zettel aus der Tasche seines Hemdes, faltete ihn auseinander und strich ihn auf dem Tisch glatt.

»Erstens: genau um 18 Uhr befand sich auf dem Parkplatz ein silbergrauer BMW, älteres Modell, und ein roter Golf, keine genauen Angaben zu dem genauen Fahrzeugtyp oder Nummernschild. Zweitens: gegen 18.30 Uhr wurden bemerkt: ein silberfarbener BMW 318i und ein roter Golf 5, beide Heidenheimer Kennzeichen. Drittens: um genau 19 Uhr befand sich auf dem Parkplatz ein roter viertüriger Golf Variant.«
Henning sah kurz in die Runde, faltete den Zettel zusammen und steckte ihn wieder in seine Hemdstasche.
»Alles außerhalb der Tatzeit«, ergänzte er unnötigerweise seinen Bericht.
»Das ist alles?«, fragte Marco und schaute zu Henning und Pia, die beide nickten.
»Gut. Immerhin wissen wir jetzt, dass die Zeit vor 21 Uhr als Tatzeit ausgeschlossen werden kann.«
»Wir sind einen Schritt weiter«, schloss Bernd die Besprechung ab und er sagte das mit einem Ton, der nicht zu verstehen gab, ob er das ernst oder ironisch gemeint hatte.

Am Spätnachmittag war Bernd Meier doch mitgekommen, obwohl er anfangs nicht wollte, und sie traten in ein Wohnzimmer, das sie mit einer unglaublichen Wärme empfing. Sie setzten sich auf das Sofa einer gemütlichen Polstergruppe, die mit einem Stoff mit einem großen und ornamentalen Muster überzogen war, Blumen, die in ihrer Farbigkeit mit den echten Vertretern ihrer Art auf der Fensterbank konkurrierten. Rot und Lila und ein sattes Grün, gesprenkelt mit den Farben der Zitrone. Und auch so ein Duft hing im Raum, ja gar eine leicht mediterrane Brise. Die Helligkeit des Sommertages, die auch zu der jetzt späteren Abendstunde in den Raum über die großen

und geputzten Fenster in den Raum brach, versprach auch in dunkleren Wintermonaten eine größere Menge an Licht. Jenseits der Fenster war nichts als Garten und Felder und die Weite des Himmels direkt am Rand eines Neubaugebiets auf dem Land.
Über den Blumenduft zog der von frisch gebrautem Kaffee. Als er ihnen angeboten wurde, lehnten Marco und Bernd ihn höflich ab, nahmen aber die Geste zur Kenntnis. Denn die Frau war richtig wütend geworden, als sie hörte, worum es ging.
»Ich weiß, dass Sie persönlich nichts dafür können, aber es darf doch nicht wahr sein, welche Kreise diese Geschichte nach sich zieht. Eine Mohrenkopfschlacht und Verhaltensauffälligkeiten und die Polizei steht im Haus.«
Marco betonte, dass sie nicht deswegen gekommen wären.
»Ja weswegen denn dann? Sie wollen doch wissen, ob mein Sohn das Auto seines Lehrers mit Mohrenköpfen beschmiert hat. Das hat man diesen blöden Lehrern zu verdanken, dass es so weit kommt. Dabei ist der Tobias schon genug gestraft worden, zuerst einmal diese komische Gerichtsverhandlung und dann hat er noch zehn Stunden lang dem Hausmeister beim Aufräumen der Aula helfen müssen. An dem Tag, als das war mit diesen Mohrenköpfen, haben andere im Klassenzimmer nebendran eine ganze Tür eingetreten, aber mein Tobi war schuldig. Und das, obwohl er es bei der ersten Befragung gleich zugegeben hat.«
»Er hat es zugegeben?«
»Ja, als der Herr Wegerer ihn gefragt hat, ob er mit seinen Kumpels Mohrenköpfe durch die Gegend geworfen hat, da hat es mein Tobias gleich zugegeben und trotzdem kam dann der ganze Zinnober. Mein Gott, hätten sie ihm halt ein Schwämmchen in die Hand gedrückt, es soll das Zeug vom Teppich wegputzen. Mit was die einen Zeit und Energie verlieren lassen, das ist unglaublich. Und ich hab nicht nur den Großen, sondern auch noch einen im Kindergartenalter,

und halbtags arbeiten muss ich auch noch, schließlich müssen mein Mann und ich das Ganze hier abbezahlen.«
Sie wies mit einer Geste um sich, dann setzte ihr Redeschwall wieder ein:
»Natürlich können Sie ihn gerne verhören. Nur zu! In einer Viertelstunde kommt er vom Sport zurück, der Andreas übrigens auch. Die spielen nämlich zusammen Fußball. Die Mutter wird sich auch freuen, wenn Sie bei ihr auftauchen.«
Als Nachdruck ihrer Worte zog sie mit der Hand Kreise durch die Luft.
»Sehr freuen wird die sich. Der ist von der Realschule runter ohne Schulabschluss. Wenn die ihm nicht eine Lehrstelle gefunden hätte, wo er auch so genommen wurde, über Beziehungen, säße der jetzt auf der Straße. Und der Wegerer hat schön dazu beigetragen. Der frägt den Andi in Geschichte ab, obwohl er wusste, dass der ein paar Tage zuvor krank war und den Stoff noch nicht nachlernen konnte. Und so kam er von seiner Fünf nicht weg und wäre wieder sitzen geblieben, das konnte er aber nicht mehr. Also flog er.«
»Da hat der Schüler wohl selber auch dazu beigetragen«, meine Marco.
»Sicher, aber man kann ihm noch extra eine reinwürgen, und ausgerechnet der Wegerer.«
»Was meinen Sie mit diesem ›ausgerechnet‹?«
»Oh, der hat seinen Ruf weg in der Schule. Eine Mordssauerei, dass so einer überhaupt Konrektor ist, aber wenn er erst loslegt, wenn die Schülerinnen ihren Abschluss haben oder weg sind von der Schule, dann kann man ihm ja auch nicht an den Kragen. Der Tobi fliegt wegen Verhaltensauffälligkeiten von der Schule, aber der Wegerer darf als Endvierziger mit achtzehnjährigen Mädchen rummachen und Konrektor bleiben, das ist doch unglaublich. Bloß weil die volljährig sind, wie die Sarah zum Beispiel, aber was da sonst für welche Abhängigkeiten noch dahinterstecken,

wenn sich so eine bildhübsche wie die mit einem Mann einlässt, der ihr Vater sein könnte, da fragt keiner.«
Sie warf einen empörten Blick zwischen Marco und Bernd hin und her und schien auf einen Kommentar oder eine Frage zu warten, forderte diese sogar heraus.
»Welche Abhängigkeiten meinen Sie?«, fragte Marco daher.
»Wenn so ein Mädel Probleme hat, daheim zum Beispiel, dann braucht doch so einer wie der nur den väterlichen Verständnisvollen rauszuhängen und schon hat er sie.«
»Wissen Sie da was Genaueres?«
Ein Blick blitzte in ihre Augen, der eine Mischung aus Amüsiertheit und Genugtuung verriet, dann hob sie den Kopf und zog eine Schnute, die einen Kuss andeuten konnte.
»Er wurde gesehen. Am Waldesrand im Auto.«
»Von wem und mit wem?«
Als Antwort riss sie das oberste Blatt von einem Würfel aus gelbem Papier, der neben einem Strauß mit Trockenblumen auf einem Sekretär aus Kiefernholz lag, schrieb mit einem Bleistift darauf, schnell und zügig, und fuchtelte das Blatt durch die Luft, als müsste Tinte trocknen, dann reichte sie es Marco.
In einer Schrift, die weichere Bögen hatte als die Frau selber, standen zwei Vor- und Nachnamen und eine Telefonnummer.
»Da, bitte, rufen Sie einfach bei der Jutta an, die hat ihn gesehen, als sie mit Freundinnen beim Joggen war, und zwar mit der hier!«, Tobis Mutter tippte auf den zweiten Namen: »Sarah Fendt. Wenn Sie sie überhaupt erreichen, die hat sich nämlich erfolgreich als Model beworben, wie ich hörte, möglicherweise jettet die jetzt in der Gegend herum.«
Marco bedankte sich, faltete den Zettel zusammen und steckte ihn in seine Jackentasche.
»Hat Ihr Sohn ein Alibi für Freitagabend?«
»Ja, aber dann fragen Sie mich bitte schön gleich noch,

ob ich auch eins habe. Auch wenn ich es nicht war. Mir reicht es, wenn ich schimpfe und wettere und ihm Masern, Mumps und Röteln zusammen an den Hals wünsche, diesem Super-Pädagogen.«
»Wo war ihr Sohn?«
»Hier unten, ab dem Abendessen, das ist bei uns immer gegen sechs Uhr, und ich habe ihn gesehen, denn er saß an meinem Computer und war im Internet, ich erlaube nämlich kein Internet oben, ich will ein bisschen Kontrolle haben.«
»Und Sie saßen natürlich auch hier, die ganze Zeit.«
»Ja, ich hatte sogar eine Nachbarin da, die kann das bestätigen ... ja, richtig, dann kann die das bei Tobias ja auch bestätigen. Die hat ihn auch gesehen, wir saßen von halb sieben bis halb zehn zusammen und manchmal haben wir uns zusammen darüber aufgeregt, dass er nicht vom Computer wegzukriegen war. Eines unserer Themen ist nämlich immer der Medienkonsum unserer Kinder ...«
In die Worte der Frau hinein hörten sie, wie ein Schlüssel ins Schloss gesteckt wurde, die Tür aufging und irgendetwas im Flur auf den Boden flog.
»Mein Sohn ist zurück«, sagte Tobis Mutter unnötigerweise.
Der Sohn war ein großer, schlaksiger Junge mit Pickeln und einer netten höflichen Art. Er bestätigte die Worte seiner Mutter, betonte aber noch, dass er sehr froh sei, von der Schule weg zu sein, auch wenn er dazu gezwungen worden war. Jetzt ginge es ihm viel besser.
»Na denn!«, sagte seine Mutter und nahm Marcos Visitenkarte entgegen mit dem Versprechen, sich zu melden, falls ihr noch etwas einfiele.
Sie dankten und fuhren zu der zweiten Adresse. Der andere Junge, genannt Andi, war gleich zu Hause und machte die Tür auf, es war seine Mutter, die nach ein paar Minuten mit ein paar Einkaufstüten eintraf und erstaunt, doch recht

emotionslos dem Anliegen der Polizisten zuhörte. Sie bestätigte das Alibi ihres Sohnes, der ebenfalls am Freitagabend zu Hause war und sogar einen Freund da hatte, der auch über Nacht geblieben war. Beide waren die ganze Zeit unten gewesen, im Keller, da gäbe es einen Party-Raum mit vergitterten Kellerfenstern. Was den Menschen oder Lehrer Wegerer anbetraf oder dessen Liebesleben, entzog sich gänzlich ihrer Kenntnis oder ihrem Interesse. Für sie wäre die ganze Realschulzeit Vergangenheit und sie wäre jetzt einfach nur froh, dass ihr Sohn eine Lehre machte, und der auch, wie er mit einem Nicken bestätigte.
Und auch Andi bekräftigt wie Tobias zuvor, dass auch er nie und nimmer das Auto des Lehrers mit Mohrenköpfen beschmiert hätte.
»Das wäre mir doch zu schade, die esse ich doch lieber«, hatte Andi gesagt.
Es sah danach aus, als ob sie die Wahrheit sagten, und wenn nicht, so hatten sie ein Alibi für den Freitagabend.

In der Zwischenzeit war es Abend geworden und Marco hatte sich müde und hungrig in seine Wohnung in Nattheim zurückgezogen. Während eines kurzen und nicht sehr vitaminreichen Abendessens in Form des Inhalts einer Dose Simmenthal, Rindfleisch in Gelee, erinnerte sich Marco aufgrund der italienischen Herkunft dieser Mahlzeit daran, dass er immer noch nicht seine Mutter zurückgerufen hatte. Ein Umstand, den er gleich korrigieren musste, auch wenn ihm die Regelmäßigkeit, mit der seine Mutter sich immer an Sonntagen bei ihm meldete, um nach seinem Wohl zu fragen, auf die Nerven ging.
»Warst du gestern aus?«, kam auch gleich als Frage nach einer freudigen Begrüßung.

»Ich habe gearbeitet«, antwortete Marco.
Aus dem anderen Ende der Leitung strömte daraufhin ein Seufzer, gefolgt von einem Wortschwall, der Bedauern und Sorgen wegen Marcos Arbeitszeiten zum Ausdruck brachte.
»Deswegen werde ich mich auch gleich ins Bett legen«, sagte Marco in der Hoffnung, er könnte das Gespräch damit schnell beenden.
»Um neun Uhr abends? Da ist es bei euch doch noch so richtig hell.«
»Nicht ganz. Die Sonne geht hier im Augenblick um 21.05 Uhr unter.«
Er erntete Schweigen.
»Gibt es noch was Neues bei euch?«, fragte Marco, weil er das wohl fragen musste.
»Nichts«, kam es sehr kurz und ein bisschen beleidigt.
»Ich bin müde, Mama«, sagte Marco entschuldigend, »und ich freue mich, wenn ich euch mal wiedersehe.«
Daraufhin hatte seine Mutter prompt ihren Groll vergessen und fragte ihn sofort nach seinen Urlaubsmöglichkeiten, ein Thema, bei dem er sofort passen musste und sich wieder eine Schleife des Bedauerns anhören durfte. Und schließlich waren sie bei dem Thema angelangt, mit dem Lore Fois jedes Telefonat abschloss, die obligate Frage nach der Ernährung ihres Sohns. Und er antwortete wie immer, dass er sich meistens italienisch ernährte, was ja auch der Wahrheit entsprach und seine Mutter immer zufriedenstellte, sodass sie ihn auch diesmal mit den besten Wünschen und Küssen aus dem Gespräch entließ. Urlaubsmöglichkeiten und Ernährung. Marco ging mit einem Glas Rotwein auf den Balkon, das einzige, was dieser Abend an Italienischem zu bieten hatte: ein Bardolino, Gardasee. Sein Telefonat dagegen war nach Ligurien gegangen, ins Hinterland: Ein Dorf in den Bergen, nicht weit vom Meer entfernt.
Marcos Eltern lebten schon seit zwei Jahren dort, in den Höhen eines Tals in der Nähe von San Remo, der Valle Ar-

gentina, und sanierten in Argallo, einem Teilort der Gemeinde Badalucco, ein hundert Jahre altes Haus. Man konnte eher von renovieren sprechen, denn ein Stockwerk war bewohnbar, auf etwas anderes hätte sich Marcos Mutter beim Einzug auch nicht eingelassen. Nur das Obergeschoss musste noch gerichtet werden, für die Gäste, vor allem die Kinder. Die erst ein einziges Mal dort waren, um das Projekt Alterssitz, das sich die Eltern ausgesponnen hatten, zu inspizieren.
Marco und seine Schwester waren sich vorher einig gewesen, dass diese Spinnerei mit einem großen Garten in Hanglage nur ein paar Jahre dauern würde und dass irgendwann einmal eine Wohnung in einem Renaissance-Palazzo in einer ligurischen Altstadt das Thema werden würde. Alles bequem erreichbar, alles zu Fuß.
Als sie Haus und Garten sahen, hatten er und Carolina sehr schnell ihre Meinung geändert: Olivenbäume und Palmen in Terrassenkultur und Rosen und Ginster. Dicke Steinquader über drei Stock in den Hang gebaut, in die Berge, mit einem unverbaubaren und freien Blick auf das Meer, das in den paar Luftkilometern Entfernung so nah war, dass man die Bewegung auf dem Wasser, Wellen und Gischt wahrzunehmen glaubte. Das Plätschern der Brandung zu hören meinte in dem Zirpen der Grillen, das in der Luft lag. Sogar der Geruch war da, eine Prise Salz, die sich mit dem Duft der Kräuter im Garten mischte. Und die herrliche südländische Sonne, die von drei Seiten ungehindert und in mediterraner Intensität auf das Anwesen strömte. Es war fantastisch dort oben. Irgendwann würde Marco dort oben Urlaub machen und sich bekochen lassen. Irgendwann sicher einmal.

Am Dienstagmorgen war Pia mit den Brezeln an der Reihe, sie ließ aber bei der morgendlichen Besprechung so lange auf sich und die Tüte vom Bäcker warten, dass die Butter auf dem Tisch schon sehr weich geworden war. Als die Team-Sekretärin schließlich auftauchte, verkündete sie bereits vom Türrahmen aus, dass sie in Ulm geblitzt worden war. Erst nach dieser Aussage legte sie die Brezeln auf den Tisch. Offensichtlich wollte sie nach den weiteren Umständen befragt werden.

»Du bist geblitzt worden?«, fragte Marco daher und nestelte sich aus der Tüte das lang erwartete Frühstück, »bei wie viel denn?«

»14!«, antwortete Pia.

»Das ist nicht sehr teuer«, sagte Bernd Meier und verteilte akkurat die weiche Butter auf seiner Brezel.

»Nein, bei 14 km/h! Ich bin mit 14 Stundenkilometern geblitzt worden. Und dabei habe ich den Kasten gesehen und mir gedacht, dass es mich bestimmt nicht betrifft, so langsam, wie ich gefahren bin. Und dann kommt dieser rote Blitz!«

»Na so was. Wo war das denn?«, fragte Marco.

»Am Klosterhof in Wiblingen. Tja, und dann steige ich aus, weil ich denke, so geht das nicht, und folge dem Kabel, das aus dem Kasten raus führt. Und gut versteckt hinter einer Mauer stand einer unserer Ulmer Kollegen, Wagen mit getönten Scheiben, und macht die Tür auf, als er mich sieht. Ich sage nur, dass ich geblitzt wurde und dass das nur ein Fehler gewesen sein könnte, denn ich sei Schritt gefahren. Dann fragt der mich doch glatt, wie schnell meiner Meinung nach Schritt sei. Da glotze ich den nur an und der antwortet für mich, Schritt seien sieben bis acht km/h, als ob ich das nicht selber wüsste. Hä. Und ich hatte 14, man stelle sich vor. Bin instinktiv langsam gefahren, weil da so ein Zeichen mit Spielstraße war und so. Da gibt's auch Schule und Kindergarten.«

»Und nun?«
»Ich kam mit einer mündlichen Verwarnung davon.«
»Glück gehabt«, sagte Henning und kaute auf einer Brezel herum, »Mensch, da muss ich ja richtig aufpassen, dass mir so etwas mit dem Fahrrad nicht passiert.«
»Angeber«, sagte Bernd Meier und griff sich die Butter für das Endstück seiner Brezel.

Nach diesem und anderem Geplänkel, das für sie üblich war und das auch toleriert werden musste zur Entspannung der Situation, kamen sie zu den Fakten. Marco und Bernd berichteten den anderen über das Gespräch bei den Schülern und reichten Pia den Namen und die Nummer dieser Jutta, die Wegerer mit der ehemaligen Schülerin gesehen haben wollte. Des Weiteren betonten alle den Widerspruch zwischen Inge Wegerers Aussage über die Treue ihres Mannes und den Ruf, den der Lehrer laut Tobis Mutter an der Schule hatte.
Henning war im Segelfliegerverein tätig gewesen, berichtete über altes Wissen, das er mit neuen Erkenntnissen untermauern konnte: Wegerer war in dem Verein Vorstand gewesen, hatte aber seit Jahren Probleme mit dem Kassenwart wegen Querelen, die sogar bis in die Presse kamen, wo sie im Lokalteil gründlich durchgekaut wurden. Die beiden Männer konnten sich einfach nicht riechen, ja, es war sogar eine Art von Feindschaft, wie Henning betonte, ohne dabei den Kassenwart irgendwie in Verdacht bringen zu wollen.
»Wenn du so etwas sagst, bringt ihn das aber schon in Verdacht«, sagte Bernd Meier.
Henning zuckte mit der Schulter.
»Ach was«, kam als seine Antwort, »das waren Scheingefechte, die beiden mochten sich nicht und machten auch keinen Hehl daraus, aber das war fast schon ein Spiel. Ein Spiel, das über Jahre ging.«
Zunder für das Feuer dieser inszenierten Antipathie war

möglicherweise auch die Tatsache, dass die Frau von Axel Stocker, dem Kassenwart, wiederum keinen Hehl aus ihrem Interesse an Wegerer machte. Was einmal an einem Vereinsfest zu Peinlichkeiten geführt hatte, weil Frau Stocker schon ordentlich angetrunken behauptet hatte, der Jogi wäre ihr hinterher.

»Woher sie das hatte, wusste keiner, aber wir wussten alle, dass das nicht wahr sein konnte. Wenn ihr sie seht, glaubt ihr das auch nicht.«

»Was heißt das genauer?«, fragte Bernd.

»Zu alt, zu klein, zu dick, zu dumm. Und für Jogi hätte schon einer dieser Mängel ausgereicht.«

»Und die Sache mit den Querelen?«, fragte Marco.

»Veruntreuung von Vereinsgeldern. Kleinigkeiten, die hier jetzt nicht von Belang sind. Es wurde jedoch nie nachgewiesen, dass der Vorwurf von Wegerer kam, und es wurde auch nie nachgewiesen, dass Stocker irgendwelche Gelder veruntreut hätte. Animositäten aufgrund persönlicher Unzufriedenheiten, die ihren Kanal gesucht hatten und fanden. Der Stocker hat sich dann auch irgendwann von seiner Frau getrennt und sich eine wesentlich jüngere angelacht, mit der er jetzt auch ein Kind hat. Seit der Zeit ist der richtig gelassen, gut drauf. Und den Kleinkrieg zwischen beiden Männern gab's auch nicht mehr, es reicht, wenn einer damit aufhört, so wie der Stocker. Und als ich dem Axel das mit dem Tod von Jürgen sagte, war der richtig geschockt, das habe ich auch am Telefon gehört, denn der ist gerade auf Geschäftsreise. Ach ja, und noch was, am Freitagabend war der mit seiner neuen Frau und Kind in der Kinderklinik, das hat er gleich gesagt. Aber der kommt hierher, um seine Aussage ganz offiziell zu machen, am Donnerstag um 14 Uhr.«

»Und was ist aus der alten Frau Stocker geworden?«, fragte Marco.

»Ein Sauertopf, der nur noch ganz selten das Haus verlässt. Dieses seltene Mal ereignete sich passenderweise am Frei-

tagabend, da war sie nämlich mit der Anneliese, das ist so eine andere Ledige, auch aus unserem Verein, im Kino, wie öfters an Freitagabenden. Selbst falls Frau Ex-Stocker einen gewissen Zorn gegen Wegerer gehegt hätte, traue ich der einerseits den Umgang mit einer Schusswaffe schon mal gar nicht zu und andererseits hat sie ein Alibi von 17.30 Uhr, da waren die beiden Damen Eis essen, bis 22.30 Uhr, Ende der Kinovorstellung.«
»Hm«, machte Bernd.
»Was, hm?«, fragte Henning.
»So halt, hm.«
»Andere Vorkommnisse, die Ärger hervorgerufen hätten, gab es bei euch nicht?«, fragte Marco.
»Doch, eine schlampige Ruderkontrolle.«
»Was heißt das?«, fragte Marco.
»Das heißt, dass Wegerer beim Montieren des Ruders einen Fehler gemacht hat, der leicht zu einem tödlichen Unfall hätte führen können, wenn Benno das nicht bemerkt hätte.«
»Wer hätte fliegen sollen?«, fragte Marco.
»Na, Benno eben.«
»Da wäre ich auch sauer gewesen«, sagte Bernd Meier.
»Und hat dieser Benno ihn deswegen erschossen?«, fragte Bernd.
»Nein. Er war auch gar nicht da, sondern im Urlaub, überprüfen werde ich das natürlich.«
»Eigentlich«, sagte Marco und tauchte wieder aus seinen Gedanken auf, »ja, eigentlich könnte man bei der Segelfliegerei einen Mord wie einen Unfall aussehen lassen?«
In Hennings Blick blitzte bei dieser Frage ein gewisses Erstaunen auf.
»Ich denke schon, ich habe mir aber bis jetzt über solche Szenarien noch keine Gedanken gemacht.«
»Du meinst, warum erschießen, wenn's bei den Segelfliegern auch anders ginge?«, fragte Bernd.
»Ja und nein«, antwortete Marco und stand auf.

Am Dienstagnachmittag war Marco zu dem alten Jäger gefahren, weil er sich aufgrund der Erfahrungen des Mannes noch weitere Ausführungen zur möglichen Tatzeit erhoffte. Und so saß er auf dem Sessel einer Sitzgruppe, die gediegen wirkte und klassisch war. Parkettboden, hier und da von einem Teppich belegt. In der einen Ecke stand ein gusseisener Ofen, in der anderen eine Vitrine. Über dem Sofa, auf dem der alte Mann saß, hingen Fotos von Hunden und Auszeichnungen in einem silbernen Rahmen, bei der Essgruppe im hinteren Wohnbereich zwei Hochzeitsfotos, die nach Marcos Einschätzung in den 90ern aufgenommen waren. Hans Jäger folgte Marcos Blicken in seinem Versuch, diskret den Raum in sich aufzunehmen, und nickte, als dieser wieder auf die Hundefotos zurückkam.

»Das war Ronja, meine beste, deutsche Vizemeisterin in ihrer Jahrgangsstufe.«

Bevor noch weitere Ausführungen zu den Qualitäten dieses Hundes erfolgten, betrat Ute Jäger den Raum und brachte Tee in feinem Porzellan auf einem Silbertablett. Sie schien Platz nehmen zu wollen, wurde aber durch einen Anruf, der von irgendwoher außerhalb des Raumes zu hören war, unterbrochen und verzog sich schnell, um diesen entgegenzunehmen.

»Bitte bedienen Sie sich!«, forderte Hans Jäger Marco auf und versuchte, in seiner Tasse zu rühren. Eine einfache Bewegung, die ihm Schwierigkeiten machte, weil er vom Sofa aus kein Gleichgewicht zu finden schien, um diese Bewegung auszuführen. Er legte den Löffel wieder auf die Untertasse.

»Was wollten Sie von mir wissen?«, fragte er dann.

»Ist diese Tat in der Nacht möglich? Also, wenn es so richtig dunkel ist?«

»Hm. Nachtjagd? Ein weites und sehr kontroverses Thema. Aber auch ein sehr faszinierendes. Ich selber war auch ein paar Mal in der Nacht unterwegs. Aber wenn Sie mich fra-

gen, wer den Mann da erschossen hat, so hat das aufgrund der Entfernung nichts mit Nachtjagd zu tun. Wenn die Scheinwerfer an waren, war es hell genug, selbst wenn die Nacht drum herum stockdunkel war.«
Er sah kurz auf und hatte eine Frage im Blick, die er dann formulierte:
»Wir sind nach wie vor bei der Entfernung, die ich am Samstagmorgen geschätzt habe, nicht wahr?«
»Ja, Sie lagen absolut richtig in Ihrer Annahme.«
»Also dann gelingt einem erfahrenen Schützen auch bei solchen Lichtverhältnissen so ein Treffer. Und auch weniger erfahrenen, vorausgesetzt, das Opfer bewegt sich im Lichtkegel.«
»Ja«, sagte Marco und nickte.
»Dann bliebe nur die Frage, warum der Mann im Lichtkegel war oder blieb.«
Der alte Mann erwartete einen Kommentar, den Marco ihm in dem Moment nicht geben konnte, weil die Ehefrau wieder aufgetaucht war und nachfragte, ob sie vielleicht auch etwas von dem Kuchen haben wollten, den sie in der Zwischenzeit in der Mikrowelle aufgewärmt hatte, selbst gemachte Stücke aus dem Gefrierschrank. Dabei überprüfte sie Tasseninhalte, wobei sie zu ihrem Leidwesen erkennen musste, dass nichts getrunken worden war.
»Kommt noch«, tröstete Hans Jäger seine Frau, »wir waren bisher zu sehr ins Gespräch vertieft.«
»Kann er Ihnen behilflich sein?«, fragte Ute Jäger.
»Ja, ja sicher«, sagte Marco, bevor ein weiteres Telefonat die Ehefrau aus dem Raum führte. Der alte Mann saß mit verschränkten Armen auf dem Sofa.
»Zum Glück gibt es das Telefon. Zum Glück auch für die Ehemänner ihrer vielen Freundinnen, falls sie noch leben, ich meine die Ehemänner. Heute Mittag geht es um Pilzbefall auf Rosenblättern. Ein großes und hoffentlich langwieriges Thema. Also dann, entweder Sie oder ich.«

»Wie bitte?«
»Dieser grüne Tee ist als Dünger geeignet, wie auch Kaffee, aber zwei Tassen wäre jetzt zu viel für den Hibiskus, dann würde ich einfach mal sagen, Sie!«
Auf diese Worte hin griff er sich seine volle Tasse und balancierte sie zu einer herrlichen Grünpflanze mit rosafarbenen Blüten in der Ecke neben dem Sofa, schnell und zielgerecht, sodass kein Tropfen auf dem Boden landete und kippte den gesamten Inhalt in den Blumentopf. Marco verstand die Botschaft und kippte den lauwarmen Inhalt seiner Tasse in den Magen.
»Wissen Sie«, kam es vom Sofa, »ich habe meine Waffen abgegeben, ich habe den Führerschein abgegeben und manchmal frage ich mich, ob ich meinen Verstand auch abgegeben habe.«
In dieser Feststellung lag eine Frage, die so rhetorisch war, dass sie von einem schelmischen Schmunzeln begleitet wurde oder von Selbstverkennung, da war Marco sich nicht ganz sicher. Jedenfalls bekräftigte er den alten Mann in seinem Wunsch, als eine Person mit Verstand betrachtet zu werden:
»Sie haben mir sehr geholfen.«
Als Dank flog ihm ein Lächeln entgegen, das abrupt endete, als die Ehefrau wieder im Türrahmen auftauchte und gleich danach verschwand, weil es an der Haustür klingelte.
»Und wenn es nicht das Telefon ist, dann ist es die Klingel«, raunte ihm der alte Mann aus nächster Nähe zu, nach dem dritten Versuch, sich aus dem Sofa zu erheben, der schließlich und endlich ohne Marcos Eingreifen geglückt war. Er begleitete ihn mit langsamen und vorsichtigen Schritten zur Haustür, die nur angelehnt war. Von der anderen Seite des Gartens her waren zwei lebhafte Frauenstimmen zu hören. Bevor Hans Jäger die Tür ganz aufmachte, hielt er kurz inne und warf Marco dann einen hintergründigen Blick zu.
»So ein Flintenlaufgeschoss kann natürlich auch zu einem

Drilling gehören. Und der ist zerlegbar, also bestens transportfähig«, sagte er dann und betonte jedes seiner Worte.
»Das ist ja sehr interessant«, antwortete Marco und dankte für diese Information. Es war ihm jetzt nur noch daran gelegen, sich so schnell wie möglich zu verabschieden und das alte Ehepaar der Routine ihres Alltags zu überlassen. Was ihm mit wenigen und freundlichen Worten auch gelang. Und so machte er sich auf seinen Heimweg.

Nachdem er nichts Wesentliches in Erfahrung gebracht hatte und auch nicht mit neuen Erkenntnissen punkten konnte, verzog sich Marco zum Nachdenken auf seinen Balkon. Der Abend wollte kein Ende nehmen in seinem immer noch sehr hellen Licht eines späten Julitages im Süden von Deutschland. Er war so hell, dass Marco das Gefühl hatte, er müsste noch raus, eine Runde laufen, um endlich der Bewegung nachzukommen, zu der er die ganze Woche über keine Zeit gefunden hatte. Er verließ seine Wohnung und ging den Gehweg zum Ortsausgang, begleitet von Autogeräuschen in der neu eingerichteten Zone 30, in Richtung des Kreisverkehrs kurz vor der Einfahrt nach Nattheim. Lief den Fußweg entlang der Straße, die von der Autobahnausfahrt der A7 herkam. Er hörte die Autos neben sich in der fast ungebremsten Geschwindigkeit auf der Landstraße rauschen, nur an einer Zufahrt zu einem Industriegebiet gab es eine Geschwindigkeitsbeschränkung. Weit und breit sah er keine Fußgänger, nicht einmal jemanden mit Hund. Aber es war ein Weg, wenn auch irgendeiner. Und er ging ihn, bis irgendwann die immer roter werdenden Strahlen der Sonne sich in dem schwarzen Kontrast der wenigen Bäume zu seiner Rechten auffächerten. Er setzte sich auf eine Bank am Straßenrand.

Vier Tage war es her, dass der Mann, vielleicht genau um diese Uhrzeit, erschossen worden war, und sie waren um keinen bedeutenden Schritt in dieser Ermittlung vorangekommen. Vor allem war es unerklärlich, wie diese Tat geschehen konnte, ohne dass ein Mensch etwas gesehen oder gehört hatte, auf diesem Wanderparkplatz, so nahe an der Verbindungsstraße zwischen zwei Ortschaften. Dass niemand den Mann hatte liegen sehen. Das war das Eigenartige an der Sache. Aber er würde schon eine Lösung finden.

Sie trafen sich dann in Husum, in einem kleinen Lokal in der Innenstadt, das sie nach seinen Beschreibungen sofort fand. Es war für den Tag spät geworden, für ihre Verhältnisse, denn Verabredungen traf sie sonst nur für den frühen Abend. Sie wusste auch nicht, warum sie sich darauf einließ, einen Unbekannten um neun Uhr abends an der Nordsee zu treffen. Es wäre schließlich auch früher möglich gewesen, die Kinder hatte sie am Nachmittag zu deren Mutter zurückgebracht.

Doch er hatte vorher noch zu tun, musste recherchieren für eine Arbeit an der Schule. Er hatte damals die Konditionen diktiert, doch sie hatte sich auf diese Konditionen eingelassen.

An dem Abend wollten sie beide nichts essen. Sie hatte keinen Hunger, nicht die Leere im Magen. Es war etwas anderes, das ihr fehlte, das ihr sehr fehlte, etwas, wovon sie zuvor gar nichts wusste. Es war eine Art Hunger, ein Hunger, den nur dieser Mann, nur dieser eine, stillen konnte. Und es ging nicht um Sex, das spürte sie, sondern um den Rausch, den seine Stimme, seine Art zu lachen, sein Blick und die Gestik seiner Hände in ihr hervorriefen. Durch ihn spürte sie eine Intensität des Lebens, die sie nicht mehr verlieren wollte, sondern nur noch festhalten und für sich sichern wollte, indem sie ihn zu ihrem Mann machte.

Das war alles, nicht weniger und nicht mehr, und doch ein

großes Vorhaben, wie sie im Nachhinein klar und rational, damals eher aus dem Bauch heraus und instinktiv gesehen hatte. Sie spürte, dass er ihre Gefühle nicht in dem Ausmaß erwiderte. Dieses Glück hatte sie nicht. Aber sie konnte daran arbeiten, wichtig werden für ihn, unentbehrlich.

Das erkannte sie schon, als sie nach einem kurzen Getränk in dem Lokal ihres Treffens auf den Deich gegangen waren. Dort herumliefen auf den Spuren von Hauke Haien, dem Deichgrafen, dem Schimmelreiter. Und er über Theodor Storm und dessen Leben referierte, in der Art eines Menschen, der es liebte, sich selber reden zu hören. Sogar das Faszinosum der Gezeiten und die Gewinnung von Land, das dem Meeresboden abgerungen wurde, waren ein Thema. Sie hätte gerne so viel mehr getan in dieser ersten gemeinsamen Dämmerung, als über das wilde Meer zu hören und Prielen und Koggen und andere Begriffe, die ihr schon oft zu Ohren gekommen waren, doch nie mit diesem Akzent, der etwas von Bergen oder dem Bodensee in sich trug. Sie hörte zu, eine Fähigkeit, die sie in vielen Jahren entwickelt und verfeinert hatte. Sie spürte, wie er es genoss, dass sie hingebungsvoll zuhörte und ihm den Raum gab, sich interessant zu machen, um sich interessant zu fühlen.

Als Wind aufzog und die Dämmerung nicht weit von der Nacht entfernt war, verließen sie den Deich.

Sie blieb vor seinem Wagen stehen und ließ ihre Haare tanzen, die ihr damals noch fast bis zur Schulter reichten, öffnete leicht den Mund und strich das helle feine Blond hinter die Ohren zurück. Er hatte von all dem Wind gar nichts mitbekommen, tauchte nur von irgendwoher aus seinen Gedanken auf:

»Ich finde es schön, dass du dich für all diese Dinge interessierst«, hatte er gesagt und das Auto aufgeschlossen. Dann war er eingestiegen und hatte sie zu ihrem Wagen zurückgebracht. Keine Rede davon, ob sie noch auf einen Sprung in die Pension mitkommen wollte, in der er sich einquar-

tiert hatte. Vielleicht war es eine billige Absteige und er schämte sich dafür, dass er mit seinem Gehalt als Referendar für Deutsch und Geschichte mit nichts anderem aufwarten konnte? Aber es war auch keine Rede davon, mit ihr nach Hause zu fahren. Möglicherweise aus Respekt, das konnte sie sich zumindest einreden.
Sie sah seinen roten Rücklichtern hinterher und ließ den Motor ihres alten Wagens an, wie immer schraubte sich die Drehzahl nach oben, um sich dann zu beruhigen und wieder abzufallen. Es war immer noch der alte Wagen, aber es war nicht mehr ihr altes Leben.

Als Marco am nächsten Morgen aus seinem Büro trat, hörte er die Kaffeemaschine surren. Daneben stand Bernd Meier und wartete auf einen Latte Macchiato, den der neue Automat, der gegen ihr Kaffeeproduzierfossil ausgetauscht worden war, hergab. Bernd zeigte mit dem Finger auf die Tasse und wollte offenbar einen Kommentar zu dem Getränk abgeben, als er innehielt und genauso wie Marco nach der Ursache des gleichmäßigen Klackens suchte, das plötzlich im Flur des Präsidiums zu vernehmen war.
Das Klacken stammte von einem Schuhmodell, das mit High Heels bezeichnet werden konnte und der englischen Namensgebung auch in dem vorliegenden Fall alle Ehre machte: Es waren atemberaubend hohe Absätze, die das Klacken erzeugten. Diese Absätze gehörten zu Stiefeln, die einen Meter über dem Schaft in die aufregendsten Kurven mündeten, die Marco seit Langem gesehen hatte. Kollege Bernd Meier wohl auch, denn der hatte den Mund aufgerissen, und es sah nicht danach aus, dass er deswegen offen war, weil er gleich Kaffee trinken wollte.
Marco räusperte sich und bedauerte, dass er doppelt so alt

war wie die Frau, die ihn ansah, musterte und ihre lange Mähne in Honigblond kurz durchschüttelte, bevor sie auf ihn zutrat. Ihr Blick war offen und ihr Gesicht sehr hübsch mit blauen Augen wie dunkles Wasser, umrahmt von viel Tusche, um eine Schönheit zu betonen, die ungeschminkt sicher noch viel schöner gewesen wäre.

»Hallo«, sagte die junge Frau.

»Guten Morgen«, gab Marco als Antwort, Bernd brachte keinen Ton heraus, hatte es aber in der Zwischenzeit geschafft, den Mund wieder zuzuklappen.

»Vielleicht können Sie mir helfen? Ich suche hier einen Kommissar.« Ihre Stimme war nicht vom Ort, irgendwas aus dem Norden und es hörte sich verdammt lässig und sexy an.

»Einen bestimmten Kommissar?«, fragte Marco und versuchte seine Gedanken, die wenig mit seinem Beruf und der Örtlichkeit zu tun hatten, in den Mülleimer zu werfen.

»Nein.«

»Also, ich bin Hauptkommissar Marco Fois. Was haben Sie zu melden?«

Sie antwortete mit einem Blick, der ihn vom Scheitel bis zur Fußsohle taxierte, in Windeseile taxierte, so schnell, dass Marco gar nicht mitbekam, was sie alles taxierte, dann schürzte sie die Lippen und sagte nichts, wobei er schon mit dem üblichen »Einen Kommissar habe ich mir anders vorgestellt« gerechnet hatte.

»Kerstin Greve«, sagte sie und drückte ihm Wärme in die angebotene Hand.

»Ja, und um was geht es?«

»Es geht um einen Toten!«, sagte sie und wartete auf eine Frage, die nicht gleich kam. Es hatte Marco wie auch seinem Kollegen Meier die Sprache verschlagen. Doch nicht einmal eine Minute später saßen sie zu dritt in Marcos Büro und die junge Frau fing zu reden an:

»Letzte Woche, laut Zeitung ist am Freitagabend ein Mann

erschossen worden, ein 47-Jähriger auf einem Parkplatz bei Stetten.«

»Richtig.«

»Ja, und man bittet die Bevölkerung um Mithilfe, ob irgendjemand etwas gesehen hat… es wurde ja auch sein Auto beschrieben, ein weißer Audi mit einer auffallenden Lichterkette.«

»Genau. Und haben Sie etwas gesehen, Frau Greve?«, fragte Marco.

»Nein, aber ich denke, ich bin bei ihm mitgefahren.«

Bernd Meier warf Marco einen Blick zu, der von höchster Konzentration zeugte. Die Frau sah den Blick und nickte.

»Ja. Ich bin am Freitagabend bei einem Mann mitgefahren und es könnte der Mann sein, den man erschossen aufgefunden hat.«

»Wohin sind Sie mitgefahren? Und wann?«

»Die Strecke zwischen Asselfingen und Stetten. In der Dämmerung. Er hat mich mitgenommen, weil ich einen Wildunfall hatte und mein Wagen im Schlamm feststeckte.«

Diesmal warf ihm Bernd Meier einen vielsagenden Blick zu. Sie hatten von dem Wildunfall Richtung Asselfingen bereits gehört, Marco nickte:

»Aha. Wie sah der Mann aus?«

»Groß, aber nicht sehr groß, und schlank. Braune, glatte Haare und ein markantes Gesicht. Augenfarbe eher dunkel. Und vor allem, was richtig auffiel: Er drückte sich verständlich aus. Wissen Sie, wenn man aus dem hohen Norden kommt wie ich, dann tut man sich manchmal schwer, die Leute hier zu verstehen.«

»Aha«, sagte Marco und warf einen Seitenblick auf Kollege Bernd Meier, der auf diese Bemerkung mit einem ärgerlichen Räuspern reagierte und schließlich in seine Unterlagen auf dem Schreibtisch griff. Er legte ein Foto Wegerers vor Kerstin Greve auf den Tisch.

»Ist das der Mann?«

Sie sah auf das Bild, sah lange darauf, dann begann ihr Kopf zu nicken und sie hauchte ein fast unmerkliches »Ja« als Bestätigung. Marco verschränkte die Hände vor der Brust und schwieg, Bernd nickte und schien darauf zu warten, dass die Frau von alleine redete, was sie dann auch gleich tat, mit einem Blick, in dem eine Spur von Wasser hing.
»Das ist echt schlimm. Der Mann war richtig nett, wollte mir helfen. Aber ich hatte am Anfang Bedenken, bei ihm mitzufahren, weil, es war doch fast Nacht, und ich dachte, wenn der wollte, wäre ich ein leichtes Spiel für ihn. Da waren ja überall Wälder, ich hatte Angst, dass der mit mir irgendwohin fährt. Aber er war nur nett, nett… und jetzt ist er tot. Das ist schon ein komisches Gefühl. Und nicht nur tot, sondern auch noch so: erschossen. So was passiert einem auch nicht alle Tage… äh, ich meine, nicht, dass man erschossen wird, sondern, dass man jemanden kennenlernt, der erschossen wird… ach Gott, was rede ich da für einen Mist, sorry.«
»Ist schon gut. Jetzt machen wir es mal so: Sie sammeln sich kurz, vielleicht trinken Sie eine Tasse Kaffee und dann alles nochmals in Ruhe von vorne. Ihre Aussage ist auch deswegen sehr wichtig, weil Sie möglicherweise die letzte Person waren, die den Mann, neben seinem Mörder, lebend gesehen hat. O. K.?«
Sie befolgte seinen Rat, trank ein Glas Wasser und brachte dann eine in sich logisch formulierte Einleitung über den Grund ihres Zusammentreffens mit Jürgen Wegerer, auch wenn sie sich zunächst auf den Wildunfall, das verletzte Reh und das Ausmaß seiner möglichen Wunden konzentrierte. Marco verkürzte diese Schilderung, die aus ihr heraussprudelte, mit der Frage, warum sie sich mit einiger Verspätung gemeldet hatte. Es hätte an der Zeitung gelegen, war die Antwort, sie hatte sie zu spät bekommen. Denn die legte ihr die Vermieterin normalerweise auf die Treppe, aber bis Dienstag hatte sich selbige das Blatt an ihren Urlaubsort nachschicken lassen und die gesammelten

Ausgaben erst am Dienstagabend in einem Stapel vor die Wohnungstür der Mieterin gelegt. Spät in der Nacht hatte sie sich dann alle Zeitungen vorgenommen und war auf die Meldung über den erschossenen Mann gestoßen, und deswegen hatte sie sich gleich am Morgen im Geschäft entschuldigt und war bei der Polizei aufgetaucht.

Des Weiteren folgte in ihrem Bericht eine genaue Schilderung des Auftauchens von Wegerer am Unfallort und der Inspizierung ihres Wagens im Schlamm am Straßenrand, sein Vorschlag, sie in den nächsten Ort mitzunehmen, um von dort aus Hilfe zu organisieren.

»Und das hat er dann auch gemacht?«, fragte Marco.

»Ja und nein«, war die Antwort.

»Wie meinen Sie das?«

»Mitgenommen hat er mich bis nach Stetten, aber Hilfe konnte er nicht mehr organisieren, er kam gar nicht mehr dazu oder besser: er konnte nicht mehr, weil er auf dem Handy angerufen wurde und danach wie ausgewechselt war.«

»Ein Anruf auf seinem Handy?«, Marco sah Bernd Meier vielsagend an, denn schließlich war Wegerers Handy seit Freitagabend verschollen. Bernd antwortete mit einem Blick und zeigte, dass er verstanden hatte, was Marco durch den Kopf geschossen war.

»Es war ein Anruf auf sein Handy und zwar etwa 20 Minuten vor zehn Uhr abends, denn genau um Viertel vor zehn habe ich die Gaststätte Hirsch in Stetten betreten und dort hing gleich eine Uhr im Eingangsbereich.«

»Moment, Frau Greve, der Anruf auf das Handy. Haben Sie etwas von dem Gespräch mitbekommen?«

»Nein, eigentlich nicht, zumindest erinnere ich mich an nichts. Es war so, wir waren da gerade auf dem Parkplatz vor dem Hirschen angekommen und ich hatte die Autotür schon aufgemacht, war am Aussteigen, da klingelte es, ein ganz normaler Klingelton, wie man ihn oft hört, und da ging er ran. Und ich wollte nicht indiskret sein, also bin ich aus dem Auto raus und wartete. Er ist dann auch ausgestiegen und drehte vor dem Wagen mit dem Handy in der Hand ein paar Runden. Der war ziemlich sauer, das fiel mir auf, manchmal ist seine Stimme auch lauter geworden, und dann war das Telefonat plötzlich beendet und er kam auf mich zu.«

»Und was hat er gesagt oder gemacht?«

»Zuerst einmal hat er sich entschuldigt für das Telefonat, und dann hat er mir gesagt, dass er mir leider nicht weiterhelfen könnte, er müsste dringend … er müsste dringend, ja, etwas erledigen. Genau so hat er es formuliert. Und dann hat er noch gemeint, in der Gaststätte könne man mir bestimmt weiterhelfen, und hat sich verabschiedet. Ach ja, er war auch noch so nett und hat mich gefragt, ob ich genügend Geld bei mir hätte für ein Taxi oder was weiß ich. Geld hatte ich immerhin. Dann habe ich mich bedankt und im Hirschen Hilfe organisiert. Mich hat dann ein Bauer mit seinem Trecker abgeschleppt.«

»Haben Sie gesehen, wohin Herr Wegerer gefahren ist?«, fragte Marco.

»Ja, weiter die Strecke, die ich auch genommen hätte, aus Stetten hinaus, Richtung Bissingen.«

»Und Sie können sich an nichts erinnern? Gesprächsfetzen? Hat er eher mit einem Mann gesprochen oder mit einer Frau?«

»Mit einer Frau, so vom Gefühl her, und ich hatte auch so etwas wie Ärger verspürt, dass die mir dazwischenkam, so dass mir der nette Mann nicht mehr helfen konnte oder wollte. Doch ich habe die Stimme nicht gehört und ansonsten habe ich mir da auch noch keine Gedanken gemacht. Bis jetzt wusste ich ja noch nicht einmal, dass ich Zeugin bin, letzte Zeugin bin. Oder wie sagt man da?«

»Wenn Sie nachdenken, vielleicht haben Sie einen Namen gehört?«

Sie sah Marco an, ohne ihn zu bemerken, und strich sich durch die Haare, bündelte sie im Nacken zu einem Zopf, der sich nicht halten ließ. Ihre Haare fielen wie eine Kaskade auf die Schulter, mitten in ihr Kopfschütteln hinein, als suchten sie als Echo ihre Verneinung zu unterstreichen.
»Also keinen Namen, aber Sie haben diesen Stimmungswechsel bemerkt?«, sagte Bernd Meier.
»Ja, er war so richtig sauer, wütend danach.«
»Und wie war er vorher?«, wollte Marco wissen.
»Ruhig, freundlich, hat ein bisschen den Mann rausgehängt, der die Situation im Griff hatte, und überhaupt, er war einfach sehr Mann, die ganze Zeit während unserer Begegnung, wahrscheinlich hatte ich deswegen unbewusst Bedenken, bei ihm mitzufahren, aber was hätte ich machen sollen, weglaufen?«
»Wie meinen Sie das mit ›er war einfach sehr Mann‹?«
»Ja, so wie er geschaut hat, hm…« Kerstin streckte ihre Arme aus, als versuchte sie, eine Antwort aus den Händen zu schütteln. Dabei bewegte sich rosafarbener Nagellack durch die Luft. Der Lack schien nicht aus dem Nagelstudio zu sein, sondern aus dem Fläschchen des örtlichen Drogeriemarktes und verlangte nach Erneuerung.
»Wie hat er mich angeschaut? Nennen wir es mal interessiert oder mehr als interessiert.«
»Ein Begehren?«, fragte Bernd Meier.
»Wie bitte?«
»Sagen wir es doch einfach, Sie hatten das Gefühl, er war scharf auf Sie?«, fragte Marco und versuchte bei dieser Frage Verständnis für solch eine Reaktion Wegerers mitschwingen zu lassen und gleichzeitig klarzumachen, dass er selber von solch einer Reaktion nicht betroffen war. Kerstin verstand seinen Versuch um Diskretion und nickte, ihr rechtes Auge schien ihm dabei zuzuzwinkern, sicher war sich Marco nicht, aber egal, auf dem Protokoll war das nicht zu hören, genauso wenig wie der giftige Blick, den

ihm Kollege Meier zuwarf, der sich bei der saloppen Wortwahl wohl angesprochen fühlte.
»Er hätte mit mir geflirtet oder mehr, wenn ich gewollt hätte, das war mein Gefühl. Aber er hat es bleiben lassen, weil er spürte, dass ich nicht den Kopf für so was hatte. Der Mann war auch irgendwie Gentleman, er hatte was Feines an sich, auch was Interessantes, obwohl er ja gar nicht meine Altersklasse war.«
Bei dieser Aussage warf sie Marco einen Blick zu, der bedeutete, dass auch er unter diese Kategorie Zwar-alt-aber-doch-interessant fiel, und Marco beschloss, diesen Blick, weil er von so einer jungen Frau kam, als Kompliment aufzufassen und nicht als Gnadenfutter für einen alten Esel, der vielleicht doch nicht so alt war, wie er immer von sich selber dachte.

Auch nach einer weiteren Viertelstunde Nachdenken konnte sie sich an nichts erinnern. Das Gespräch mit der wichtigen Zeugin Kerstin Greve war beendet. Sie standen auf und Marco wunderte sich, wie sie so schnell das Gleichgewicht auf den kleinen spitzen Absätzen finden konnte.
Bernd Meier stellte seinen Stuhl an den Tisch zurück und näherte sich der jungen Frau, um ihr beim Abschied die Hand zu geben. Sie griff die Hand und ließ sie nicht mehr los, schien innezuhalten, und dann, während Bernd irritiert seine Hand aus der ihren zog, schien sie zu riechen, zu schnuppern, wie ein Tier, das eine Witterung aufgenommen hatte.
»Ist etwas?«, fragte Bernd Meier, der diese Anwandlung gar nicht einschätzen konnte.
»Oh, Entschuldigung«, sagte sie und schien aus einem Traum aufzuwachen, »so hat es bei ihm im Wagen auch ge-

rochen, das war so ein richtig edler Duft, so wie das hier: herb, frisch mit so einem blumig sinnlichen Unterton, ich meine, das hier ist die Variante für den Mann … im Auto roch es weiblicher … ach, ich weiß nicht, ob Sie verstehen, was ich meine.«
»Schon«, sagte Bernd Meier, der, wie Marco und alle Kollegen wussten, für seine guten Duftnoten bekannt war.
»Einfach ein teures Parfüm.«
»Also bei mir ist es Iceberg«, sagte Bernd Meier und zeigte dabei Stolz für eine Leistung, die er selber nur durch den Kauf des Produktes erbracht hatte. Kerstin Greve sah ihn daraufhin etwas erstaunt an.
»Es könnte natürlich auch ein Duft von den Feldern her gewesen sein, also ein natürlicher Duft, Blumen und Feuchtigkeit und Erde … ach ja, und noch etwas, ein Hauch von Rauch.«
»Rauch?«, fragte Marco.
»Ja, sicher, das hatte ich wahrgenommen, als ich einstieg. Es roch im Wagen ganz leicht nach Rauch, aber nicht nach Raucherwagen, sondern wie von einer Zigarette, die am offenen Fenster oder bei offener Wagentür geraucht worden war. Wissen Sie, etwas, was nach einer Stunde wieder verfliegt … Und ich habe eine Nase für so etwas. Ich bin in einem Raucherhaushalt aufgewachsen.«
Marco nickte und bedankte sich für ihr Kommen und ihre Aussage. Vor der Tür schaute sie auf das Schild mit der Angabe seines Namens und Dienstgrades. Und dann kam die Frage, die er oft hörte und oft beantwortete, die nach seiner Herkunft:
»Fois, was ist denn das für ein Name?«
»Der kommt aus Sardinien«, antwortete Marco und wartete auf den Standardkommentar, dass sie sich doch gleich gedacht hatte, dass Marco wie ein Italiener aussah. Der kam zwar, aber in der Form, dass sie sich doch gleich gedacht hatte, dass Marco nicht wie der typische Schwabe aussah.

Bernd Meier, der neben ihm stand, produzierte bei diesem Kommentar ein Geräusch zwischen Knurren und Räuspern und schien sich eine Frage auf der Zunge zu verbeißen. Er beließ es bei einem verärgerten Blick aus seinen dunkelbraunen Augen, die denselben Ton hatten wie seine Haare, durch die er wieder einmal hingebungsvoll strich. Marco gab keinen Kommentar auf den Kommentar der jungen Frau und erwiderte ihr Lächeln zum Gruß. Als sie ging, standen sie da und lauschten dem Klicken ihrer Absätze, bis es sich in der Durchgangstür und auf der Treppe verlor.
»Wie sieht denn der typische Schwabe aus?«, fragte Bernd Meier.
Marco grinste bei der Schwäche seines Kollegen, ein Thema wieder auf den Tisch zu bringen, das er sich vorher als Frage offensichtlich verkniffen hatte.
»Der Schwabe sieht nicht danach aus, er hört sich danach an.«
»Nett. Oder verhält sich als solcher, wie Henning immer zu sagen pflegt, hm? Wobei in Sachen Geldbeutel unser norddeutscher Kollege am allerbesten in die Gegend passt, oder?«
Marco zuckte mit der Schulter.
»Vergiss es einfach. Übrigens: Hakst du bitte nach, ob Jürgen Wegerer die Zigarette selber geraucht haben könnte?«
»Der war Nichtraucher.«
»Sicher?«
»Habe mich bei Henning genauestens über die Persönlichkeit seines Segelfliegerfreundes erkundigt.«
»Verstehe. Seine Frau?«
»Fehlanzeige. Nichtraucher, beide, so wie in der Zwischenzeit üblich in vielen Bevölkerungskreisen und an vielen Örtlichkeiten.«
»So wie hier im Präsidium auch, alles Nichtraucher?«, fragte Marco.
»Ja«, sagte Bernd und warf ihm einen Blick zu wegen des

Blödsinns, dieses Thema mit mehr als zwei Sätzen abzuhandeln. Mister Recherche-in-allen-Dingen hatte nicht in Erfahrung gebracht, dass der Hauptkommissar selber immer eine Packung in Reserve hatte und abends manchmal dem Laster frönte. Gut. Das Internet reichte nicht bis zum Aschenbecher auf Marcos Balkon, hoffentlich noch lange nicht.
»Willst du sagen, Marco, dass das jetzt die Spur ist? Ein Raucher oder eine Raucherin? Da finden wir den Täter sofort«, Bernd lachte über seine eigene Spitzfindigkeit.
»Was für eine Spur?«, fragte Henning, der neben ihnen aufgetaucht war.
»Wir wissen jetzt, dass Jürgen Wegerer in der Dunkelheit erschossen wurde«, antwortete Marco.
»Wir wissen aber verdammt noch mal einfach nicht, warum er da bei dem Parkplatz angehalten hat«, ergänzte Bernd Meier.

Nicht einmal zehn Minuten später saß Henning in Marcos Büro und hörte sich den Mitschnitt der Aussage von Kerstin Greve an. An der Stelle, als Bernd Meier die Zeugin fragte, ob sie ein Begehren bei Wegerer bemerkt hätte, biss Henning in Bemühen um Kommentarlosigkeit die Zähne zusammen. Bernd Meier hörte das Knirschen und warf seinem Kollegen einen bösen Blick zu, der gleich weggeklappt wurde, als das Knirschen aufhörte. Sie konzentrierten sich weiter und fragten Henning nach seinem Eindruck.
»Interessant, interessant«, murmelte der schließlich vor sich hin, folgte dem Fluss seiner Gedanken und tauchte kurz danach wieder auf, »habt ihr euch eine Haarprobe geben lassen?«
Marco und Bernd sahen sich an, als säßen sie bei dem Rektor im Direktorat, Kollege Meier konnte gerade noch einen Zischlaut unterdrücken. Woraufhin Henning lachte und den Kopf schüttelte.
»Tolle Polizeiarbeit!«

»Kerstin Greve ist nicht rotblond«, erwiderte Bernd Meier.
»Na denn, wenn du sie dir so genau angeschaut hast.«
»Betrifft mich ja auch«, sagte Marco, »das kann man ja nachholen, oder?«
»Ich meine nur. Ansonsten hoffen wir einfach mal, dass der noch mehr zu diesem Freitagabend einfällt.«
»Oder dir!«, sagte Bernd Meier und verließ den Besprechungsraum gerade in dem Moment, als Pia eintreten wollte, es schien, als würden sie gleich zusammenstoßen. Beide lachten. Pia verkündete, dass sie endlich die Jutta Müller angetroffen hätte, welche ihr in einer Endlosschleife erklärt hatte, dass sie nicht erreichbar gewesen war, dass sie im Urlaub war, warum sie Urlaub gemacht hatte und wo sie diesen verbracht hatte. Pia seufzte und nannte den Termin, an dem Frau Müller ins Präsidium kommen würde, um die Aussage ihrer Beobachtungen um Wegerers Treffen mit der Schülerin zu machen.
»Das ist doch was für unseren sprachgewandten, geduldigen Kollegen Henning«, sagte Bernd Meier in Pias unausgesprochene Frage hinein.
»Ja, Henning, übernimm du das bitte«, sagte Marco.
»Wenn die Schwäbisch redet, versteh ich das nicht«, kam als Versuch einer Ausrede.
»So, und wie verstehst du dann deine eigene Frau?«, fragte Bernd.
»Gar nicht«, knurrte Henning, notierte sich den Termin und stand auf.

Als Henning die Tür öffnete, schallte ohrenbetäubender Lärm auf den Flur und alle drei Polizisten drehten den Kopf. Diesen Lärm produzierten ein Mann und ein Frau, die in ihrem äußeren Erscheinungsbild nicht unterschiedlicher hätten sein können. Er war sehr groß und schlank, in den späten Dreißigern mit orientalisch anmutenden Zügen und drohte mit einer Anzeige. Sie, eine Mittfünfzi-

gerin, sehr klein und weißhaarig und hörbar aus der Gegend, wollte ihn beschwichtigen und davon abhalten, sich an einen Polizisten zu wenden. Es gelang dem Mann, die Frau abzuschütteln, und er trat auf Henning zu, der ihm am nächsten stand.
»Ich möchte eine Anzeige erstatten, nämlich Urkundenfälschung. An wen muss ich mich da wenden?«
Marco dachte nach, dann sagte er dem Mann, dass sein Kollege Bernd Meier ihn in das entsprechende Büro im Untergeschoss führen würde. Kollege Meier kam dieser Anweisung nach und schloss sich ihnen fünf Minuten später wieder an.
»Fehlanzeige«, sagte er, »vor der Tür von Kollegin Seidel unten haben sie kehrtgemacht und sind wieder aus dem Präsidium raus. Er hat sich doch noch erweichen lassen.«
»Hast du mitgekriegt, um was es da ging?«, fragte Henning.
»Um einen Gutschein für eine Pascha Hamam Massage.«
»Was?«
»Genau. Mit dem ist die Frau heute Morgen bei dem Mann, einem Masseur, aufgetaucht. Bloß hat er den selber gar nicht ausgestellt, sondern sie hat ihn sich auf dem Computer zusammengebastelt. Und hat ihn dann in einen alten Flyer von der Sauna, in der er arbeitet, reingelegt.«
»Die hat sich selber einen Gutschein ausgestellt und ihm vorgelegt?«, Henning fing an zu lachen, »Hei Leute, schreibt mal schnell ›Gutschein für drei Mal Pizza‹, und legt den bei Michele vor, vielleicht klappt es und wir essen mal was anderes als Brezeln.«
»Wenn wir mal was anderes essen sollen als Brezeln, kannst du dich ja drum kümmern, oder? Nur weil wir es vorhin davon hatten, nicht wahr Marco?«
»Von was hattet ihr es?« fragte Henning.
»Vom typischen Schwaben, auch wenn der manchmal außerhalb des Schwabenlandes geboren sein mag.«

»Na so was«, sagte Henning und schaute um sich. Sein Blick blieb im Gesicht von Bernd Meier hängen, der die Arme verschränkt hielt. Der beharrte darauf, dass Pizzas zum Mittagessen als Abwechslung zu den Brezeln eine hervorragende Idee von Henning wären. Und falls das realisiert werden sollte, einmalig zumindest, er, Bernd Meier, weiterhin motiviert sein könnte, das Frühstück zu organisieren. Henning dachte nach, knurrte, nickte eine Bejahung und zog davon.

Diesmal hatte er sich nicht lumpen lassen und war zum besten Italiener der Stadt gefahren und hatte den Kollegen ihre jeweilige Lieblingspizza mitgebracht: Marco aß nur die Margherita und Henning und Bernd waren sich immer einig bei Salami. Nachdem sie gegessen hatten, besprachen sie die weitere Vorgehensweise. Zuerst einmal musste die Witwe Wegerer zu den neuesten Erkenntnissen befragt werden, vor allem, ob sie von jemandem in Jürgens Umfeld wusste, der oder die den besagten Anruf getätigt haben könnte und rauchte oder ein edles Parfüm verwendete. Dabei konnte man sich auch vorsichtig an das Thema einer möglichen Geliebten Wegerers herantasten, das sie bis dahin nur einmal kurz angesprochen hatten und bei dem sie bisher nicht in die Details gegangen waren. Im besten Fall stammten die Spuren auf dem Toten und im Auto von der Witwe selbst. Marco bot an, dass er dieses Gespräch selber übernehmen würde und spürte die Erleichterung seiner Kollegen wie einen Luftzug im Raum. Beim nächsten Mal würden sie ihm nicht so leicht entkommen. Sicher nicht.

Ingrid Rottgardt-Wegerer war zu Hause und führte Marco die Abkürzung durch die kleine Einbauküche, welche seit Marcos letztem Besuch unverändert war. Niemand schien in ihr zu kochen oder zu essen. Sogar jetzt, um die Mittagszeit, roch es nur nach einem Putzmittel. Marco folgte der Hausherrin ins Wohnzimmer, wo sie ihm in einem der Sessel mit dem Paisley-Muster Platz bot.
»Wissen Sie etwas Neues?«, fragte sie in einem leisen, fast schwachen Ton, der ihre Gesichtsfarbe noch blasser erscheinen ließ.
Nicht nur, dass die Küche davon sprach, auch sie sah aus, als wäre sie seit Tagen ohne ein vernünftiges Essen. Marco fragte sich, ob die Tante davon wusste, denn wenn dem wirklich so war, musste sie sich mehr um die Nichte kümmern.
»Ja und nein«, antwortete Marco nach seinen Gedanken auf ihre Frage. Sie warf ihm einen Blick zu, in dem ein Funken Neugier aufblitzte, dann wartete sie einfach auf weitere Ausführungen.
»Bei uns hat sich eine Zeugin gemeldet, die möglicherweise Ihren Mann als Letzte am Leben gesehen hat, vor seinem Mörder.«
Als sie das hörte, zuckte sie zusammen und sie wirkte einen Moment entsetzt, was Marco sich dadurch erklärte, dass er den Mörder erwähnt hatte. Dann sah sie ihn mit einem unergründlichen Blick an und fragte:
»Wann hat diese Zeugin meinen Mann gesehen? Und wo?«
Marco berichtete ihr von der Begegnung auf dem Feldweg, so wie sie Kerstin Greve geschildert hatte.
Ingrid Wegerer hörte zu und lehnte sich in den Sessel zurück, dachte nach.
»Wer könnte Ihren Mann angerufen haben?«, fragte Marco schließlich.
»Ich weiß es nicht«, sagte sie, schüttelte den Kopf und starrte auf den Boden, sah wieder auf, »nein, Herr Fois, ich weiß es wirklich nicht.«

»Wir haben auch noch andere Erkenntnisse«, ergänzte Marco und räusperte sich, um seine Stimme auf die Mitteilung vorzubereiten, die er machen musste, »der Gerichtsmediziner hat bei Ihrem Mann Hämatome entdeckt, die höchstens ein bis zwei Tage vor dem tödlichen Schuss entstanden sind.«

Sie sah ihn an und wartete und er hatte für den kurzen Augenblick die Hoffnung, sie würde verstehen, worauf er hinauswollte und würde ihm die Worte abnehmen, doch sie blieb nur sitzen und schaute ihn mit einer großen Frage in den Augen an.

»Will sagen kleine Blutergüsse.« Wieder der Gedanke, sie könnte ihn verstehen. Er kam sich so blöde vor, dass er schnell das Wort hinter sich brachte: »Knutschflecken.«

Er sah, wie als Wirkung darauf eine leichte Röte über ihre blasse Gesichtsfarbe strich, und er beteuerte, dass es ihm leidtäte, solch ein Thema ansprechen zu müssen.

»Das braucht Ihnen gar nicht leidzutun«, sagte sie ganz leise, »Jürgen hatte so eine empfindliche Haut, dass ich mich oft wunderte, was für Auswirkungen die kleinsten Berührungen hatten.«

Marco seufzte unhörbar erleichtert auf und sah zu, wie ihr in der Erinnerung die Tränen in die Augen stiegen, bis ihm einfiel, dass er sich den Ort der Hämatome von ihr noch nicht hatte bestätigen lassen.

Sie sah ihn an, als spürte sie, dass er über etwas nachdachte, und sagte dann:

»Am Hals passe ich natürlich auf, wegen der Schüler und Lehrerkollegen, aber nicht am Bauch.«

Ihre Lippen zitterten und sie schüttelte den Kopf und sah ihn stumm an.

»Entschuldigung, ich musste Sie zu dem Thema befragen«, sagte Marco.

»Ich weiß«, antwortete sie, »das hätte ja auch von einer anderen Frau sein können.«

»Ja. Und dann haben wir da noch etwas.«
Sie sah ihn an und wartete.
»Wir haben im Wagen Ihres Mannes Haare gefunden. Schwarze und leicht gelockte und glatte lange rotblonde.«
Sie sagte immer noch nichts.
»Kennen Sie da jemanden, eine Frau, ich meine Frauen, die Ihr Mann kannte? Mit solchen Haaren?«
»Nein.«
Diesmal wartete Marco darauf, dass sie noch ausführlicher antworten würde. Als er schon dachte, dass seine Strategie nicht aufging und sie weiterhin in Schweigen verharren würde, rührte sie sich:
»Er nahm öfters Anhalterinnen mit, weil er sie sicher ans Ziel bringen wollte, bevor ein anderer ihm zuvorkam mit weniger guten Absichten. Er war sehr hilfsbereit. Wie hätte denn diese Zeugin ihn sonst kennengelernt, oder? Und manchmal hat Jürgen auch Schülerinnen nach Hause gefahren, wenn sie den Bus verpasst haben, das mag ungewöhnlich sein, aber so war er eben.«
Marco nickte und sah ihr zu, wie sie mit einem Ruck aufstand, als wollte sie signalisieren, dass sie keine Fragen mehr haben wollte. Da er auch tatsächlich keine mehr hatte, dankte er ihr und verabschiedete sich. Er ließ sie allein in dem Schmerz, den er mit seinen Fragen nicht größer gemacht hatte, wie sein Eindruck war aufgrund ihrer ruhigen Antworten. Ja, es war sogar eine Art der Erleichterung, mit der er ihr Haus verließ. Und doch hatte er das Gefühl, dass irgendetwas nicht ganz stimmte.

Marco saß auf seinem Sofa und dachte nach, wie an so vielen Abenden, um den Tag Revue passieren zu lassen und um zu irgendeiner Erkenntnis zu kommen, die ihm mögli-

cherweise entgangen war. Es war am Ende des Tages oft so, dass Dinge auftauchten und Gedanken und Gefühle, die bis dahin in Kopf oder Bauch versteckt waren. Bei diesem einsamen Brainstorming, in dem er sich selber Gesprächspartner war, inszenierte Marco auch zugleich ein Instinctstorming, wie er selber spaßeshalber den Versuch bezeichnete, Empfindungen, Bauchgefühle zu entschlüsseln, die er kurz in sich hinein fotografiert hatte, ohne sie weiter zu ergründen, weil einfach keine Zeit dafür vorhanden gewesen war. Zum großen Ärgernis von Silvie hatte er sich diese Auszeiten des Dialogs mit sich selbst auch während ihrer Anwesenheit in seiner Wohnung genommen, was aus ihrer Warte natürlich bedeutete, dass für sie kein Dialog blieb, obwohl sie doch so viel über ihren Alltag zu erzählen hatte. Aber wie dem auch war, ihre Mitteilungen über das Verhalten von Leuten in dem Bio-Laden, in dem sie arbeitete, mussten einfach warten, wenn Marco berufsmäßig in sich gehen musste. Und wenn er, um Ruhe zu haben, sich mit einer Zigarette auf den Balkon verzog, während sie frustriert den Fernseher anmachte, was öfters zur Folge hatte, dass sie aus reiner Langeweile auf dem Sofa einschlief und sich nur noch zu einem kurzen Umzug ins Schlafzimmer wecken ließ. Und zu nichts Weiterem. Ja, Silvie, das war das eine Thema, das er nur kurz andachte, weil er sich einfach nicht damit belasten wollte, erst recht nicht, nachdem sie schon nicht da war. Auch wenn gerade diese Tatsache ihn enorm wurmte. Das Liebesleben war schon ein leidiges Thema.
Marco dachte an Bernd Meier, der mehr unter der Trennung von seiner Frau litt, als er zugab, oder auch nur unter dem Prinzip, dass sie mit ihm keine Kinder wollte. Henning, der in der Institution der Ehe lebte, zwei Kinder mit seiner Frau großgezogen hatte, oder eher umgekehrt: sie mit ihm, denn bei jeder Gelegenheit flüchtete Kollege van Dalen in die Luft. Und all diese Gedanken über Reibereien, Frustrationen und Alltäglichkeiten in Beziehungen brachten Marco ge-

danklich immer zu der Trauer dieser Frau und der großen Liebe, die sie mit ihrem Mann verband oder besser, nein schlechter: verbunden hatte. Weil es vorbei war, nach dem Tod von Jürgen Wegerer, die ganze Größe dieser Liebe vorbei war, ausgelöscht auf dem weißen Kies eines Wanderparkplatzes. Oder war ihre Liebe einseitig? War sie sich wirklich so sicher über seine eheliche Treue? Wie konnte sie von all dem Gerede nichts mitbekommen haben?
Marco stand auf, um den wenigen Autos auf der Nattheimer Hauptstraße beim Vorbeifahren zuzuschauen. Bis auf das Motorengeräusch war alles ruhig und still, sogar die Hitze des Tages, die in die Wärme des Abends übergegangen war, war voller Stille, eine Luft ohne Wind, bewegungslose Sommernacht. Bewegungslos wie Inge Wegerer, die in ihrem Schmerz gefangen war. Als er das dachte, schämte er sich nochmals für die Fragen, die er an dem Nachmittag stellen musste, für die Fragen an sich und für sich selber und seine Unzulänglichkeit, das ganz und gar Heikle an der Situation dem medizinischen Fachbegriff des Hämatoms übergeben zu haben. Er, Marco Fois war ein Idiot, sprach von Blutergüssen und hegte die Hoffnung, er könnte der Witwe die Gesprächsführung überlassen. Vielleicht war er aber einfach auch ein sehr empfindsamer und einfühlsamer Kommissar.
Ja, genau, das war es. Er wollte sie nicht verletzen mit den Erkenntnissen aus ihren Ermittlungen. Hatte ihr Mann eine Freundin? Ging er fremd? Wir müssen recherchieren, wissen Sie. Unbehagen, ja, im Nachhinein war es ein großes Unbehagen, das er empfunden hatte und das er auf die peinlichen Fragen, die er stellen musste, zurückgeführt hatte. Aber wenn er an dem Abend darüber nachdachte, nahm dieses Unbehagen eine andere Form an, deren Ursprung er nicht erfassen konnte. Es kam von ihr, sie löste das Unbehagen in ihm aus, sie als Person und nicht ihre Reaktion auf seine Fragen.

Das war es, was er am Nachmittag als Eindruck, als emotionalen Stempel einer Situation, in sich hinein fotografiert hatte.
Es war, als hätte sie ihn auflaufen lassen wollen in seiner Bemühung um Diskretion. So kam es ihm vor. Sie hatte genau verstanden, was er ausdrücken wollte und verzögert reagiert. Er versuchte, für sich in Worte zu fassen, was er empfand. Es war, als hätte diese Frau die ganze Zeit die eheliche Treue ihres Mannes wie eine Fackel vor sich hergetragen, um Licht in eine Dunkelheit zu bringen oder um sich selbst an diesem Feuer zu wärmen. Marco hatte ein Bild gefunden. Auch wenn er das offiziell nicht so von sich geben würde.

Als Marco am Donnerstagmorgen das Präsidium betrat, fing ihn Bernd Meier im Flur ab.
»Morgen, Marco, dein Onkel hat angerufen, er erbittet deinen Rückruf, es sei dringend und es geht um was Dienstliches, genauer hat er sich nicht ausgedrückt.«
Marco bedankte sich und ging an seinen Schreibtisch, blickte auf die Notiz, die dort lag in Form eines kleinen gelben Zettels mit Klebestreifen, beschrieben mit Bleistift, wie bei Bernd Meier üblich. »HB anrufen« stand darauf und Marco lächelte, weil seine Kollegen in der Zwischenzeit Hans Baldinger, den Bruder seiner Mutter, mit demselben Spitznamen in Form eines Wortkürzels betitelten, den er ihm vor Jahren gegeben hatte und der so auch von seinem Onkel akzeptiert worden war. Im Falle des Kürzels in der Handschrift von Kollege Meier konnte man von einer Vertrautheit ausgehen, von der HB nichts wusste, gegen die er jedoch sicherlich nichts einzuwenden hätte. Vielleicht war es auch nur der Versuch, denen zuzugehören,

für die Hans Baldinger nicht nur Mensch war, sondern auch Institution mit einem gewissen Kultstatus. Genug der Gedanken, Marco warf die Notiz in den Papierkorb und wählte die Festnetznummer seines Onkels in Fleinheim, einem Dorf in der Nähe von Nattheim.

»Baldinger«, ertönte die Antwort nach dem dritten Klingelton so laut, dass Marco den Hörer vom Ohr entfernte.

»Grüß dich Hans, du wolltest mich sprechen.«

»Mannomann, war dieser Meier schnell, ich habe gerade vor zehn Minuten angerufen. Oder habt ihr einfach nichts zu tun?«

Ignorieren, ignorieren, es kam sowieso immer ein Kommentar, bei dem man nur weghören konnte.

»Worum geht es denn?«

»Um eine Vermisstenmeldung.«

»Und wer?«

HB räusperte sich und selbst das dröhnte an Marcos Ohr, auf das Räuspern folgte ein Kichern undefinierten Ursprungs, das gar nicht zu der Meldung HBs passte.

»Sag schon!«, sagte Marco, der schon spürte, dass diese Sache nicht ganz ernst zu nehmen war, wie viele Dinge im Leben seines Onkels.

»Gut. Vermisst wird ein Reh. Oder sagen wir besser: ein Rehbock auf den Namen Peterle.«

Marco stützte seinen Kopf in die linke Hand, den Ellbogen auf dem Schreibtisch und hielt nach wie vor das Telefon rechter Hand in angemessener Entfernung, dann sprach er in den Hörer:

»Das liegt nicht in meiner Zuständigkeit, HB«, er verbiss sich ein Lachen.

»Es ist aber wichtig, Marco«, kam als Antwort, in der eine Spur von Weinerlichkeit mitschwang, »es ist sehr wichtig. Denn bei dem Tier handelt es sich um den zahmen Rehbock meiner Nachbarin Trude. Die hatte ihn als Kitz verletzt im Wald gefunden und aufgezogen und er ist für sie mehr als nur ein zahmes Haustier, will sagen, die einzige Gesellschaft, die sie hat, außer mir natürlich, wenn ich bei ihr die ausgezeichneten selber gemachten Sulzen essen darf. Auf die ich weiterhin auf gar keinen Fall verzichten möchte, also deswegen … «

»Halt, stopp, halt, lass mich auch mal was sagen, bitte.«

Als Antwort war ein Knurren zu hören, was bei HB so viel bedeutete wie: Ich höre dir zu.

»Also, Hans, in dem Fall denke ich, musst du dich an einen Jäger wenden.«

»Geht nicht, der zuständige Jäger ist Trudes Ex-Gegenschwieger, ich betone Ex, ihre Tochter ist geschieden und die haben sich im Streit getrennt, seit der Zeit reden die Familien nicht mehr miteinander.«

»Dann sag halt, es sei dein Reh.«

»Was für ein Quatsch, der Jäger weiß doch, dass Peterle bei Trude lebte. Und außerdem …«, hier schwang eine bedeutungsschwangere Pause durch den Hörer, »und außerdem bist du ja auch eine Art Jäger, oder?«

»Jäger?«

»Jäger!«

»Hans, im Moment weiß ich nicht einmal, wann ich frei habe!«

Marco versprach, sich zu melden, falls er doch noch ein bisschen Zeit hätte und wünschte seinem Onkel einen schönen Tag. Als Antwort kam wie so oft, dass sich HB durchaus wie immer um einen schönen Tag bemühen würde, denn das sei ja schließlich Einstellungssache, man könnte vieles im Leben selber gestalten, auch die Ruhe, mit der man die Dinge in Angriff nähme. Wobei sich Marco immer fragte, von welcher Ruhe sein Onkel eigentlich sprach, wenn er sie selber gar nicht vorlebte. Nichtsdestotrotz bedankte er sich, legte auf und ging zu Bernd Meier.

»Weiß man eigentlich was von dem Reh?«

»Von was für einem Reh?«

»Das vom Unfall.«
»Hat das was mit den Ermittlungen zu tun?«
»Nein, das war nur so ein Gedanke, vergiss es!«, antwortete Marco und zuckte mit der Schulter.

Wenig später rührte Marco in seiner Tasse auf seinem Schreibtisch. Der neue Automat produzierte einen sehr guten Kaffee, aber auch einen sehr heißen, der in einem längeren Akt heruntergekühlt werden musste. Wobei man seine Gedanken kreisen lassen konnte. Er dachte, dass vieles in seinem Umfeld nichts mit Normalität zu tun hatte. Angefangen sicherlich schon einmal bei HB, der mit zuwachsendem Alter immer exzentrischer wurde unter dem Deckmäntelchen eines normalen Daseins in Form von leidenschaftlich betriebener Gärtnerarbeiten auf einem alten Bauernhof.
Und weitergehend bei ihm, Marco, da fehlte auch Normalität, vielleicht waren es die Gene oder es brachte einfach der Beruf mit sich, der so weit entfernt war von Bäckers täglichen Brötchen, gleichen Arbeitszeiten und Begegnungen im Alltagsleben. Oder es war einfach Marcos höchstpersönliche Art, auf diesen Beruf zu reagieren? Schon vor Jahren waren ihm Zweifel gekommen, warum gerade er sich etwas ausgesucht hatte, das sich nur mit dem Negativen in dieser Welt beschäftigte. Neben den Zweifeln wuchs die Opposition gegen seinen Vater, der die Gabe hatte, in genau diesen Zweifeln zu stochern und zu rühren.
Dauerhafter Entzündungspunkt für das Bedürfnis seines Vaters, ihn ärgern zu wollen, war natürlich Marcos Entscheidung gewesen, die deutsche Staatsbürgerschaft zuungunsten der italienischen anzunehmen. Um in deutschen Landen Polizist zu sein, anstatt in Italien glücklich zu werden. Denn das eine schloss das andere natürlich aus nach der Weltsicht von Papa Fois. Oder besser: Religion, die ausschließlich ein Glaubensbekenntnis verkündete: Ita-

lien macht glücklich. Das konnte sicherlich stimmen, reduzierte man das Kriterium für Glück auf die Effekte von O-sole-mio: Blauer Himmel und Tomaten, die nach Tomaten schmecken, gereift in einem Licht, in dem nicht nur Früchte und Gemüse gedeihen, »sondern auch der Mensch«. Frei nach dem Motto »Mens sana sub sole sano«, ein von dem alten Fois selber aus verschiedenen Elementen zusammengemixter Spruch.

Vielleicht war auch was dran, an dem »gesunden Geist unter gesunder Sonne«, nichtsdestotrotz war die väterliche Vision der Dinge verstärkt durch die Tatsache, dass der alte Herr Italien jahrelang aus der Entfernung angestarrt hatte. Mit einem Blick, der viel mit »verklärt«, aber wenig mit »klar« zu tun hatte. Wie Marco an Beispielen aufzuführen pflegte, gerne aus den Bereichen Effizienz, Verantwortungsbewusstsein und Selbstdarstellung. Sein Vater wurde dabei immer fuchsteufelswild und antwortete, dass er sich einen Dreck darum schere, wie der Zustand in italienischen Krankenhäusern und Behörden sei, ob italienische Kinder im Auto mit Kindersitz transportiert werden würden, und schon gar nicht interessierte ihn das Sexualleben italienischer Politiker. Marco lachte in seine Gedanken hinein und nippte an seinem Cappuccino, den man nun gut trinken konnte und der einen Hauch seines Ursprungslandes ins Büro brachte, so gut war er. Er trank ihn zügig aus, leckte sich den Schaum von der Lippe und lächelte wieder in Erinnerung der Frage, die immer nach Marcos Auflistung der Vorzüge von Deutschland kam. Es war eine rhetorische Frage, die sein Vater mit Genuss stellte. Langsam und mit Bedacht gesetzt als Schlusspunkt für die ganze Debatte und sie kam dem Zug eines Schachmatts gleich:

»E perché viviamo più a lungo?«, und Marco wusste wie immer keine Antwort darauf, warum die Italiener länger lebten laut irgendeiner Statistik, wie sie Joe Fois immer anführte: Es ging um die Lebenserwartung der Europäer: Die

Deutschen hinkten den Südländern mindestens ein bis zwei Jahre hinterher. Mindestens. So war der Verlauf solch einer Art von Diskussion zwischen Vater und Sohn.

»Du erinnerst dich, heute kommt dieser Stocker«, es war eine Frage mit Aufforderung, die Bernd Meier auf Marcos Rücken prallen ließ, als der gerade in der Büroküche seine Kaffeetasse abspülte und zum Abtropfen in dem Hängeschrank abstellte, den er extra aus Italien hatte einfliegen lassen. Eine schlaue Erfindung, welche bis heute noch nicht in deutschen Küchen angekommen war.
»Ich weiß, um 14 Uhr«, antwortete Marco und klappte die Schranktür wieder zu.
»Wenn's Sinn macht«, tönte es wieder in Marcos Rücken.
»Was meinst du?«, fragte Marco und drehte sich um.
»Darf ich meine Tasse auch noch spülen?«
»Bitte.« Marco trat zur Seite und schaute Bernd Meier beim Einseifen zu. Er leistete eine akribische Arbeit, auch beim Ausspülen, da ging verdammt viel Wasser den Bach runter. Schließlich knallte Bernd den Wasserhahn wieder zu, von oben mit einem Schlag, und drehte sich um.
»Verdammt, Marco, ich sag's nicht bei Team-Besprechungen, nur hier zu dir, was bringt denn das alles? Dieser Aktivismus, hm? Axel Stocker, alias Kassenwart in diesem Segelfliegerverein, ein mit Schokokuss-Schaummasse verschmiertes Auto, dieser Rektor und dann auch noch Rehe im Wald. Was haben wir denn bis jetzt? Nichts, nichts, nichts. Wir ermitteln mal so vor uns hin und haben diesen Toten, der jetzt bald zur Beerdigung freigegeben wird und diese am Boden zerstörte Witwe.«
»Ich weiß, aber du vergisst, dass wir einen guten Schritt weiter sind, wir haben diese Zeugin, Kerstin Greve …«
»Die auch nichts weiß bis auf diese Fahrt in diesem neuen Audi und dem Telefonat, von dem sie nichts mitbekommen hat.«

»Und wir haben einen Sumpf um eheliche Treue. Und da gibt es auch viele Spuren.«
Bernd zuckte als Antwort mit der Schulter.
»Ich weiß, es ist nicht einfach«, sagte Marco und schaute zu, wie Kollege Meier seine Arme verschränkte und mit einer Körperhaltung zwischen Unmut und Lässigkeit an der Spüle der Polizeiküche lehnte. Er schien ganz offensichtlich auf weitere Erläuterungen oder Ermutigungen zu warten.
»Die Witwe weiß was von der Untreue«, gab Marco von sich.
»Was? Das ist neu.«
»Ja. Richtig. Ich bin auch erst gestern Abend draufgekommen.«
»Und wie, hat sie was gesagt?«
»Nein, sie hat nichts gesagt deswegen«, antwortete Marco und versuchte dabei, dem Kollegen seine eigenen Eindrücke und Gedankengänge vom Vorabend zu erklären. Bernd Meier hörte ihm aufmerksam zu und nickte.
»Da machen wir da mal weiter«, sagte er schließlich.

Es war Abend. Den ganzen Tag über war es ihm gelungen, die Kollegen zu motivieren, aber in ihm machte sich nach und nach eine gewisse Entmutigung breit. Jürgen Wegerer war an dem Abend seit sechs Tagen tot und sie hatten immer noch keine heiße Spur. So musste sich Marco zuerst einmal aus den Fängen des Frusts befreien und griff zum ersten Mittel, das ihm zur Verfügung stand. Es galt, sich ein wunderbares Abendessen herzurichten, das er sehr wohl auch alleine genießen konnte.
So ging er zuerst einmal zum ersten italienischen Geschäft der Stadt, das nicht nur als Laden Lebensmittel verkaufte, wie Schinken und Weine, sondern auch wie eine italienische

Rosticceria warmes Essen anbot, natürlich auch vom Grill. Zum sofortigen Verzehr oder auch zum Mitnehmen, beides kam bei den Kunden gleich gut an, auch Marco hatte dort schon öfters ein schnelles Mittagessen zu sich genommen, bevorzugte es aber, das Essen mit nach Hause zu nehmen. Für den Abend kaufte er zuerst einmal echte Büffel-Mozzarella und Tomaten, Basilikum hatte Marco sowieso ganzjährig in der Küche. Beim Nudelgericht entschied er sich für mit Spinat und Ricotta gefüllte Ravioli. Und zu guter Letzt holte er sich noch zwei Scheiben Arrosto, Braten, der dieser Rosticceria-Ecke gelang wie seiner Mutter, vielleicht war auch der Trick dabei, dass der Geschäftsbesitzer das Fleisch direkt aus Italien einfliegen ließ, es sei dort anders geschnitten, hatte er Marco einmal erklärt, er könnte machen, was er wollte, mit deutschem Fleisch bekäme er den Geschmack nicht hin, trotz Knoblauch, italienischem Weißwein und Rosmarin. Für das, was Marco an der Kasse ließ, hätte er gleich ausgezeichnet gutbürgerlich essen gehen können, aber er brauchte das jetzt, er brauchte einen Hauch von Italien.
Beim Essen dachte er an das Gespräch mit Axel Stocker, der pünktlich im Präsidium erschienen war mit einem großen Schwall Beteuerungen, wie leid es ihm täte, die Sache mit Wegerer. Er merkte gar nicht, dass seine Beileidsbekundungen im Präsidium fehl am Platz waren. Stocker versprühte die Selbstgefälligkeit eines glücklichen Familienvaters, der zugleich die Vorzüge einer späten Vaterschaft zu missionieren suchte. Auch wenn diese teilweise mit gewissen problematischen Situationen einhergehen konnte, so war doch die kleine Tochter an dem Wochenende vor einer wichtigen Geschäftsreise Stockers an einem Magen-und-Darm-Infekt erkrankt und musste am Freitagabend in die Ulmer Kinderklinik, wo Mutter und Kind sicherheitshalber über Nacht blieben.
Neben ausführlichen Erläuterungen über die Unterbringung der beiden, die Pflege und das Wohlbefinden im An-

schluss, folgte auch noch die Erklärung für den Ort: Die Klinik in Ulm war die nächste Wahl, weil sie sowieso dort lebten, schließlich sei etwas anderes der jungen Mutter für ihre gastronomische und kulturelle Entfaltung nicht zuzumuten. Jetzt würde er halt zum Segelfliegen und zur Arbeit nach Heidenheim fahren, verkündete der Ehrenmann und Ehemann. Sein Blick verlangte eindeutig nach einer Bestätigung für den Sinn dieser Aktivität. Woraufhin Marco antwortete, dass er auch viele Leute kannte, die pendelten. Wenn auch von der umgekehrten Richtung aus: Heidenheim, Ulm, Heidenheim. Stocker lächelte zufrieden, er hatte das gehört, was er hören wollte, beim Rest hatte er nicht zugehört, wie so viele, die Marco kannte. Kurzum, Stocker hatte ein Kind, eine Frau und ein Alibi für Freitagabend.

Und Marco hatte einen Groll, den er sich nicht ganz erklären konnte, der ihn aber zu Gedanken um Silvie brachte, in Zusammenhang einer Mutterschaft derselben.

Wabi sabi. Das japanische Konzept der Ästhetik des Unvollständigen. Nichts bleibt, nichts ist vollkommen, nichts ist abgeschlossen. So war auch der Ausdruck ihrer Malerei. Wie ihre Bilder, so war ihr Leben, ihre Liebe. Und diese war auch mit seinem Tod nicht vorbei. Ja, sie liebte ihn noch immer, sein Tod hatte dieses Gefühl sogar verstärkt, indem es ihm Lauf gelassen hatte, ohne es zu verletzen, zu demütigen. Sein Tod hatte ihrer Liebe Raum geschaffen.

Sie stand auf und schaute aus dem Fenster, über die Felder, in die der Wind Impressionen zeichnete, Licht, Schatten und Rhythmen, die nicht blieben, sondern kamen und gingen. Dieser Wind in dem satten Grün und Gelb des Nordens war eine ehrlichere Flüchtigkeit als das Wasser in der künstlich angelegten Landschaft in ihrem Garten. Mit dem kleinen Brunnen, der immer in Bewegung war, der ihre Gedanken zum Fließen brachte. All das war ihr gelungener

Versuch, einen japanischen Garten mitten auf der Alb zu erschaffen. Aber das war alles so weit weg. Es war einmal gewesen. Sie machte die Haustür auf und atmete die Luft ein, die etwas vom Salz des nahen Meeres in sich trug.
Der kleine Bauerngarten vor ihr war verwahrlost und der Holzzaun zusammengefallen und so morsch, dass er nicht einmal mehr als Brennholz taugte. Sie blieb stehen und strich über die raue Oberfläche, die Furchen hatte wie ein ganz alter Mensch, strich so sanft darüber, dass sie sich nicht wehtun konnte an Widerhölzern. Es war, als suchte sie eine Berührung, die nicht kam, die vom toten Material nicht zurückgegeben werden konnte.
Ja, es war aus, vorbei, verflossen im Rausch der Vergänglichkeit, wie Lolas Blick, der zum Ausdruck gab, dass er schon alles hinter sich hatte. Ihr Lieblingsbild. Ausdruck ihrer selbst.
»Schauen wie meine Lola«, sagte Hanno immer mit dem für ihn so typischen Spott um seinen Mund. Aber es war nicht seine Lola, das war der Irrtum. Hanno. Auch das war lange her und vorbei.

Am späten Freitagvormittag saßen sie im Präsidium über einem zweiten Frühstück, das an dem Tage Marco organisiert hatte.
»Ich habe noch etwas Interessantes über Jagdwaffen herausbekommen«, sagte Bernd Meier und klopfte mit seiner Brezel auf den Tisch.
»So?«, kommentierte Henning, »sicherlich über das Internet oder was?«
»Ja, lieber Kollege, aber nicht nur«, Bernd drehte seinen Kopf zu Marco, »ich habe nämlich auch einen Freund, der Jäger ist und sich sehr darüber gefreut hat, etwas von seinem breiten Wissen freizugeben.«

»Und auf welche Erkenntnisse bist du da gekommen?«, fragte Henning.
»Auf den Drilling, eine Langwaffe mit drei Gewehrläufen.«
»Hm«, machte Henning, was Bernd gar nicht zu hören schien:
»Der klassische Drilling hat oben zwei nebeneinander liegende Schrotläufe und darunter einen Kugellauf. Es gibt auch noch andere Varianten, mit denen ich euch jetzt nicht langweilen möchte«, ein Seitenblick auf Henning gab zu verstehen, wen Bernd hauptsächlich als gefährdet einstufte, »jedenfalls findet man unter dem Drilling auch ein begehrtes Sammlerobjekt aus dem zweiten Weltkrieg, den berühmten Luftwaffendrilling, also eine Waffe, die den Wehrmachtspiloten mitgegeben wurde, für den Fall, dass sie abstürzten und in der Wildnis überleben mussten, eine klassische Survival-Waffe, die in geringer Stückzahl produziert wurde, und zwar von 1941 an. Modell wie oben, zwei Schrotläufe und ein Kugellauf.«
»Sag doch gleich Survival weapon, wenn du schon das Englische bemühst«, sagte Henning.
»Immerhin bemühe ich mich überhaupt um etwas, oder?«
»Könnt ihr das bitte bleiben lassen?«, fragte Marco.
»Ich schon«, sagte Bernd, »vor allem, weil ich noch etwas sehr Interessantes dazu in Erfahrung gebracht habe: Der Hersteller dieses Luftwaffendrillings ist die Firma Sauer & Sohn und diese hat ihren Hauptsitz an der Ostsee, ich will sagen, die Fäden laufen irgendwie an der Ostsee zusammen, Kerstin Greve ist von dort, die Frau von Wegerer und letzten Endes eine berühmte Waffe.«
»Na, ob da gleich die Fäden an der Ostsee zusammenlaufen, das kann man sehen, wie man will. Außerdem saß Sauer & Sohn während des zweiten Weltkriegs in Suhl, Thüringen. Mein Vater war nämlich ein Waffenliebhaber, eine Leidenschaft, mit der er mich während meiner Kindheit traktierte und die ich leider nie teilen konnte«, sagte Henning.

»Warum bist du dann zur Polizei?«, fragte Bernd Meier.
»Gerade weil ich was gegen Waffen, deren Gebrauch und Einsatz habe, ist doch logisch. Den M30 Luftwaffendrilling erkennt man übrigens am Baujahr mit Monat, 242 ist zum Beispiel vom Februar 1942, die Läufe sind aus Krupp Laufstahl. Auf der rechten Schaftseite und auf dem rechten Schrotlauf sieht man den Luftwaffenadler. Soweit ich mich erinnere Kaliber 12 für die Schrotläufe, Kugeln weiß ich nicht mehr. Insgesamt wurden um die 2000 Stück produziert, für das Überleben in der nordafrikanischen Wüste. Ist bei Sammlern heißbegehrt.«
Bernd Meier schwieg auf diese Antwort hin.
»Also, wenn du so viel über solche Waffen weißt, warum sagst du es uns dann nicht?«, fragte Marco.
»Wenn ihr meint, dass Jürgen Wegerer mit einem Sammlerstück erschossen wurde?«
»Wir meinen gar nichts, wir sammeln nämlich auch, und zwar Informationen, die uns ideenmäßig weiterbringen«, sagte Bernd Meier in dem Versuch, Hennings Variante in der Tonlage nachzuahmen, den Oberlehrer. Der sagte nichts mehr, aber sein Blick verriet, dass er die Lektion verstanden hatte.
»Und inwiefern warst du tätig?«, fragte Bernd Meier in das Schweigen hinein.
»Ich habe mit Jutta Müller gesprochen.«
»Ja, natürlich«, sagte Marco, »die Zeugin, die Wegerer mit einer ehemaligen Schülerin gesehen hat.«
»Eben.«
»Und?«
»Eine halbe Stunde Gespräch, fünf Minuten Inhalt. Als Wesentliches kann gesagt werden, dass diese Schülerin über 18 ist und seit zwei Jahren nicht mehr auf Wegerers Schule geht. Von der Seite her hat er also keine Probleme. Auch wohnt sie nicht mehr hier im Raum, sondern bei Hamburg.«
»Ja, und was hat diese Frau Müller gesehen?«, fragte Marco.

»Gar nichts, wenn ihr mich fragt. Oder glaubt ihr, man kann dem Jürgen ein Verhältnis mit einer Frau nachweisen, nur weil er mit dieser in der Dämmerung in einem Auto hockt, das auf einem Kiesweg am Waldesrand parkt?«
»Das ist alles, die saßen da nur rum?«
»Mehr hat Jutta Müller nicht gesehen.«
»Und das war diese Sarah?«
»Genau. Die hat übrigens leicht rötliche und lange Haare, ist anscheinend so ein groß gewachsener keltischer Elfentyp mit blasser Haut.«
»Hm, dann könnte das lange rote Haar von ihr stammen.«
»Wenn ihr wollt, kann ich am Wochenende eine Haarprobe liefern«, sagte Pia, die bis dahin nur geschwiegen hatte, »ich habe nämlich mit Sarah Fendt telefoniert.«
Auf diese Aussage hin warf sie ihnen einen Blick zu, der Lob einforderte. Marco kam diesem Bedürfnis nach mit einem bewundernden Räuspern in ihre Richtung, auch als Aufforderung, sie zum Weitersprechen zu bringen, was sie dann auch tat:
»Ich habe zuerst mit Sarahs Mutter telefoniert, das ist nämlich die zweite Nummer auf dem Zettel, auf dem die Nummer von Jutta Müller steht. Die Mutter wusste bereits vom Tod Wegerers, war dementsprechend entsetzt und gab mir sofort die Telefonnummer ihrer Tochter bei Hamburg. Habe die junge Frau auch gleich erreicht. Wenn ihr mich fragt, habe ich sie aus dem Bett geholt.«
»Und?«, fragte Henning.
»Auch sie wusste bereits, dass ihr ehemaliger Lehrer tot ist. Und ich bekam am Anfang fast nichts aus ihr heraus, sie war total fertig oder müde. Fast am Heulen, das hab ich ihrer Stimme angemerkt. Kurzum, der Jürgen Wegerer war für sie so etwas wie ein väterlicher Freund, eine Beziehung, die sich schon während ihrer Zeit an der Schule aufgebaut hatte. Sie trafen sich damals schon öfters auf Spaziergängen, bei denen sie hauptsächlich die unglückliche Beziehung zu

ihrem Vater und das schwierige Verhältnis zu ihrer Mutter aufarbeiteten.«

»Hat sie das so formuliert?«, fragte Marco.

»Nein, ich fasse jetzt nur mal zusammen. Wir haben über eine halbe Stunde miteinander gesprochen. Sie hat nebenher Kaffee gekocht und Zigaretten geraucht und wurde dadurch wacher und unglaublich redselig.«

»Aha, dann könnte der Zigarettengeruch im Auto Wegerers auch von ihr sein«, sagte Bernd.

»Habe ich mir auch gedacht und nachgefragt, aber da war sie in Hamburg.«

»Und was war bei all dem dein Eindruck?«, fragte Marco.

»Dass sie ihm dankbar war für das, was er für sie getan hat, seine Aufmerksamkeiten und sein Zuhören. Er hat einen großen Schritt dazu beigetragen, dass sie Selbstvertrauen entwickelt hat und jetzt da ist, wo sie eigentlich sein wollte.«

»Hm«, gab Bernd Meier als Kommentar von sich, »und was kam als Gegenleistung?«

Pia sah kurz auf, warf einen Blick durch die Runde und schien nachzudenken, für einen Moment hatte Marco das Gefühl, dass sie einen Anflug von Ärger in sich bezähmte und versuchte, wieder sachlich zu werden.

»So, lieber Bernd, habe ich sie natürlich nicht gefragt, sondern eher, wie sie es sich erklären konnte, dass und warum ihr Lehrer sich für sie so viel Zeit nahm.«

»Und?«

»Von ihrer Seite kam rüber, dass er einfach nur helfen wollte.«

»Aha.«

»Es könnte natürlich auch sein, dass manche Leute, die sie so bei Spaziergängen gesehen hätten, vielleicht etwas in den falschen Hals bekommen haben, denn, wenn sie sich voneinander verabschiedeten, hätten sie sich öfters umarmt. Aber einfach nur umarmt.«

»Gut«, sagte Marco, »immerhin haben wir die eine Spur geklärt, verbleibt uns noch die Herkunft des schwarzen Haares.«
»Da habe ich was dazu«, sagte Henning.
»Auch noch?«, kommentierte Bernd, »da hast du dich ja richtig überschlagen, bei all der Arbeit.«
Als Antwort legte Henning eine Kassette auf den Tisch.
»Hört da mal zu. Ihr werdet euch wundern.«
Henning tippte mit dem Finger auf die Kassette.
»Sie muss eine auffallende Erscheinung gewesen sein. Mit der er nicht auffallen wollte, deswegen dieser fremde Ort, der weder etwas mit seinem Wohnort noch Arbeitsplatz zu tun hatte. Bei dieser eindeutigen Situation. Sie waren sicher ein Liebespaar. Er, ein Mann in den besten Jahren und diese wunderschöne junge Frau.«
Als Kollege van Dalen mit dieser Einleitung fertig war, wies er darauf hin, dass es sich um den Mitschnitt einer Aussage handelte, welche Rolf Heindel, der Mann einer Freundin von Jutta Müller, gemacht hatte, drei Stunden nach Anwesenheit derselben im Präsidium. Die Informationen aus dem Gespräch waren also brandneu. Henning schaltete das Gerät ein und eine tiefe Stimme mit einem leicht bayrischen Akzent beantwortete Hennings Fragen, die folgendes Bild ergaben:
An einem Januartag im letzten Winter hatte Rolf Heindel Herrn Wegerer im Hotel »Zum Mohren«, einer Tagungsgaststätte im Raum Günzburg, gesehen und sofort erkannt, obwohl Heindels große Tochter vor zehn Jahren die Mittlere Reife bei Wegerer gemacht hatte. Herr Wegerer schien Herrn Heindel nicht wiederzuerkennen, was auch daran liegen konnte, dass dieser sich nach eigener Aussage stark verändert hätte, Bauch und Vollbart hatte er in der Zwischenzeit abgelegt wie auch seine damalige Frau, was er mit einem Lachen von sich gab, das aus dem Rekorder in einem leichten Stakkato in den Raum flog. Deswegen hatte

er, Rolf Heindel, auch ein gewisses Verständnis dafür, den ehemaligen Lehrer seiner Tochter mit dieser Frau im Alter seiner Tochter oder noch jünger anzutreffen.
Andererseits hatte er sich doch auch sehr gewundert. Denn diese Mittzwanzigerin war so schön, wie er selten mal eine Frau gesehen hatte, nicht im Ausland und nicht hier, und das bei all seinen Reisen. Wegerers Begleiterin sei vom Typ her eine Mischung aus der jungen Loren und der Sängerin Alice gewesen, wobei Heindel mehrfach fragte, ob Henning diese italienische Sängerin kenne. Dieser musste von der Antwort her passen, was er an der entsprechenden Stelle auf Band mit einem Schulterzucken in Marcos Richtung quittierte.
Dann hörte man Henning fragen, ob die Frau Italienerin war, ob Heindel so etwas vernommen hätte. Als Antwort kam, dass sie zu weit entfernt waren, als sie miteinander sprachen, und leider nichts sagten, als er ganz in ihrer Nähe war, in dem Moment, als er zu seinem Wagen ging. Tatsache war, dass die Frau mit ihrer langen dunklen Mähne und den dunklen Augen sicherlich ein italienischer Typ war, ein südländischer Typ wohlgemerkt, denn trotz des ersten äußeren Erscheinungsbildes sah sie irgendwie deutsch aus.
Wie sich Herr Heindel diesen Widerspruch erklärte, war die Frage Hennings aus dem Aufnahmegerät.
Marco war neugierig, welche Antwort vom Band kam. Und alle Zuhörer waren gespannt, was nach einer Redepause als Erklärung kam. Die Frau wirkte deutsch wegen ihres Gesichtsausdrucks und einer Art sich zu bewegen. Henning musste an der Stelle verwundert geschaut haben, denn Heindel fragte, ob ihm denn noch nie aufgefallen sei, dass Amis wie Amis aussehen und Europäer nach zwanzig Jahren Amerika auch wie Amerikaner aussähen, so wie man es auch Dunkelhäutigen ansieht, wenn sie hier aufgewachsen sind, dann haben sie eben was Deutsches an sich, oder in Italien, dann haben sie eben die italienische Art und Gestik an sich.

Henning bestätigte diese Aussage mit einem deutlichen »Da haben Sie recht« und bat Heindel darum, die Situation zu beschreiben, die Wegerer mit der Frau als Liebespaar auswies, worauf der auch gleich eine Antwort wusste. Sie waren draußen auf dem Parkplatz, direkt neben dem Wagen, in dem sie nachher davonfuhren, ein nagelneuer Audi. Und sie küssten sich langsam und lange, wollten gar nicht voneinander lassen, wie Heindel über das offene Fenster im Männerklo beim Händewaschen beobachtete. Er fragte sich, wie solch ein Mann, nicht mehr jung und mäßig attraktiv an diese Frau rankam, bei ihr landen konnte.

»Und?«, fragte Henning in die Runde, »was meint ihr?«

»Dass das in Brasilien genau so ist«, sagte Pia.

»Wie bitte?«, fragte Marco.

»Afro-Abstammung, japanisch oder europäisch, die Brasilianer erkennen sich untereinander als Landsleute durch die Art zu sein, wie sie sind. Genauso wie man auch jederzeit einen Möchtegern-Womanizer sogar über das Tonband erkennt. Lief dem Heindel bei der Aufnahme nicht der Geifer aus dem Mund?«, fragte sie und drehte den Kopf zu Henning. Der zuckte mit der Schulter und fragte:

»Wie kommst du jetzt auf Brasilien?«

»Weil man mich dort in meinem letzten Urlaub für eine Argentinierin gehalten hat!«

»Hä?«

»Ach vergiss es, Henning, tut auch nichts zur Sache. Aber was eure Vorstellungen von älteren Männern und jüngeren Frauen anbetrifft: an die Möglichkeit, das Ganze in Richtung Escort-Service zu interpretieren, habt ihr noch nicht gedacht, oder?«

»Was?«

»Prostitution auf hohem Niveau!«

Sie hatte diese Beziehung aufgebaut. Das war ihr nach all den Jahren schmerzlich bewusst geworden. Oder sie hatte es sich endlich eingestanden, dass alleine sie es war, welche diese Beziehung konstruiert, vielleicht sogar inszeniert hatte. Realitäten statt Verdrängungen oder Beschönigungen. Schließlich und endlich war es alleine ihre Strategie des Zuhörens und der Präsenz, die aufgegangen war. Sie war immer da, wenn er sie brauchte. Lauschte seinen intellektuell spitzfindigen Exkursen über die Staufer und über die Wikinger und empörte sich über den Kleingeist seines Kollegen Müller. War der doch bei einem Ausflug ohne Benzinbeteiligung mitgefahren, wollte aber Geld für Abzüge der Fotos, die er gemacht hatte. Sie übte Geduld, wenn er korrigieren musste und zu keinem Gespräch über ihre Dinge bereit war, obwohl er eine Stunde zuvor noch Zeit hatte, ein Tennis-Match zu spielen, in der Hitze eines Sommernachmittages.

Das erste Jahr über erfolgten diese Zuwendungen auch nur telefonisch. Richtig teuer war das damals und meistens zahlte sie. Oft fuhr sie zu ihm mit der Ausrede, dass sie das platte Land satt hatte und Berge sehen wollte. Auch wenn es nicht so war. Er glaubte ihr, hinterfragte nicht. Ließ sie alleine an den Bodensee und die Insel Mainau fahren, deren Blumenmeer sie sich als Floristin unbedingt ansehen musste. Ja, sie als Floristin und als Hobby-Malerin von Blumenarrangements hatte es sogar fertiggebracht, sich als zweite Kraft in einer kleineren Heidenheimer Galerie erfolgreich zu bewerben. Nach drei Wochen Aktionismus in der ganzen Gegend auf der Suche nach einem Job, der ihren Weggang von der Ostsee begründen könnte, ohne Jürgen auf irgendetwas zu verpflichten. »Mein Lieber«, hatte sie ihm dann unschuldig ins Ohr geflötet, »ich bin durch Zufall auf eine Arbeitsmöglichkeit in deiner Nähe gestoßen.« Sie stellte diese als einen vielversprechenden Job in einer Galerie dar, den sie sich auf gar keinen Fall entgehen lassen wollte. Sie müsste sich halt bei ihm einquartieren, weil sie am Anfang da noch nicht so viel verdiente. Er schluckte, knurrte irgendwie und gab klein bei.

»Wenn es dir so wichtig ist«, hatte er gesagt und ihr wohlwollend und im Gefühl einer ritterlichen Ehrenhaftigkeit die Schulter getätschelt.

Ihrem Einzug bei ihm in dem kleinen Dorf bei Heidenheim, das mit einer unglaublichen Tropfsteinhöhle aufwarten konnte, folgte nichts als Einsamkeit. Er blieb stundenlang auf Lehrerkonferenzen, die erst mit nächtlichen Kneipengängen endeten. Sie war oft allein in einer Wohnung, die voll war mit seinen Sachen und seinem Geruch. Ein Geruch, der sie verrückt machte und mit dem sie alleine blieb. Bis zu dem Tag, als sie die Wahrheit einholte.

Sie hatten hin und her diskutiert, Meinungen gewälzt und nicht ausdiskutiert, vor allem, weil Henning richtig stinkig geworden war. Er war davon überzeugt gewesen, eine neue Spur zu bringen, die Frau des Lebens von Jürgen Wegerer, wegen der er sich vielleicht gar noch von seiner Ehefrau nach über zwanzig Jahren getrennt hätte. Aber seine Kollegen waren, angestachelt von Pia, mit der einer Meinung, nämlich, dass es sich sehr wohl um einen bezahlten Liebesdienst handeln konnte bei der Szene auf dem Parkplatz. Auch wenn diese einer gewissen Romantik nicht entbehrte.

»Vielleicht reicht es für Frau Wegerer, sich scheiden zu lassen. Ihr Mann und ein Callgirl?«

»Ihr seid doch gar nicht sicher, behauptet nur«, sagte Henning, »ihr habt den Jürgen nicht gekannt, der hatte bei Frauen immer Erfolg, warum also nicht bei einer jungen Hübschen?«

»Zumindest hatte er Erfolg beim Zuhören, das haben wir

ja schon gehört, was die Sarah Fendt anbetrifft, dank Pias Einsatz«, sagte Marco, wobei er bewusst das Lob einsetzte, um die Motivation seiner Mitarbeiter, in dem Fall Mitarbeiterin, hoch zu halten. Im Anschluss folgte eine sehr lebhafte und angeregte Diskussion darüber, warum wohl Jürgen Wegerer den Wunsch gehabt hatte, sich als väterlicher Freund zu profilieren.
Henning ging dabei eindeutig von einem Helfer-Syndrom aus, während Pia der Meinung war, dass Jürgen Wegerer so die Aufmerksamkeit junger Frauen bekommen hätte, indem er ihnen einfach zuhörte, und sie mit seiner Lebenserfahrung bei ihren Problemen beriet. Oft hätten ja so junge Leute daheim gar niemanden, der ihnen zuhörte oder junge Frauen gar keinen Kontakt zum Vater wegen Scheidung und so. Bernd betonte, dass das auch bei der Frau, die Rolf Heindel gesehen hat, der Fall gewesen sein könnte, was vom Rest des Teams, bis auf Henning, vehement verneint wurde. Das hörte sich ganz und gar nicht nach Seelentrost bei einer jungen Frau an. Sie beschlossen, dass einer sich in dem Lokal bei Günzburg erkundigen sollte, ob jemandem dort das Paar aufgefallen sei. Oder Jürgen Wegerer mit einer anderen Frau, und Henning bot an, diesen Part zu übernehmen.
»Es bleibt uns auch nichts anderes übrig, als zu dem Thema auch die Ehefrau zu befragen«, ergänzte er noch.
»Wer übernimmt das?«, fragte Marco und schaute zu Bernd Meier, der seinem Blick auswich.
Während Henning erwähnte, dass er ja eh nach Günzburg müsste. Marco nickte, er würde das übernehmen. Die Sitzung war beendet.

Am Nachmittag fuhr Marco zur Galerie, die Inhaberin war nicht da, nur eine Angestellte, die er zum ersten Mal dort sah. Die Chefin hätte sich nicht wohlgefühlt und wäre nach Hause gefahren, war die Auskunft, welche sie nach Studium seines Dienstausweises von sich gab.

Nachdem Marco an der Galerie die Witwe nicht angetroffen hatte, versuchte er es bei Ingrid Wegerers Zuhause. Er parkte seinen Wagen schräg gegenüber der Haustür, stieg aus und sah sich um. Kein Auto der Wegerers war zu sehen, weder ihr älterer Audi A4, noch seiner, der vor ein paar Tagen nach abgeschlossener Spurensicherung an die Witwe zurückgegeben worden war. Beide konnten auch in der Doppelgarage stehen, das war sicher eine Möglichkeit. Doch Garten und Haus wirkten noch stiller und verlassener als am Samstag, dem Tag, an dem Marco zum ersten Mal bei der Adresse gewesen war. Vielleicht lag es auch daran, dass die Sommerhitze der vergangenen Woche Schaden anrichten konnte. Niemand schien gegossen zu haben, einzig der Miniaturwasserfall neben der Steinlaterne kündete von der Existenz von Wasser. Der Garten hatte nichts Fernöstliches mehr, sondern viel von der Sahara. Das war insofern verwunderlich, als Marco davon ausgegangen war, dass das Ehepaar Wegerer einen Gärtner dazu verpflichtete, ab und zu mal nach dem Rechten zu schauen.
Trotz seines sicheren Gefühls, dass niemand im Haus war, drückte Marco auf die Klingel, die wieder gleich einer Glocke durchs Haus schallte und verhallte. Niemand kam zur Tür. Marco wartete eine gewisse Zeit, dachte nach und klingelte schließlich bei der kleinen Frau mit den blauen Haaren. Sie machte gleich auf und freute sich ganz offensichtlich über den Besuch und die Abwechslung. Sie bat ihn in ihr Wohnzimmer, doch er lehnte dankend ab. Er hatte ja nur eine Frage, nämlich die, wann sie ihre Nachbarin zum letzten Mal gesehen hatte. Als Antwort kam prompt, das letzte Mal wäre gewesen, als die Witwe Wegerer ihm, dem Herrn Hauptkommissar die Tür aufgemacht hatte. Das war am Mittwochnachmittag gewesen, wie er sich erinnerte und sich bestätigen ließ. Die alte Frau wusste das so genau, weil sie direkt neben dem Küchenfenster 20 Gläser Marmelade eingekocht hatte. Auf insgesamt fünf Mal, denn ihr Topf

war zu klein für eine größere Portion. Und gerade, als sie mit der Arbeit angefangen hatte, nach ihrem Mittagsschlaf, den sie unerbittlich seit 40 Jahren einhielt, sei er eben dort aufgetaucht und gleich in die Wohnung eingelassen worden. Als sie dann nach all dieser Arbeit müde um halb zehn ins Bett ging, habe sie noch Licht in der nachbarlichen Wohnung gesehen und ab da dann nichts mehr bemerkt. Dieses Nichts betraf den ganzen Donnerstag und auch bis jetzt den halben Freitag.
Ihrer Meinung nach sei die Frau einfach verreist, was ja auch verständlich sei, wer hielte es denn da noch aus, wenn der Mann nicht mehr dort lebte und so starb, wie er starb. Oder ginge er, der Herr Kommissar davon aus, dass sie sich etwas angetan haben könnte? Das war natürlich eine Frage, die Marco nicht beantworten konnte oder wollte, und so drückte er der alten Frau seine Visitenkarte in die Hand mit der Bitte, ihn umgehend anzurufen, falls sie etwas Wichtiges, gar die Rückkehr ihrer Nachbarin bemerken sollte. Mit den Grüßen für ein schönes Wochenende machte er sich aus der Endlosschleife ihrer Plaudereien davon. Doch wo befand sich Ingrid Wegerer?

Bevor Marco sich weiter über den Verbleib der Witwe erkundigte, galt es zuerst einmal die Tatsache, dass er Ingrid Wegerer nicht angetroffen hatte, seinen Kollegen mitzuteilen. Aber weder Henning noch Bernd Meier waren in ihren entsprechenden Büros. Er suchte seine Kollegen zunächst erfolglos vor sämtlichen Kaffeeautomaten des Präsidiums und fand sie beide schließlich friedlich vereint in der Kantine. Sie waren die einzigen Gäste und das, was sie verzehrten, sah nach den Resten vom Mittagessen aus, das in der Kantine übrig geblieben war.

»Mahlzeit, ihr seid aber spät dran«, sagte Marco als Begrüßung und wunderte sich darüber, dass Kollege Meier eine leicht gerötete Gesichtsfarbe hatte, so wie er sie manchmal bekam, wenn er als einer der Ersten in der Kantine gleich die noch sehr heiße Suppe auslöffelte. Doch Meiers Röte kam sicherlich nicht von heißer Suppe, denn der Kollege schnippelte am einsamen Endstück eines Leberkäses, der so lange warm gehalten worden war, dass sich an seiner Schnittfläche eine harte Kruste gebildet hatte. Henning kratzte ein paar Reste von Kartoffelsalat in seinem Teller zusammen und gab Marco mit einer Handbewegung zu verstehen, er sollte sich doch auch hinsetzen, was der dann auch tat.
»Wir haben bis jetzt gearbeitet«, antwortete Henning, als er mit der letzten Gabel fertig war.
»Internet-Recherche betrieben«, ergänzte Bernd Meier.
»Zusammen?«, fragte Marco.
Beide nickten einträchtig und wirkten äußerst entspannt miteinander, was in Marco eine gewisse Verwunderung hervorrief.
»Es ging um die Dienstleistung des Escort-Service. Und da sehen vier Augen mehr als zwei«, antwortete Henning nicht nur mit Oberlehrerton, sondern auch mit Oberlehrerblick.
»Genau«, sagte seinerseits Bernd Meier und wischte sich mit einer Papierserviette den Mund ab, faltete sie anschließend zusammen und platzierte sie auf dem leeren Teller.
»Wir haben auch schon ein paar Namen eruiert«, auch Henning putzte sich den Mund und knallte die Serviette wie einen Ball auf seinen Teller, »unserer Meinung nach kämen vor allem Simona und Elvira infrage.«
»Falls sich der Rolf Heindel aber geirrt haben sollte in seiner Typ-Beschreibung, haben wir auch noch ein paar spanische Namen entdeckt.«
»Aha«, sagte Marco.
»Bernd und ich, wir haben auch bereits aufgeteilt, wer wel-

che Dame anruft, um in Erfahrung zu bringen, ob sie sich mit Jürgen Wegerer getroffen hat.«
»Gute Arbeit«, lobte Marco, der aufstand, um sich Wasser zu organisieren, einerseits gegen seinen großen Durst, sein Mittagessen war ein Fischbrötchen mit einem sehr salzigen Hering gewesen, andererseits, um das Lachen, das er in der Kehle verspürte, ganz schnell und unbemerkt hinunterzuspülen.
»Die Witwe ist weg«, sagte er dann, als er mit einer Wasserflasche zum Tisch zurückgekehrt war.
Die Herren Kollegen waren bereits in Aufbruchsstimmung.
»Seit wann?«, fragte Henning und blieb kurz mit seinem Tablett in den Händen stehen.
»Die alte Nachbarin hat gemeint, sie hätte sie seit zwei Tagen nicht mehr gesehen.«
»Die sieht auch nicht alles«, kam als Antwort.
»Komisch ist es aber schon«, antwortete Marco, mehr zu sich selbst, denn Henning und Bernd waren bereits gegangen.

Später am Abend saß Marco zu Hause und grübelte über den Verbleib der Witwe nach, denn auch ihre Tante, Helga Wiedemann, wusste nicht, wo sie sich aufhalten könnte, und sie war auch erschrocken bei der Vorstellung, Ingrid Wegerer wäre verschwunden, sie befürchtete sogar, ihre Nichte könnte in einer misslichen Situation sein. Doch Marco ging davon aus, dass die Witwe einfach mal ihre Ruhe, Zeit für sich und für ihre Trauer haben wollte.
Merkwürdig war nur, dass sie an ihrem Arbeitsplatz aufgetaucht war, noch am selben Vormittag, nicht jedoch im Privathaus, vorausgesetzt die blauhaarige Nachbarin ge-

genüber bekam wirklich alles mit. Irgendwann mal muss die ja auch einmal aufs Klo. Oder vielleicht hatte das auch ein Fenster zu Straße hinaus. Allerdings war die Nachbarin aufgrund ihrer weiblichen Anatomie daran verhindert, die ganze Zeit aus dem Fenster zu schauen, ging man von der herkömmlichen Bauweise der Häuser aus. Marco schüttelte den Kopf und lachte.

Es war einfach nicht zu fassen, welchen Gefallen manche Leute daran fanden, das Leben anderer Leute zu beobachten. Das hatte Silvie seinerzeit schon immer bemerkt und bemängelt, weil sie diesen Nachbarn da hatte, der alles von jedem im Wohnblock wusste und sich bei allem und jedem einmischte, weil er sich wie ein Privatpolizist sehen wollte, der alles unter Kontrolle hatte. Der Mann lehnte selbst um zwei in der Nacht am Pfosten der Eingangstür, um zu sehen, wer hinausging und wer hereinkam. Silvie hatte da immer Angst oder anders gesagt, es war ihr ein bisschen unheimlich, vor allem, wenn sie alleine war und an dem Wächter vorbei musste. Sie war immer froh, wenn er, Marco, dabei war. Und wer bitte schön begleitete sie jetzt? Es konnte so nicht angehen, irgendwas musste sich an der Situation ändern. Für sie, vor allem aber auch für ihn, Marco, selbst. Er musste darüber nachdenken. Sich einen Plan aufstellen, wie er sie zurückgewinnen konnte. Es war zu hart, wieder alleine zu sein nach all den Jahren der Einsamkeit, Jahren, in denen er die Idee an eine Zweisamkeit so gut verdrängt hatte, dass er gar nicht wusste, was ihm fehlte. Doch jetzt wusste er es und starrte auf sein Ecksofa, in dessen kupferrotem Plüsch sie so oft gekuschelt hatte, zwischen Kissen, deren Bezüge sie selber genäht und bestickt hatte. Ein dunkelblauer Seidenstoff mit ihren jeweiligen Monogrammen in Silber: MF und SB.

»Vier Buchstaben für unsere vier Buchstaben«, hatte sie gesagt und ihm dabei auf den Hintern geklopft und danach war all das gefolgt, was er jetzt so schmerzlich vermisste.

Er nahm eines der beiden Kissen hoch und roch daran. Der Geruch, ihr Duft, der wochenlang darin haftete, war verflogen. Es war zu lange her. Er legte das Kissen wieder ab, ging auf den Balkon hinaus und zündete sich eine Zigarette an. Und Marcos Onkel suchte nach einem Reh. In einem Teil desselben Waldes wie damals, letzten Herbst, als es mit Silvie anfing und sie ihn nach einem Besuch bei HB dorthin führte, als ihren geheimen Ort, wie schon ihr Name sagte, aus dem Lateinischen für die Bewohnerin des Waldes.
Sie hatten sich damals zum ersten Mal geküsst und er hatte einen Vorgeschmack bekommen auf den geheimen Ort in ihr, so wie ihre Finger seine dorthin führten. Und so wie sie an diesem Baum lehnte und die Augen geschlossen hielt, lange, und sich nicht rührte, bis dieser Seufzer aus ihr kam. Dann sah sie ihn wieder an, kurz und strich über den Stamm des Baumes und fragte ihn, ob er bemerkt hätte, dass die Rinde aussähe wie graues Leder. Nein, das hatte er nicht bemerkt, aber er hatte sich sofort auf ihren Stimmungswechsel eingelassen, auf den Wald und seine Farben und Geräusche. Auf diese prickelnde Luft, die nach Moos roch und nach einem Hauch von Silvies Parfüm. Ende. Nicht mehr daran denken, handeln, doch nicht mehr an diesem Abend. Marco drückte seine Zigarette in einem Blumentopf voller Sand aus, ging in die Wohnung zurück und machte die Balkontür zu.
Im Schlafzimmer stand nichts als kühle Sommerluft und dieses riesige Doppelbett, das fast das ganze Zimmer einnahm, seitdem es den Vorgänger aus Marcos Single-Zeiten ablöste. Nur der Fernseher hatte noch Platz, der nach Silvies Weggang vom Wohnzimmer ins Schlafzimmer gewandert war. Marco legte sich aufs Bett und machte die Fernbedienung an. Über irgendeinem Programm würde er schon einschlafen. Da war er sich ganz sicher.

Das Klingeln holte Marco Fois um 8.20 Uhr aus dem Bett. Für einen Samstagmorgen war diese Uhrzeit vertretbar, auch wenn Marco nach der anstrengenden Woche noch etwas Schlaf gebraucht hätte. Aber etwas schien anzustehen und es schien dringlich zu sein, wie aus der Intensität des Klingelns zu schließen war. Marco schlüpfte in seine Hose und machte die Wohnungstür auf. Im Hausflur stand zu seiner Überraschung sein Onkel mit einer Tüte vom Bäcker in der Hand, und schneller, als Marco schauen konnte, befand sich HB in Marcos Wohnungsflur.

»Guten Morgen«, sagte er und ging weiter in die Küche, »ich habe gedacht, ich frage nochmals, ob du mitkommst in den Wald, oder musst du auch am Samstag arbeiten?«

Marco stöhnte, schüttelte den Kopf und machte seine Kaffeemaschine an.

»Das in den Wald entlaufene zahme Reh?«, fragte er dann.

»Ja, ich habe gedacht, wenn ich schon mal beim Bäcker bin, hier, und bei meinem Neffen vorbeifahre, dann frage ich einfach nochmals.«

HB lehnte sich an den Küchenschrank und fixierte seinen Neffen. Ganz nah, wie auch von weniger nah oder fern, war Marcos Onkel eine beeindruckende Gestalt. Er hatte sich vor ein paar Jahren die Haare, die ihm geblieben waren, wachsen lassen, möglicherweise, um den fehlenden Bestand an Teilen des Oberkopfes längenmäßig auszugleichen, und hatte das Ergebnis in einen graumelierten Zopf gebündelt, was bei manchen Männern in HBs Alter sehr gut aussehen konnte. HB gehörte zu diesen Männern: Jetzt, in den späten Sechzigern zeigte er mehr Attraktivität als auf vergilbten Schwarz-weiß-Fotos. Er war groß und schlank, sah man von dem Bauchansatz ab, der oft unter übergroßen Holzfällerhemden kaschiert wurde. Diese bevorzugte er in Rottönen und sie bildeten somit einen Gegensatz zu dem Stahlblau seiner Augen, die man aufgrund ihrer Farbe als kalt hätte bezeichnen können, wenn nicht dieses Feuer in ihnen loderte.

Alles was er tat und sagte, drückte eine Präsenz in den Raum, mit der man zurechtkommen musste, wollte man den Umgang mit diesem Mann. Selbst sein Hinken taktete Intensität auf den Boden. Seit über zehn Jahren. Seit diesem Unfall, an dem er nicht schuld war und der ihm fast das Leben gekostet hätte. Hätte kosten können. Anderswo und zu anderen Zeiten und zu anderen Umständen. Doch das war jetzt kein Thema für HB, der mit dem Kopf schon im Wald schien, auf der Suche nach einem Reh. Oder nach irgendwas anderem, das wusste man bei ihm nie so genau.

»Ich kann nicht«, sagte Marco, während er zusah, wie brauner heißer Espresso aus seiner Kaffeemaschine in eine kleine Tasse lief, »willst du auch einen?«, fragte er seinen Onkel dann.

»Nein, ich habe keine Zeit zu verlieren«, kam als Antwort.

»Versteh doch einfach, ich muss nachher ins Präsidium.«

»Tu ich ja, tu ich ja«, antwortete HB, griff zwei Brötchen aus der Bäckertüte und legte sie auf Marcos Küchentisch, dann klopfte er ihm auf die Schulter und wünschte viel Erfolg auf der Jagd. Und so schnell wie er aufgetaucht war, war HB auch wieder verschwunden.

Marco beschloss, in aller Ruhe zu frühstücken, was ein seltener Luxus war, vor allem auch mit diesen frischen Brötchen. Wenn er länger darüber nachdachte, so wäre er wirklich gerne mitgegangen in den Wald, aber das Problem dort war auch das Funkloch. Er musste einfach erreichbar sein. Doch die Gegend bei seinem Onkel war herrlich und der Wald allemal. Es gab den alten Pilgerweg, der direkt an dem alten Hof von HB vorbeiführte, auf dem vor vielen Jahren Menschen bis nach Santiago de Compostela gegangen waren. Marco dachte an die Luft im Wald und die Farben. Moosgrün, erdbraun, Tannennadeln wie ockerfarbenes Konfetti verstreut, grau wie ein Baumpilz. Silvie als Malerin hatte ihn damals im Wald für die Fähigkeit gelobt, Farben wahrzunehmen und die Nuance Unterschied zwischen einem grünstichigen Gelb und einem rotstichigen Gelb zu erkennen beim Vergleich zweier Herbstblätter. Er hatte vor vielen Jahren mal als Lackierer gejobbt, aber das hatte er ihr nicht gesagt letzten Oktober, im selben Wald. Sondern nur andächtig zugehört, als sie ihn auf die jahrhundertealten Spuren von Menschenhand vor Ort aufmerksam machte: Keltengräber und Bohnerzgruben, Hügel und Vertiefungen als ein mit einfachsten Werkzeugen geformtes Relief im Boden. Vielleicht sollte er diese Erinnerung als Anlass nehmen, sich bei Silvie zu melden. Diese Gedanken waren eine Option.

Und bei diesen Gedanken war er mit seinem Frühstück fertig und machte sich daran, ein bisschen aufzuräumen, nachdem er die ganze Woche keine Zeit dafür hatte. Gerade als er mit dem Duschen und Putzen des Bads fertig war, kam ein Anruf auf sein Handy, es war die Büronummer von Bernd Meier:

Kerstin Greve hatte sich wieder gemeldet, sie müsste ihre Aussage um einen wichtigen Punkt ergänzen.

Als Marco kurz danach am späten Samstagvormittag ins Präsidium kam, saßen um den Besprechungstisch Bernd Meier und die junge Frau, die im Gegensatz zu ihrem Gespräch davor sehr sommermäßig gekleidet war. Das dichte Haar hatte sie zu einem Pferdeschwanz gebunden und ihre gebräunten Beine endeten über dem Knie in einem Rock in Blumenmuster, der so eng war, dass er nach oben rutschte, ein Szenario, das nur Marco beim Eintreten in den Büroraum sah, denn dieses spielte sich unter dem Tisch ab. Dort ruhten auch ihre Füße in Flip-Flops. Um den rechten Knöchel spielte ein Kettchen, über den linken lief ein eintätowierter Marienkäfer in Richtung eines anderen, der aussah, als ob er geküsst werden wollte. Die ganze Erscheinung sah nach Badengehen und Sommerlaune aus und danach, dass ihr die Eingebung einer Erinnerung an ein Gespräch Wegerers auf dem Weg ins Freibad gekommen war. Marco dankte ihr für ihr Erscheinen und fragte nach den neuesten Erkenntnissen.

»Er hat über einen Donnerstag gesprochen«, sagte sie, »und er war dabei irgendwie vorwurfsvoll, so als habe der Gesprächspartner einen Termin nicht richtig mitbekommen. Und da fiel auch noch so ein schwäbischer Ausdruck, dieses ›Ha no‹, oder so.«

»Hm. Ich dachte, Wegerer sprach die ganze Zeit nicht Schwäbisch?«, sagte Marco.

»Ja. Mit mir nicht. Das war ein tolles Hochdeutsch, gut, man hörte, dass er von hier ist, aber das war auch alles.«

Bernd warf ihm einen Blick zu, der nicht zu verstehen gab, worüber Kollege Meier gerade nachdachte.

»Schwäbisch also«, sagte Marco.

»Ja, ein paar Wörter schon.«

»Erinnern Sie sich daran, ob er nur Schwäbisch gesprochen hat?«, fragte Bernd.

»Nein, das wäre mir aufgefallen.«

»Und, wenn Sie jetzt darüber nachdenken, kommt es Ihnen dann so vor, dass es ein Vorwurf zu einem verpassten Termin war oder handelte es sich um einen Termin, den er unbedingt einhalten musste und fast vergessen hätte?«

Sie dachte über Marcos Frage längere Zeit nach und schüttelte dann den Kopf:

»Keine Ahnung. Er war auch nicht laut, eher eindringlich, wie jemand, der keine Mithörer wollte, vielleicht bin ich deswegen hellhörig geworden, so wie ich es im Nachhinein sehe, denn es fiel mir die ganze Zeit nicht ein, bis auf heute früh, unter der Dusche. Nachher gehe ich nämlich mit ein paar Leuten baden, und als wir dieses Date bestätigten, sprach ich von Sonnabend, das ist bei uns der Samstag. Und die hier haben das nicht gleich verstanden. Unter der Dusche habe ich dann über die Namen von Wochentagen nachgedacht, und wie man sich doch in ein- und demsel-

ben Land missverstehen kann, und dann kam mir das mit Jürgen Wegerer.«
»Verstehe«, sagte Marco und sah zu Bernd Meier, der auch nickte.
»Kann ich dann gehen?«, fragte Kerstin Greve.
Ja, sie konnte, sie hatten in dem Moment keine weiteren Fragen und dankten ihr.

Als sie eingeteilt hatten, wer das Thema »Donnerstag« recherchieren sollte, legte Marco sein Handy auf den Schreibtisch. Dabei sah er, dass ihm ein Anruf entgangen war. Es war die Handynummer seiner Mutter, zu einer unüblichen Zeit. Sicher stand irgendetwas an. Es war zu hoffen, dass dieses Etwas positiver Natur war.

Diese Tage, die sie alleine in seiner Wohnung verbrachte, fielen in die Zeit, in der sie ihren Weggang aus ihrer Stadt im Norden zu bereuen begann und sich lächerlich und armselig fühlte in der ständig wiederkehrenden abendlichen Warteschleife. Doch sie wollte und konnte nicht so schnell aufgeben und sie wusste, das konnte ihr nur gelingen, wenn sie sich selbst nicht aufgab. Und da galt es zuerst einmal, sich auf Berufliches zu konzentrieren und nebenbei einen eigenen Bekanntenkreis aufzubauen.
Da staunte Herr Müller-Bode, der alte Galerist, nicht schlecht, als sie ihm verkündete, dass sie einen Volkshochschulkurs über Grundkenntnisse des Rechnungswesens belegte, mit dem Angebot, die Buchhaltung für sein Geschäft abends zu übernehmen.
Denn über die Zahlen wusste sie ohnehin Bescheid, dem kleinen Laden ging es ganz gut, doch der Inhaber war schon recht alt und hatte schon öfters zu verstehen gegeben, dass er sich immer mehr zurückziehen wollte.
Gesagt, getan, nach einem halben Jahr harter Arbeit an den einsamen Abenden in Jürgens Wohnung lag die Kon-

trolle der Einnahmen und Ausgaben der Galerie in ihrer Hand. Müller-Bode strahlte und er strahlte immer mehr, bis auf den einen Morgen an jenem Sonntag, als er unerwartet in der Galerie auftauchte: Nach einem kurzen Überraschungsruf und Freude, dass er sie dort antraf, sah er in ihr Gesicht und erkannte das ganze Ausmaß des Schmerzes, den ihr Gesichtsausdruck wiederspiegelte.
»Hat man Sie überfallen?«, fragte er mit einem Wortgebrauch, der die Definition des Schlimmeren, das ihm im Kopf herum spukte, zu vermeiden suchte.
Sie schüttelte den Kopf und versuchte ein Lächeln, um ihn zu beruhigen, und gab von sich, es wäre nur Liebeskummer, von dem sie sich im Büro mit Konten und der Buchhaltung ablenken wollte. Es war das letzte Mal, dass sie etwas so Vertrauliches und Privates zu dem alten Mann sagte. Doch das wusste sie damals noch nicht.
Sie hatte dem alten Galeristen sogar kurz erzählt, was diesen Schmerz hervorrief: Ihr Freund mit einer anderen Frau. All das, was sie nie sehen wollte, war mit einem Schlag unübersehbare Wahrheit geworden. In einem Lokal. Er war versteckt in Massen von Leuten und doch deutlich sichtbar, hörbar, mit seinem sonoren Lachen, als sie die Treppe von den Toiletten hochkam. Und ausgerechnet im 50 Kilometer entfernten Ulm.

Sie antwortete erst nach einem längeren Durchklingeln. Hinter ihrer Stimme hörte man Klirren und Gelächter. Es hörte sich nach einer Bar an.
»Pronto«, sagte Marcos Mutter in italienischer Gewohnheit, anscheinend hatte sie die Nummer nicht gleich erkannt.
»Ich bin's. Du hast mich angerufen.«

»Stimmt. Wie geht's dir?«
»Gut! Und dir?«
»Dein Vater geht mir auf den Geist. Langsam aber sicher wird es unerträglich mit ihm.«
Marco, der diese und andere Reden gewohnt war, nahm diese Auskunft nicht sehr ernst und genoss seine Erleichterung darüber, dass er keine Hiobs-Botschaft zu hören bekam. Er wusste bei diesen Reden aber, dass von ihm erwartet wurde, dass er nachhakte, was denn schon wieder vorgefallen sei. Wenn seine Mutter Luft ablassen konnte, war in der Regel wieder Ruhe angesagt für zwei bis drei Wochen.
»Ich werde mich von ihm trennen.«
Marco zuckte zusammen, diese Aussage war vollkommen neu.
»Oje«, brachte er als Antwort zustande, ihm schwanten ungute Entwicklungen.
»Sagen wir mal so, ich werde mich eine Zeit lang von ihm trennen, ihn also sitzen lassen, dann soll er doch mal sehen, wie er zurechtkommt.«
»Was ist denn passiert?«, fragte er und spürte, dass sie erst einmal Luft holen musste, um ihre Wut wegzuatmen.
»Also ich fahre heute Morgen in aller Herrgottsfrüh runter auf den Markt, kaufe ein, kiloweise Obst und vor allem Gemüse, bestimmt fünf Sorten, hm, was war es denn? Ach, Bohnen, zart und klein, ein Saugeschäft beim Putzen, Artischocken, du weißt schon, die für den Salat, so wie er ihn gerne isst, Zucchiniblüten, weil er entdeckt hat, dass sie gefüllt, wie sie es hier machen, auch ihm schmecken, frische Erbsen in der Schote und so weiter und so fort. Ein Rieseneinkauf fürs Wochenende. Und dann komme ich nach Hause, trage den ganzen Einkauf schon einmal allein ins Haus und dann fragt er mich, ob ich auch Costine gekauft hätte. Ihm sei nach einer Frittata damit. Glaubst du das?«
Marco konnte bestätigen, dass er das glaubte, denn er

kannte seinen Vater, einen Bedarfsesser der totalitären Art. Wenn ihm wie an dem Mittag nach jungem Mangold war, der gekocht und mit Ei verquirlt in der Pfanne eine grüne Omelette ergab, dann war ihm danach und der Rest in den Einkaufstüten konnte verrotten. Deswegen kaufte der alte Joe auch oft selber ein, dann gab es diese Probleme nicht.
»Warum ist er denn nicht selber auf den Markt?«
»Weil er Vittorio, unserem Nachbarn, plus Frau in aller Früh schon helfen musste oder sagen wir helfen wollte, Tomaten-Konserven zu machen.«
Marco seufzte, sein Vater liebte es, an diesen Gerätschaften herumzuspielen: ein großer Kessel voller Tomaten, die vor sich hin kochten, die passiert werden mussten, um schließlich in Flaschen abgefüllt zu werden. Da ließ er sogar den Einkauf dafür sausen, das war bekannt.
»Was hast du jetzt vor?«, fragte Marco seine Mutter.
»Ich will in meine alte Heimat. Da war ich auch schon länger nicht mehr und sie fehlt mir auch.«
»Hm«, machte er und dachte nach.
So war es. Er hatte kurz zuvor von Ligurien geträumt und ihr fehlte die Schwäbische Alb.
»Würdest du mich denn aufnehmen?«, fragte sie.
Er überlegte kurz, wie und was er sagen sollte.
»Wenn's nicht geht, frage ich meinen Bruder.« In ihrer Stimme schwang ein Anflug von Ärger mit. Offensichtlich war sein kurzes Überlegen etwas zu lang gewesen. Aber immerhin musste man solch eine Nachricht erst einmal verdauen.
»Nein, nein, nein«, sagte er schnell im Versuch, den Fehler der verlangsamten Antwort auszugleichen, »du musst nicht zu HB.«
»HB, HB, Hans heißt er.«
Man spürte, dass sie sauer war. Doch die Hauptursache für ihren Ärger verfrachtete gerade Tomaten ins Vakuum, es war nicht der Sohn am Telefon.

»Mama, ich freue mich doch immer, wenn du hier bist, wann willst du denn kommen?«
Auf die Frage folgte Schweigen in der Leitung.
»Mama?«
»Meine Koffer sind schon im Auto, gegessen habe ich auch was, ich kann gleich weg. Zwischen neun und zehn wäre ich dann da.«
»Das schaffst du doch nicht«, sagte Marco in dem Versuch, seine Wohnung für den Abend freizuhalten, denn er hatte angedacht, Silvie anzurufen und sie zu ihrem Lieblingsitaliener einzuladen, und falls nach dem Essen noch etwas stattfinden könnte, dann bei ihm zu Hause, von wo aus sie dann einfach gehen könnte, falls sie wollte. Auf eine ganze Nacht würde sie sich bestimmt nicht einlassen nach der langen Sendepause. In diese Gedankengänge hinein hörte er seine Mutter sagen:
»Natürlich schaffe ich das. Man muss sich bloß nicht an angegebene Geschwindigkeiten halten, dann ist das machbar.«
»Doch nicht in der Schweiz! Das kannst du doch nicht riskieren, dann landest du nicht in Nattheim, sondern im Gefängnis.«
»Lass mich nur machen, ich weiß schon, was ich wann und wo bringen kann. Also, wenn es dir nicht recht ist, so spontan, frag ich den Hans, der ist doch im Lande, oder?«
»Wenn er sich nicht im Wald verirrt hat, schon …«, sagte Marco und lachte. Und beschloss beim Lachen, in den sauren Apfel zu beißen. Er konnte seiner Mutter unmöglich einen Korb geben, sie kam sonst nie, wenn sie hätte stören können, wollte nie was und gab immer viel. Und sicher brachte sie auch den ganzen Einkauf mit, bevor der in der Küche verrottete. Und das, was sie aus dem Einkauf machte, war fast so verlockend wie ein Abend mit Silvie. Oder aber ein guter Trost für einen Abend ohne Silvie.
»Du kommst zu mir. Und falls ich weg muss, ruf ich dich an, du weißt, wo der Schlüssel liegt.«

Dann bat er sie noch, vorsichtig zu fahren, betonte, dass die Umstände des Wiedersehens zu beklagen wären, er sich aber doch jetzt schon auf sie freuen würde. Und das war auch nicht gelogen.
Es gab nur noch den Kopf zu schütteln über all die Dinge um ihn herum. Und er schüttelte ihn und trank dazu seinen Kaffee.

In all diese Gedanken hinein ging Marcos Bürotür wieder auf und Bernd Meier trat ein. Er berichtete, dass Frau Wegerer immer noch nicht erreichbar wäre und daher auch nichts zu einer Verabredung ihres Mannes für oder an einem Donnerstag sagen konnte. Die Tante wusste auch nichts. Genauso wenig der Schuldirektor, den Bernd auf dem Handy bei einer Pause in seinem Tennis-Club erreicht hatte, ganz offensichtlich nach ausgiebigen sportlichen Aktivitäten, was das Schnauben und Keuchen, das Bernd am anderen Ende der Leitung vernommen hatte, wohl unterlegte. Dazu folgte ein Kommentar des Kollegen Meier, der dafür bekannt war, dass er Sport insofern betrieb, als er ganz sportlich Sportwagen fuhr. Der Kommentar diskutierte Sinn und Unsinn, in der Mittagshitze eines Hochsommertages Tennis zu spielen. Des Weiteren hörte sich Kollege Henning beim Segelflieger-Verein um, was Termine an einem Donnerstag anbetraf. Da würde der sicherlich noch eine Weile beschäftigt sein, meinte Bernd Meier zu Ende seines Berichts mit einem leichten Grinsen im Gesicht.
Marco nickte, dankte und versuchte, das schlechte Gewissen abzuschütteln, das ihn beschlichen hatte. Bernd war richtig aktiv gewesen, während Marco mit seiner Mutter gesprochen und anschließend Kaffee getrunken hatte. Er würde diesen Müßiggang wieder gutmachen. Auch wenn das nicht unbedingt sofort stattfinden musste. Es war an der Zeit, nach Hause zu gehen.

Am Nachmittag legte sich Marco auf sein Sofa, um ein Nickerchen zu halten, als der Anruf kam.
Er kam aufs Festnetz und Marco überlegte sich, nicht ranzugehen, denn es war eine Handy-Nummer, die er nicht kannte. Aber nachdem nicht auszuschließen war, dass es sich um etwas Berufliches handeln könnte, verwarf er diese Idee. Die Antwort am anderen Ende der Leitung war ein Keuchen und Husten, das in eine sonore Männerstimme überging. Die Stimme versuchte, verständliche Laute zu formulieren, und gehörte HB.
»Marco, du musst kommen, da ist eine Leiche im Wald.«
»Was?«
»Ja, da liegt jemand in einer Holzhütte und reagiert nicht.«
»Vielleicht schläft derjenige«, fragte Marco, der den Wahrnehmungen seines Onkels grundsätzlich nie ganz traute.
»Schlafen ist das nicht. Außerdem liegt der ganz verrenkt da.«
»Dann geh halt rein und schau nach, vielleicht ist da jemand verletzt und braucht Hilfe.«
»Nein, nein, nein. Erstens geht die Tür nicht auf und zweitens bewegt sich derjenige überhaupt nicht, man hört auch nichts, nicht die geringste Reaktion auf Rufen oder so was.«
»Hm, wo bist du?«
»Wir sind im Wald bei Stetten.«
»Bei Stetten? Wie kommst du nach Stetten?«
»Erkläre ich dir nachher.«
Marco ließ sich den Weg beschreiben, legte auf und versicherte, er würde sofort losfahren.
Sicherheitshalber notierte er noch die Handy-Nummer, mit welcher der Anruf getätigt worden war, organisierte einen Krankenwagen und informierte Bernd Meier. Es war unglaublich: Stetten. Da war Jürgen Wegerer gestorben. Und ein ganzes Stück weg vom Wald in Fleinheim. Warum war HB ausgerechnet dort gelandet?

In Stetten wartete Bernd Meier bereits vor der barocken Kirche.
»Der Ort ist schon ein merkwürdiger Zufall«, sagte er als Begrüßung zu Marco, was der nur bestätigen konnte. Er gab dem Fahrer des Krankenwagens ein Zeichen, den er in Richtung der Kirche fahren sah.
Sie ließen Bernds Wagen stehen, wo er ihn geparkt hatte, und fuhren Marcos Wagen voraus den Weg entlang, den Marcos Onkel beschrieben hatte. Er führte vorbei an Feldern in den Wald in Richtung einer alten Pumpe. Eine Brauerei hatte einst ihr Wasser dort aus einer Quelle bezogen.
Als der Kiesweg in einen Grasweg überging, parkten sie Marcos Wagen und stiegen aus, die Sanitäter nickten und folgten ihrem Beispiel.
»Ich kenne mich hier aus«, meinte Bernd, »dein Onkel meint den alten Pilgerweg Richtung Bettelmanns-Grab. Da liegt eine arme Seele, die auf dem Jakobsweg geblieben ist. Es gibt sogar ein Gedicht am Grab, das an dieses Schicksal erinnert.«
»Pilgerweg … ach ja.«
»Ja klar, du siehst überall das Symbol der Jakobsmuschel in den Farben Europas. Ist übrigens wieder ganz zeitgemäß, es pilgern wieder einige nach Santiago oder machen einen Teilabschnitt«, Bernd Meier setzte wieder an, sehr ausführlich zu werden.
»Weiß ich«, sagte Marco, »ich will nur sagen, dass mein Onkel schon heute Morgen am Pilgern war, oder sagen wir: Er war auf der Suche nach einem Reh.«
»Ein Reh?«, Bernd Meier starrte ihn von der Seite her an, »aber nicht das von Kerstin?«
Marco fiel auf, dass Kollege Meier nur den Vornamen nannte, eine Tatsache, die einem Wunschdenken, aber nicht der Wirklichkeit entsprach. Oder hatte Marco etwas verpasst? Jedenfalls erzählte Marco vom Reh und seinem

Onkel, woraufhin Bernd zu lachen anfing. Aber das würde ihm gleich vergehen. Denn sie näherten sich dem Ziel, die Silhouette HBs stand mitten auf dem Waldweg, beide Oberarme in die Hüfte gestemmt.
»So, wunderbar, da seid ihr ja endlich!«, kam als Begrüßung, und um HBs Worten Nachdruck zu verleihen, tauchten vier Gestalten aus dem Unterholz auf, zwei Männer, eine Frau und ein Hund. Marco, Bernd und die Sanitäter grüßten. Als Antwort erntete er stumme Blicke, die irritiert wirkten, der Hund blieb neben Frauchen stehen.
»Ich sagte dir doch, da ist eine Leiche im Wald, die Fahrt hätten die sich sparen können«, sagte HB und wies auf die Rettungsleute.
»Sag mir, wo es ist!«, gab Marco als Antwort.
HB deutete ihm und den anderen an zu folgen. Nach ein paar hundert Metern durch den Wald waren sie bei einer kleinen Hütte angekommen, die sich mitten auf einer Lichtung befand. Ein einziges Fenster, scheibenlos und nichts anderes als eine Aussparung im Holz, gewährte Einblick ins dunkle Innere der krumm zusammengezimmerten Latten. Es roch nach Wald, Moos und Erde. Auch von der Stelle her, an der Marco etwas innen in der Dunkelheit liegen sah, was Ähnlichkeit mit einer menschlichen Gestalt hatte und sich nicht rührte. Auch Bernd schaute durch die Luke und grinste Marco an:
»Eine Schaufensterpuppe mit Turnschuhen und Jeans, aber auf den ersten Blick verdammt echt. Da muss man schon gute Augen haben, um das zu sehen. Ich habe auch zuerst mal eine Weile auf die Hand geguckt, um sicher zu sein.«
Marco nickte und teilte seinem Onkel und dessen Freunden den Sachverhalt mit und es schien, als lösten sich alle aus einer Starre, bis auf HB, der selten gelassen oder ruhig sein konnte. Die Sanitäter nickten bei dieser Information und gaben zu verstehen, dass sie gleich wieder aufbrechen würden. Bernd Meier war zur Tür der Hütte gegangen, die

mit einem Vorhängeschloss verriegelt war.

»Das Ding geht auf!«, rief er und hob das Schloss zum Beweis in die Höhe, »das war gar nicht abgeschlossen, sondern nur so ineinander reingesteckt, dass es geschlossen aussehen sollte.«

Die Tür knarrte auf und sie standen vor dem Inneren der Hütte. Das Licht durch die offene Tür offenbarte ein Chaos aus Bilderrahmen und Leinwänden und leeren farbverschmierten Gläsern. Es gab auch Bilder, wilde Werke mit wilden Tupfen. Und in der Ecke zeigte sich die Schaufensterpuppe ganz: Sie lag auf dem Rücken in einer seltsam verdrehten Position, ein Bein ragte in die Luft, und über den Jeans trug sie nichts, lediglich Strähnen von schwarzem Kunsthaar bedeckten den wohlgeformten Oberkörper, der keine Probleme mit der Schwerkraft kannte.

»Was ist denn das?«, fragte HB und versuchte dabei, seinen Kopf zwischen den Schultern von Marco und Bernd durchzudrücken, »lasst mich doch auch mal sehen, schließlich habe ich das hier gefunden.«

Marco trat zur Seite, setzte seine Füße auf eine freie Stelle, wobei er an eine Dose stieß, die scheppernd gegen die Stützen einer Staffelei krachte.

»Sieht aus wie ein Recyclinghof der Kunst«, sagte HB, schaute sich um, schüttelte den Kopf und schnüffelte in die Luft, »und es riecht auch so, aber lieber Terpentingeruch als was anderes, oder?«

Ohne eine Antwort abzuwarten, verließ er die Hütte mit langsamen Schritten, denn durch die Hindernisse hindurch tat er sich mit seinem Bein recht schwer. Die Bewegung stand in krassem Gegensatz zu seiner Art, dachte Marco, als er ihn mit Blicken verfolgte. HB blieb im Ausgang stehen und warf Marco einen Blick zu, der bei dem nun reduzierten Lichteinfall mehr zu fühlen als zu sehen war.

»Anzeigen müsste man es trotzdem, wenn einer eine Waldhütte mit so einem Zeug zumüllt.«

»Wenn die Hütte privat ist…«, antwortete Bernd.
»Ach!«, sagte HB und gab das Licht wieder frei.
»Die Bilder stammen von einem gewissen Hanno«, sagte Bernd und bückte sich zu einem Bild mit wilden Tupfen, dem obersten eines Stapels, der schräg an die Wand gelehnt war. Marco ging in die Hocke und untersuchte die Signatur, die für den Nachnamen ein abgekürztes Sch. aufwies.
»Ich könnte schwören, so etwas in der Art hing auch in der Galerie Rottgardt.«
»So verschmierte Punkte? Das male ich dir auch«, sagte Bernd und stand wieder auf, »und in gewissen Kindergärten wirst du bestimmt auch fündig.«
»Da wäre ich mir nicht so sicher«, antwortete Marco und strich mit dem Finger über die Oberfläche des Bildes, das vor ihnen lag, dann schaute er in die dahinterliegenden Bilder, ließ sie in die linke Hand als Stütze gleiten, bis der Stapel ihm dort zu schwer wurde und er schließlich aufgab.
»Irgendwie gefallen mir die Bilder.«
»Wenn du meinst«, sagte Bernd mit vollkommenem Desinteresse.
»Können wir gehen?«, HB war wieder im Türrahmen aufgetaucht.
»Ja, ja, natürlich. Ich danke euch.«
»Wofür?«
»Dass ihr so schnell gekommen seid.«
HB knurrte einen Gruß und verschwand aus dem Türrahmen.
»Halt, warte mal«, rief ihm Marco hinterher.
Sein Onkel blieb stehen und schaute zu, wie Bernd Meier das Schloss wieder in eine perfekte Position brachte.
»Wieso seid ihr eigentlich gerade hier bei Stetten?«, fragte Marco seinen Onkel, als die kleine Gruppe auf einem Kiesweg wieder den Wald verließ.
»Ach so? Ja, das war ein Tipp vom Bärenwirt, mit dem wir

uns beim Mittagessen ein bisschen unterhalten haben, der hatte nämlich diese Woche irgendwas von einem frei laufenden Reh bei Stetten gehört und da haben wir gedacht, dass es doch im Prinzip ganz egal ist, wo wir suchen, Hauptsache wir suchen.«

»Ein frei laufendes Reh bei Stetten?«, fragte Marco und warf Bernd Meier einen Blick zu.

»Rehe laufen doch immer frei herum, oder?«, fragte Bernd Meier, »aber vielleicht war bei dem Reh in Stetten ein Wildunfall im Gespräch?«

»Wildunfall?« HB schien kurz nachzudenken. »Nicht, dass ich wüsste, und mit freilaufend meine ich auch ein zahmes Reh, das ausgebüxt ist in den Wald!«

HB sah seine Nachbarin an, die ihm zunickte, und er fuhr fort: »Und dieses Reh hat sich einer Frau genähert, wie wir gehört haben. Das kam uns dann schon merkwürdig vor, so als ob es Peterle gewesen sein könnte, der sein Frauchen sucht.«

Die Frau, die neben Marcos Onkel stand, nickte und schwieg. Marco erkannte Trude, die Nachbarin seines Onkels.

»Tut mir leid wegen Ihrem Reh, ich hoffe, Sie finden es noch«, sagte Marco zu ihr und verabschiedete sich von der kleinen Gruppe.

»Ein Reh, das sich einer Frau genähert hat, so kann man es im Fall von der Kerstin Greve natürlich auch sehen«, sagte Bernd schließlich, als sie wieder den Wald verließen.

»Ja. Die Wahrheit hat oft viele Gesichter«, sagte Marco und griff sich sein Handy aus der Jackentasche. Es war Henning, der anrief. Er stand vor dem Wohnhaus der Wegerers, die Ehefrau war immer noch nicht aufgetaucht, aber die Nachbarin behauptete steif und fest, der weiße neue Audi wäre nie aber auch gar nie mit einer Mohrenkopfmasse oder etwas Ähnlichem beschmiert gewesen.

Es war sicherlich der Irrsinn gewesen, ihm irgendwie nahe sein zu wollen, indem sie ein oft von ihm erwähntes Lokal in der Altstadt im Fischerviertel auswählte, als es darum ging, den Abend mit einer neuen Bekannten aus dem Volkshochschulkurs zu verbringen.
Irene wollte unbedingt zu der Lichterserenade an der Donau, an der in einer Julinacht tausende kleiner Lichter die Donau hinunter schwimmen, flankiert von Tausenden von Besuchern an den Donauufern. Von denen wiederum sehr viele zum krönenden Abschluss der Nacht in den vielen Lokalen der Stadt verschwanden.
Das Wesen, das Jürgen flankierte, hatte wallendes rötliches Haar und war leicht angetrunken. Es stieß gurrende Laute aus, die zwar nicht zu hören, aber zu sehen waren an ihrer Körperhaltung, ihr Oberkörper schüttelte sich im Versuch, ein Kitzeln abzuwehren. Das Kitzeln kam von unten, denn Jürgens Hände beschäftigten sich unter dem Tisch mit etwas, was nicht genau erkennbar war. Es war vielleicht nicht mehr als ein starker Flirt, aber die Vorstellung, wie und wo so ein Flirt enden konnte, war unerträglich. Sie sagte zu Irene nur noch, dass sie da raus musste, zahlte für beide und ihre neue Bekannte schlängelte sich hinter ihr durch die Menschenmassen.
Aus der Bekanntschaft war in der Nacht eine Freundschaft geworden, einer Nacht in einer kleinen Altstadtwohnung in Heidenheim, in der es eigenartig fremd und gut nach Katze und Lavendel roch.
Sie war irgendwann auf einem weichen Wohnzimmersofa eingeschlafen, bekleidet mit einem ausgewaschenen blassrosa Nachthemd mit Micky Mouse und Minnie auf der Vorderseite.
Das Frühstück am nächsten Morgen duftete mit frischen Brötchen und einem italienischen Espresso, der auf dem Herd in der winzigen Küche aus einem sehr kleinen Kännchen sprudelte, das Irene aus einem Italienurlaub mitgebracht hatte.

»Die kennen da unten unsere Kaffeemaschinen gar nicht«, hatte sie dazu erklärt, »und wenn du sagst, wie bei uns Kaffee gemacht wird, kommt als Antwort: ach ja, die amerikanische Art.«
»Und wie redest du in Italien? Kannst du Italienisch?«
»Ein bisschen schon, ich habe ein paar Kurse in der Volkshochschule gemacht«, kam als Antwort, während Irene dazu langsam und akkurat einen Löffel selbstgemachter Erdbeermarmelade auf einem Brötchen verteilte, »ist meine Lieblingssprache, ich wollte es unbedingt lernen, aber man braucht viel Disziplin und einen guten Lehrer.«
Beim letzten Wort zuckte Inge zusammen, Irene sah ihre Reaktion.
»Apropos Lehrer, du kannst gerne hier bleiben, wenn du nicht nach Hause willst, wenn man da überhaupt von einem Zuhause reden kann bei dem Typen, meine Meinung dazu habe ich dir ja gesagt. Ich muss halt nachher zu meiner Oma, aber mich stört es wirklich nicht, wenn du bleibst, auch für ein paar Tage, bis du eine Lösung gefunden hast. Vorausgesetzt, du willst eine Lösung finden, aber das bleibt ja dir überlassen.«
Inge nickte und murmelte einen Dank als Antwort, sagte aber auch, dass sie die Gastfreundschaft nicht überbeanspruchen wollte. Es gäbe ja auch noch die Galerie, gar nicht mal weit von Irenes Wohnung entfernt, vielleicht erlaubte ihr der Herr Müller-Bode, dass sie da auch schlafen konnte, schließlich gab es dort eine Tee-Küche, eine Toilette und einen kleinen Nebenraum.
Das alles gab es. Und es gab noch vieles mehr. Und so kam es, dass sie blieb und nicht dorthin zurückkehrte, woher sie gekommen war, nicht zurückkehrte an die Stadt am Meer.

Marcos Mutter traf um halb zehn Uhr abends pünktlich zum Abendessen ein, das er für sie beide gekocht hatte. Seine Zwei-Zimmerwohnung war richtig voll geworden mit Koffern und Gemüsekisten. Marcos Mutter sah müde aus, aber die Wiedersehensfreude überwog, denn sie hatte ihren Sohn schon lange nicht mehr gesehen.

»Stell dir mal vor: Erst vor zwei Stunden hat er mich auf meinem Handy angerufen, um zu wissen, wo ich stecke wegen dem Abendessen. Jetzt ist er sauer. Hat er sich denn bei dir gar nicht gerührt?«

Marco verneinte und meinte, sie müssten immerhin unten in Ligurien anrufen, um ihm mitzuteilen, dass seine Ehefrau gut beim gemeinsamen Sohn angekommen war.

»Nein, auf gar keinen Fall«, sagte sie und setzte sich in ihrem Zorn gerade hin, was auf Marcos weichem Sofa keine bequeme Übung war. Doch selbst in ihrer Wut war sie sehr attraktiv für eine fast Siebzigjährige. Die blond gefärbten Haare trug sie in einem Pferdeschwanz, der von einem breiten Samtband zusammengehalten wurde. Ihre Kleidung war sportlich leger, die Schuhe aus edlem Leder.

»Wo schlafe ich denn?«, fragte sie und sah sich um.

»In meinem Bett, ich hier auf dem Sofa.«

»So? Ich mache dir also doch Umstände.«

»So war es doch die letzten Male auch schon.«

Sie stand auf und ging in Richtung des Schlafzimmers.

»Nein, Marco, so war es die letzten Male nicht. Das ist ein Bett für zwei. Wen habe ich denn verdrängt mit meiner spontanen Einquartierung bei dir?«

Er schwieg und zuckte mit der Schulter, weil er zu müde war, jetzt an diesem Abend irgendwelche Erklärungen abzugeben.

»Übrigens, ich habe deiner Bekannten den Stoff vom Markt mitgebracht, wie versprochen.«

»Was? Was für eine Bekannte? Was für einen Stoff?«

»Ja die hübsche Brünette mit dem netten Lachen. Wir wa-

ren zusammen auf dem Ulmer Weihnachtsmarkt, Silvia heißt die doch, oder?«
Und jedes ihrer Worte begleitete wachsender Argwohn, der sich am Ende der Frage in etwas Bedrohliches verwandelt hatte. In Marco wuchs Unbehagen. Er wusste, dass ihn seine Mutter unbedingt in einer festen Beziehung sehen wollte, auch weil sie sich nichts sehnlicher wünschte als ein Enkelkind. Aber Marco hatte auch eine Schwester, die ebenfalls für die Weiterführung dieser schwäbisch-sardischen Genetik in Frage käme.
»Hatte ich also doch recht«, kam von Marcos Mutter, »ich habe mir schon damals gedacht, dass da was läuft zwischen euch. Aber so wie du jetzt schaust, ist nichts draus geworden, nicht wahr? Du hast es vermasselt, und dabei war die ganz nett in dich verknallt, das sah sogar eine Alte mit Krückstock wie ich.«
»Was für ein Krückstock?«
»Ich hau dir gleich damit eins über. Aber es ist vielleicht auch nur genetisch bedingt, du kannst vielleicht gar nichts dafür, möglicherweise liegt es in dem Schlag der Männer der Familie Fois, dass sie tolle Frauen über kurz oder lang oder sehr lang nicht halten können.«
In ihre Worte tönte das Telefon. Auf dem Display erschien die Nummer des Mannes, dessen Genetik sie eben kritisiert hatte.
»Papa ist es«, sagte er, bevor er abhob.
»Gib sie mir!«, knurrte sein Vater als Gruß, auch noch überraschenderweise auf Deutsch.
Marcos Mutter winkte ab:
»Sag deinem Vater, dass er sich verpissen kann.«
»Habe gehört«, kam vom anderen Ende der Leitung, »sag ihr, dass ich was Besseres finden werde als diese miserable Ehefrau und Köchin und Deutsche«, dabei rollte er die Rs, dass sie selbst aus über 600 Kilometern Telefonleitung noch als Bedrohung ankamen und legte grußlos auf.

»Papa ist sauer.«
Seine Mutter war auch sauer, aber wie es ihm dabei ging, dachte Marco, das fragte keiner.

Als das Telefon klingelte, zeigte Marcos Uhr 8.55 Uhr, was an einem Sonntagmorgen nur bedeuten konnte, dass ihn jemand dienstlich anrief. Er war schon halb wach gewesen, nur im Dämmerschlaf, und ihm schoss durch den Kopf, dass vielleicht auch sein Vater um diese Uhrzeit nerven konnte wegen der Abwesenheit seiner Frau. Die Stimme, die ihm am anderen Ende der Leitung einen guten Morgen wünschte und sich für den Anruf entschuldigte, gehörte zu Helga Wiedemann. Sie wirkte sehr aufgeregt.
»Ja, um was geht es denn?«, fragte Marco höflich und wollte auch wissen, ob alles in Ordnung sei.
»Nein, eben nicht. Oder schon, ich weiß es nicht. Wissen Sie, ich lag fast die ganze Nacht wach und habe mir Sorgen um meine Nichte gemacht.«
»Verstehe«, sagte Marco, »sie ist immer noch nicht aufgetaucht?«, fragte er, obwohl er die Antwort wusste.
»Nein. Auch nicht in der Galerie und keiner der Angestellten weiß etwas.«
Marco, dem der morgendliche Kaffee fehlte, war immerhin emotional wach genug, um einen Anflug von schlechtem Gewissen zu spüren. Oder des Gefühls von Schlampigkeit. Immerhin hatte die Tante schon am Freitagabend die Abwesenheit der Witwe und die möglichen Umstände für so etwas beklagt und sie hatten sich wenig darum gekümmert. Sie hatten ihre Abwesenheit einem Bedürfnis nach Alleinsein und Trauer zugeschrieben.
»Und auf ihrem Handy haben Sie es natürlich auch pro-

biert?«, fragte Marco, stand auf und ging mit seinem Telefon in die Küche, in der es nach frischem Kaffee roch. Während Helga Wiedemann ihm erklärte, wie oft sie es da schon probiert hatte, und die genauen Uhrzeiten ihrer Versuche auflistete, griff er sich eine Tasse und bediente sich an dem nicht mehr heißen, doch noch ordentlich warmen Getränk in dem italienischen Kaffeekännchen für zwei Personen. Seine Mutter war nirgends zu sehen.
»Vielleicht ist sie zu einer Freundin gefahren, zu Verwandten?«
»Ja, wenn, dann wäre ich als Tante die erste Adresse. Zu ihrem Vater an der Ostsee hat sie nicht so viel Kontakt und überhaupt, wenn sie weg wäre, dann hätte sie sich auf jeden Fall bei mir abgemeldet, schon aufgrund der Umstände.«
Marco wunderte sich kurz über ihre Wortwahl, ihren Versuch, weder den Namen ihres Neffen noch seinen Tod in den Mund zu nehmen, und sagte:
»Eben, aufgrund dieser Umstände kann es ja auch sein, dass Frau Wegerer anders reagiert als sonst.«
Aus dem Hörer kam ein Seufzer, dann folgte Schweigen, die Tante schien nachzudenken.
»Haben Sie einen Schlüssel für die Wohnung?«, fragte Marco, der irgendwo ansetzen musste, um das Problem zu lösen, obwohl er nach wie vor die Abwesenheit der Witwe nicht so bedenklich fand.
»Nein, aber ich weiß, wo einer versteckt ist. Ich muss sagen, ich wäre heute Morgen jetzt auch selber da ins Haus rein, obwohl das nicht meine Art ist, bei Leuten einfach so in die Wohnung zu gehen, auch wenn es um die Wohnung meines Neffen geht.«
Marco wunderte sich wieder über ihren Verdrängungsmechanismus und auch darüber, wie sie sich schon am Freitagabend Sorgen machen konnte, dass Ingrid Wegerer in einer misslichen Lage sein könnte. So war ihre Wortwahl gewesen, doch, wenn jemand sich Sorgen macht, dann schaut er

auch im Haus nach, wenn er einen Schlüssel hat. Das hatte sie nicht getan.
»Wissen Sie was, wir gehen zusammen ins Haus«, schlug Marco vor und er spürte ihre Erleichterung.
»Ich bin in einer halben Stunde da«, sagte Marco und beendete das Gespräch.
Er stellte das Telefon ins Ladegerät zurück und sah sich nach seiner Mutter um. Von ihr fehlte jede Spur, sie war nicht in der Wohnung und sein Ersatzschlüssel über dem Schuhschrank war weg. Wahrscheinlich war sie draußen, eine Runde Walken. Es blieb ihm nichts anderes übrig, als sie mit einem Zettel auf dem Boden über seinen Arbeitseinsatz zu informieren. Dann griff er sich seine Jacke und ging aus dem Haus.

Helga Wiedemann wartete bereits vor dem Flachbau aus den 70er-Jahren und hielt den Hausschlüssel in der Hand, wo er nervös vor sich hin klimperte, als hätte er ein Eigenleben.
»Ganz wohl ist mir ja nicht, bei ihr einzudringen«, sagte sie nach einer kurzen Begrüßung, »aber es soll ja nur zu ihrem Besten sein.«
Marco bekräftigte sie in dieser Auffassung und wartete, bis sie aufgeschlossen hatte. Die Diele, der Flur, das ganze Haus waren spürbar leer, verlassen wie ein Museum des guten Geschmacks außerhalb der Öffnungszeiten, in welchem die flüchtigen Besucher beim Gehen weder Geruch noch Präsenz hinterließen.
»Ist das immer so?«, fragte Marco, nachdem er sich Helga Wiedemanns atemberaubendem Tempo bei dem Gang durch sämtliche Räume angeschlossen hatte und sie wieder im Wohnzimmer standen.
»Was ist immer so?«
»Es wirkt so leer.«
»Wie bitte? Das Haus ist leer!«, sie sah ihn an, als wäre er

nicht ganz bei Sinnen, »oder halt, wir waren noch nicht im Keller.«
Sie bat ihn mitzukommen. So folgte er ihr in einen Wirtschaftsraum mit Waschmaschine, Trockner und einem Handwaschbecken. Danach inspizierten sie einen gut gefüllten Vorratsraum und den Weinkeller. Erst danach wurde Helga Wiedemanns Atem langsamer.
»Ich muss zugeben, ich habe mit allem gerechnet, deswegen wollte ich auch nicht alleine sein«, sagte sie, ohne darüber nachzudenken, wie überflüssig diese Erklärung war. Sie standen im grellen Licht des Kellerflurs und sie musterte ihn mit einem unergründlichen Blick, schien über etwas nachzudenken.
»Haben Sie auch einen Schlüssel für die Garagen?«, fragte Marco.
»Ich glaube, den brauchen wir nicht«, kam als Antwort, wobei sie auf eine leere Ecke unter den ersten Stufen der Kellertreppe wies.
»Dort stehen normalerweise die Koffer. Sie ist also verreist.«
»Aha«, sagte Marco und schwieg.
»Immerhin wurden meine Befürchtungen nicht wahr«, sagte sie schließlich und drehte den Lichtschalter ab. Er folgte ihr die Kellertreppe hoch in Richtung des Tageslichts. Oben, in der Diele, hatte sich der Blick in ihren Augen gewandelt, in ihrer Körperhaltung, in ihrem ganzen Ausdruck. Alles zeugte von Enttäuschung, ein emotionaler Zustand, der aufgrund des vorherigen nicht verständlich war, auch wenn Marco ihn zu verstehen begann.
»Ich dachte immer, wir seien so eine Art Freundinnen«, sagte sie leise und er nickte.

»Wissen Sie eigentlich etwas davon, dass der Audi einmal mit Mohrenköpfen verschmutzt war?«, fragte Marco, als sie wieder vor der Haustür aufgetaucht war, nachdem sie den Hausschlüssel in sein Versteck zurückgebracht hatte.

»Wie bitte?«, sie schien nicht recht zugehört zu haben, war in Gedanken nicht bei ihm. Dann warf sie ihm einen Blick zu, als sei sie zutiefst beleidigt worden, und sicherlich war er nicht die Ursache.
»Warum Mohrenköpfe?«, fragte sie.
»Ach, das ist eine alte Geschichte«, versuchte Marco abzuwinken, nachdem Helga Wiedemann nichts davon wusste.
»Bitte drücken Sie sich klarer aus«, formulierte sie mit spitzen Lippen.
»Es geht dabei um einen Konflikt, den Ihr Neffe mit einem Schüler hatte, dabei wurde offenbar so eine Schoko-Schaum-Masse auf seinem Audi verteilt. Offenbar, aber nicht sicher, denn ihr da drüben ist nichts aufgefallen und die sieht ja sonst alles«, antwortete Marco und winkte zum Küchenfenster auf der anderen Seite der Straße, in dem sich die Vorhänge leicht öffneten und im Wind flatterten. Helga Wiedemann drehte den Kopf, um das Ziel von Marcos Gruß zu erkennen, das gerade dabei war, zurückzuwinken.
»Ja, die kenne ich«, sie hielt den Blick in Richtung Küchenfenster, fast so, als wollte sie sich auf den Machtkampf einlassen, wer als Erstes wieder wegschaute. Helga Wiedemann gewann und wandte sich wieder Marco zu, als die Küchenvorhänge zugezogen wurden.
»Ich verstehe das nicht, es geht doch auch um Formalitäten«, sagte sie. Marco nickte und versuchte, ihr gleich zu zeigen, dass er ihren Gedanken folgen konnte. Im Gegensatz zu ihrer Nichte, auf die sie eine Wut hatte, weil die sich gar nicht um ihre Gedanken und Gefühle kümmerte.
»Sie meinen sicherlich auch die Beerdigung.«
»Ja, die meine ich auch. Jemand muss die doch organisieren.«
»Richtig. Ich denke, dass Ihr Neffe auch bald freigegeben wird.«
Es sah aus, als ob sie fröstelte, obwohl es für diesen Sommermorgen schon recht warm war. Sie stand und hielt die

Arme um sich geschlungen, als wollte sie sich selber festhalten oder nur ihr Zittern.
»Ich verstehe das alles nicht«, sagte sie, schüttelte den Kopf und hob ihn schließlich zu Marco, diese kleine zierliche Frau, die jetzt so sehr gegen ihre Tränen ankämpfte, dass er versucht war, sie ihn den Arm zu nehmen.
»Kommen Sie«, sagte er und legte seine Hand auf ihre Schulter, ganz kurz, es sollte nur ein Zeichen sein, »ich fahre Sie nach Hause.«
»Nein, danke, ich bin doch mit dem Auto da. Ich kriege mich schon wieder ein.«
Er begleitete sie zu ihrem Wagen, der kurz vor dem Grundstück Wegerer parkte. Helga Wiedemann wirkte wieder sehr gefasst, fast sachlich und er dachte, dass genau jetzt der Moment war, sie zum Sprechen zu bringen.
»Kann ich mich vielleicht noch ganz kurz zu Ihnen in den Wagen setzen?«, fragte er daher.
Sie sah ihn erstaunt an und nickte. Er setzte sich und machte die Wagentür wieder zu.
»Wissen Sie, ich weiß nicht recht, wie ich anfangen soll«, gab er von sich.
»Sagen Sie es halt einfach!«
»Es geht um die eheliche Treue Ihres Neffen.«
»Ach«, sagte sie nur und klang etwas enttäuscht, als hätte sie ein anderes Thema erwartet.
»Darüber haben wir ja schon einmal gesprochen. Ist Ihnen da vielleicht doch noch etwas dazu eingefallen?«
»Nein, bis auf so ein paar alberne Kleinigkeiten, als dass er mal auf einem Faschingsfest an der Bar eine Frau aus dem Segelfliegerverein geküsst hat. Meiner Meinung nach war das alles harmlos.«
»Ihre Nichte könnte das auch so gesehen haben?«
Sie sah auf und in ihren Blick blitzte Neugier.
»Suchen Sie ein Motiv bei ihr?«
Er lächelte freundlich und antwortete, dass alle Fragen

zur Ermittlung gehörten. Er dankte ihr für die Kooperationsbereitschaft und bat sie darum, gleich bei ihm anzurufen, sobald sie etwas über den Verbleib von Frau Wegerer wüsste. Dann verabschiedete er sich, stieg aus und sah ihrem Wagen hinterher, wie er eine Spur zu schnell aus der Straße des Wohngebiets wegfuhr.
Diesem Szenario folgten die Küchenvorhänge auf der anderen Straßenseite mit einem deutlichen Wedeln. Marco schüttelte den Kopf und machte sich auf den Weg zu seinem Wagen, überlegte es sich anders und überquerte die Straße, um bei dem Haus mit den Vorhängen anzuklopfen. Er wollte nachhaken, ob die alte Dame noch etwas bemerkt hatte. Sie freute sich über seinen Besuch und bat ihn ins Haus. Nein, auf der anderen Straßenseite war weiterhin alles ruhig und still gewesen. Dann bat sie ihn darum, ihr in die Küche zu folgen.
»Hier habe ich was für Sie!«, sagte sie und drückte ihm ein Glas Himbeermarmelade in die Hand. Marco dankte ihr und ging zu seinem Sonntag zurück.

Als er seine Wohnungstür aufmachte, roch es nach Italien und nach Fleinheim. Knoblauch, Öl und Sardellen dampften auf dem Herd zu einer Paste namens Bagna cauda und Marcos Onkel dampfte auf dem Balkon. Die Tür dort war nicht dicht genug geschlossen, um den Geruch von HBs Zigarillo-Marke von der Wohnung abzuschirmen. Ein Teil der Familie war also versammelt: Hans Baldinger und seine Schwester Hannelore, genannt Lore, ehemals Baldinger, die sich rühmte, elf Minuten älter als er zu sein.
»Frauen sind immer eine Nase voraus«, sagte sie in diesem Zusammenhang. Und HB seinerseits baute sich dabei immer neben seiner Schwester auf, um zu demonstrieren, wie

sehr er aufgeholt hatte, jede Minute um einen Zentimeter Körpergröße. Man spürte die Verbindung zwischen beiden, auch wenn sie in der Küche herum werkelte und er da draußen saß. Als ob er dazu aufgefordert wäre, kam HB durch das Wohnzimmer gelaufen. Im Flur blieb er stehen und klopfte Marco auf die Schulter.
»Na Lieblingsneffe, einziger, schon lange nicht mehr gesehen.«
»Echt? Ich denke, ihr trefft euch des Öfteren«, tönte es aus der Küche.
»Man könnte sagen, mehr als mir lieb ist«, antwortete Marco. HB überhörte das, er wusste bestimmt auch, wie es gemeint war, und sagte:
»Hast du gesehen? Deine Mutter scheint den gesamten Kühlschrank in Ligurien geplündert zu haben. Meiner Meinung nach hat der arme Joe nichts mehr zu essen.«
»Dann soll er sich Gemüsesuppe machen, angeblich kann er das ja so gut, oder?« sagte Lore.
»Wie denn, wenn du das ganze Grünzeug hierher mitgeschleppt hast?«, fragte Marco.
»Indem er in den Garten geht und dort Karotten aus dem Boden zieht und ein paar Tomaten und Bohnen vom jeweiligen Strauch rupft. Kartoffeln lagern im Keller.«
Marco hatte ganz vergessen, dass sein Vater unter die Hobby-Gärtner gegangen war und da auch mit Erfolgen prahlte, die sich über exakt die von Marcos Mutter erwähnten Gemüsesorten erstreckten, minus Kartoffeln, die waren aus Fleinheim. Marco kam sich vor wie in einem Restaurant. HB hatte recht, Marcos Vater hatte nichts mehr zu essen. Mitten auf dem Küchentisch standen Sardellen mit grüner Sauce. Diese Salsa Verde bedeckte auch die Käsespezialität Tomini, beide liebte Marco heiß und innig. Aber auch nur, wenn seine Mutter die Sauce selber machte, mit viel Petersilie, ganz wenig Knoblauch, Brotbröselchen und einem Spritzer Salsa Rubra, der piemontesischen Variante

des Ketchups. Daneben stand der sogenannte Vitello tonnato, dünne Kalbfleischscheiben mit Thunfischsoße überdeckt, daneben befand sich Lore. Sie war ganz damit beschäftigt, von roter und sichtbar heißer Paprika die Haut abzuziehen. Darauf würde sie später die Bagna cauda verteilen. Die Jahre, die das Ehepaar Fois in Turin gelebt hatte, waren nicht zu übersehen.

»Und wo ist der Spezzatino con piselli?«, fragte Marco, dem am Vortag sein Lieblingsessen versprochen worden war: Ragout mit Erbsen, ein traditionelles und klassisches Gericht.

»Ach so? Dein Onkel war ganz scharf auf Antipasti, Nudeln und Bagna cauda.«

»Darf nicht wahr sein.«

»Außerdem ist der Spezzatino auch eher ein Wintergericht, deswegen habe ich es bleiben lassen.«

»Ist dir klar, dass ich nur die Hälfte von dem Zeug da essen kann, sonst stinke ich nach Knoblauch.«

»Dann iss die Nudeln halt mit Pesto, den habe ich auch mitgebracht.«

»Glaubst du, das macht es besser?«

Marco spürte, wie er anfing, leicht beleidigt zu sein, und versuchte, das hinunterzuschlucken. Seine Mutter wusste ganz genau, dass er, wie sein Vater auch, kein großer Fan von Nudeln war und eher den Secondo, den Fleisch- oder Fischgang der italienischen Küche bevorzugte.

»Für mich keine!«, sagte er daher, als sie lange flache Nudeln ins kochende Wasser warf.

Sie sah auf, lachte und strich ihm über die Wange, er solle doch bitte nicht schmollen, sie hätte auch selbstgemachtes Roastbeef mitgebracht, und präsentierte ihm eine Box, in der dünne Fleischscheiben lagen und beträufelte diese mit einem cremigen Balsamico-Essig. Marco war mit der Kochwelt seiner Mutter wieder versöhnt.

Es war die absolute Stille, die ihn aus seinem Mittagsschlaf weckte, so kam es ihm zumindest vor, nachdem es vorher wesentlich lauter gewesen waren. Er setzte sich sehr schnell hin und sah sich um. Von seiner Mutter und seinem Onkel war weder eine Spur zu sehen noch zu hören. So stand Marco auf und begab sich auf den Weg zur Küche, wo er die beiden am ehesten vermutete.
Auf dem Flurboden fand er einen Zettel mit der Mitteilung, dass die Herrschaften zum Kartenspielen einen Stock tiefer zum Nachbarn gegangen waren. Sicherheitshalber hatten sie Marcos Ersatzschlüssel dabei. Und es war nicht aufgeräumt. Lediglich verderbliche Ware war in den Kühlschrank verfrachtet worden, der Rest stapelte sich in wüster Unordnung zu ein paar wackeligen Türmen. Er dachte kurz nach und beschloss, dem Szenario zu entfliehen und beruflich tätig zu werden, was auch dringend anstand aufgrund des Bilderfundes im Wald.
Denn endlich hatte er einen zwingenden Grund, Silvie anzurufen. Falls die nicht bereit wäre, seine Fragen zu beantworten, könnte man sogar behaupten, sie verweigerte die Kooperation mit der Polizei. Nein, hier musste sie mitarbeiten und alles hergeben, was sie über Kunst wusste, schließlich war sie vom Fach.

Tatsächlich ließ sie sich ganz spontan in ihre Lieblingskonditorei einladen und erschien dort mit einer beträchtlichen, doch nicht übertriebenen Verspätung und einem hinreißenden Lächeln im Gesicht. Und einem ebenso hinreißenden Muster in ihren schwarzen Seidenstrümpfen, die wenig mit dem Sommer zu tun hatten und sich erst an den Oberschenkeln unter der schwarzen Baumwolle eines Rocks versteckten. Marco traute sich nicht, lange an die Stelle des Übergangs von Strumpf zu Stoff zu schauen, weil er seine Ex-Freundin nicht verärgern wollte oder sich selber nicht, das war ihm in dem Moment nicht ganz klar. Außerdem standen wichtigere Themen an.

Silvie überdachte jede seiner Fragen mit einem langen Schluck aus ihrer Cappuccino-Tasse und strich sich bei jedem Schluck einen Schaum, der gar nicht da war, mit der Zunge oder dem Finger von den Lippen weg. Nach all diesen Fragen, Überlegungen und Bewegungen ergab sich folgendes Bild:

Ingrid Rottgardt-Wegerer wäre eine sehr erfolgreiche Galeristin, sie betriebe neben Heidenheim noch weitere Filialen, darunter auch welche in Stuttgart und München. Eine Aussage, die Marco schon vorher bekannt war, aber er ließ Silvie einfach weiterreden: Des Weiteren machte die Rottgardt ganz großartig herum mit dem Aspekt, Kunst wäre eine Investition für die Zukunft aufgrund der Wertsteigerungen der Bilder. Nachdem ja niemand mehr Aktien kaufen wollte und so. Und sie, die Galeristin, wüsste ganz genau, welche Künstler eine große Chance hätten, sodass ihre Bilder zu intelligenten Investitionsobjekten werden würden.

Aber genau wegen dieser Anmaßung und Einbildung wäre die Galeristin recht unsympathisch. Die Mitarbeiter genauso, alle schwebten ein paar Zentimeter über dem Boden. Gut, man müsste ihr zugestehen, dass sie größtenteils gute Bilder hätte, aber nicht immer. Also manchmal hätte sie, Silvia Bonnet, durchaus mit ihren Bildern bei den ausgestellten Werken konkurrieren können. Vor allem, als die Rottgardt wiederholt abstrakten Expressionismus ausstellte. Dabei schaute Silvie ihn an, als ob sie nicht sicher wäre, dass ein Polizist ihr bei dem Ausflug in die hehre Kunst folgten konnte. Er, Marco, musste in dem Moment auch sehr komisch geschaut haben, er hatte vielleicht zu lange nachgedacht.

»Kannst du mir nicht folgen?«, fragte sie daher.

Er antwortete ihr nicht, sondern machte stattdessen »Schsch schsch«, wie Kinder, die mit der Eisenbahn spielen und wieder »Schsch«.
Silvie schaute ihn an, dann schaute sie in ihre Kaffeetasse und stellte sie wieder ab.
»Willst du noch einen?«, fragte Marco, als er mit der Eisenbahn fertig war.
»Nein danke«, kam als Antwort, wobei sie jeden Laut in dieser Antwort einzeln betonte.
»Ich brauche einen ganzen Nachnamen zu dem Vornamen Hanno. Hanno Sch. Irgendein abgekürzter Nachname, der mit ›Sch‹ beginnt, verstehst du?«
»Aha. Also denn: Schlick oder Schick. Habe mal so was gehört. Hanno Schlick.«
Marco nickte und sah sie mit einem langen Blick an.
»Kommst du mal mit in den Wald?«
Sie sah auf, in ihrem Blick blitzten Erstaunen und Empörung.
»Du hast sie wohl nicht mehr alle«, gab sie als Antwort.
Da griff er ihre Hand, strich über sie und hauchte einen Kuss darauf.
»Nein Silvia, Silvana, du wunderschöne Bewohnerin des Waldes. Ich will dir dort Bilder zeigen. Vorausgesetzt sie sind noch da.«
Er wartete auf keine Antwort, ließ ihre Hand los und gab der Kellnerin ein Zeichen, dass er zahlen wollte, sofort und schnell, bevor es sich Silvie anders überlegte, denn noch hatte sie sich nicht gegen seine Bitte gestellt. Es konnte von einem Moment auf den anderen anders kommen bei Menschen wir ihr. Und genau das sollte jetzt nicht passieren.

Und wie er erhofft hatte, unternahm Silvie nichts gegen seine Worte und ging mit ihm in den Wald, ging neben ihm wie früher und hielt plötzlich im Gehen inne.
»Marco«, sagte sie und schaute ihn lange an und nach viel

Längerem strich ihr Finger über seine Lippen, über jede kleine Furche und Kerbe und strich schließlich über die Öffnung seines Mundes, die sich immer mehr auftat, um dem liebkosenden Finger zu antworten. Dann zog sie den Finger von den Lippen weg und ließ ihn über sein Kinn und den Hals bis zum Adamsapfel gleiten, so langsam und sinnlich, dass es Marco fast wehtat, sich nicht zu rühren. Denn das traute er sich nicht, sich in irgendeine Richtung zu bewegen, wie ein Jäger auf dem Hochstand, der ein Reh erblickt hat, das ihm noch nie vor Augen gekommen war. Nein, in Silvies Fall eine Bache, die Frischlinge bei sich hatte und wild und gefährlich werden konnte. Eine Wildsau. Bei diesem Gedanken musste ein Lächeln über sein Gesicht gezogen sein, denn sie zog den Finger ab und fragte, was er denn da zu grinsen hätte.

»Wenn, dann habe ich gelächelt, weil ich mich freue«, gab er als Antwort.

»Freu dich nicht zu früh«, sagte sie dann und stellte sich mit neu erworbenem Abstand vor ihm auf, die Arme in die Hüfte gestemmt, »SB steht für Silvia, die Waldbewohnerin und Bonnet für einen Hugenotten vor 500 Jahren. SB steht auf gar keinen Fall für Selbstbedienung in Sachen Liebe, Sex und Streicheleinheiten. Hast du mich verstanden?«

Marco nickte, der Spruch, den sie von sich gegeben hatte, sah nicht nach spontaner Eingebung aus, sondern nach einem längeren Gedankenprozess, formuliert und zusammengetragen, um ihn irgendwann einmal vorzutragen. Und zwar ihm, Marco, vorzutragen. Er hatte wieder eine Chance. Oder besser, er hatte sie immer gehabt, aber er würde nicht mit ihr spielen, weder mit der Chance noch mit der Frau, die ihm diese Chance gab. Und sie war für ihn nie ein Selbstbedienungsladen gewesen. Warum hatte sie das nie bemerkt. Aber er würde sie jetzt nicht fragen, er nahm sie nur an der Hand und sagte:

»Komm, ich wollte dir doch etwas zeigen.«

Als sie die Holzhütte in der Lichtung erblickte, fragte sie ihn mit einem Lachen, ob er sie denn da einsperren wolle. »Da ist schon jemand eingesperrt«, antwortete er und schloss ihren offenen Mund mit den Fingern seiner rechten Hand.

»Stimmt doch gar nicht, die kann doch jederzeit raus«, sagte Silvie und deutete auf die Schaufensterpuppe am Boden der Holzhütte, »es gibt keinen Riegel am Schloss, oder?«
Marco überhörte ihre Frage, ihm war seine wichtiger:
»Meinst du, diese Bilder sind wertvoll?«
Silvie saß in der Hocke und blätterte durch den Stapel der Bilder, die gegen die Hüttenwand lehnten.
»Weiß nicht«, antwortete sie, »die sind künstlerisch ganz gut, wie alles vom Schlick, aber es ist halt seine Anfangsphase.«
»Bist du sicher, dass es sich bei diesem Hanno und dem Initial Sch. um diesen Künstler handelt?«
»Ja, das bin ich, garantieren tu ich es dir natürlich nicht. Denn es haben viele Leute versucht, den Pollock nachzumachen. Wahrscheinlich in der Hoffnung, ihre Bilder würden so teuer verkauft wie die von Pollock.«
Marco sah sie an und stellte keine Frage, sie wusste schon von alleine, dass er ein absoluter Kunstbanause war. Sie würde sich einen Spaß daraus machen, ihm mit ihrem Wissen weiterzuhelfen, und machte auch gleich den Mund auf:
»Actionpainting, Marco. Nach 1945 eine neue Form des Malens. Die Leinwand liegt auf dem Boden, aus dem Pinsel tropft nach den Armbewegungen des Künstlers Farbe, die dann weiterverarbeitet wird. Pollock hat das technisch dermaßen gut gemacht, dass jeder Quadratzentimer auf seinen Bildern interessant ist.«
»Hm«, sagte Marco, »und der hier hat es auch versucht, Punkte und Striche, wie so eine Art Kaulquappen oder …«

Silvie warf ihm einen gespielt bissigen Blick zu und Marco hob entschuldigend die Hände. Die alten Neckereien zwischen ihnen hatten wieder begonnen.
»Ich bin noch nicht fertig«, fuhr sie fort, »ein Werk von Pollock zählt im Moment zu den teuersten Bildern der Welt.«
»Was kostet so was?«
»Weiß nicht genau, aber irgendetwas mit einem dreistelligen Millionenbetrag, Dollar aber.«
Marco pfiff Luft durch die Zähne.
»Und du weißt nicht das Beste«, sagte sie mit bedeutungsschwangerer Stimme, »vor ein paar Jahren wurden über dreißig Bilder Pollocks entdeckt, eingelagert in einem New Yorker Lagerhaus.«
Sie schien eine Reaktion seinerseits abzuwarten, doch er schwieg, weil sie das zum Weiterreden bringen würde. Und tatsächlich, sie schüttelte zunächst den Kopf, wahrscheinlich über so viel Unverstand, dann sagte sie:
»Mensch, Marco, siehst du denn nicht die Parallele?«
»Hat der Pollock überhaupt die Wertsteigerung seiner Bilder erlebt?«
»Nein. Der starb so mit Vierzig.«
»Und wie alt ist der Schlick? Kann der dreißig Jahre warten?«
Sie gab ihm keine Antwort, sondern bückte sich, um mit ihrem Handy ein Foto von der Signatur des Künstlers zu machen. Sie schien seine letzte Frage nicht gehört oder überhört zu haben.
»Ich werde mich mal umhören, Marco«, sagte sie, als sie wieder aufstand.
»Gut, sehr gut, danke.«
»Ich weiß nicht, ob so ein Typ dreißig Jahre warten will. So jung ist er von meiner Erinnerung her nicht, ich habe den mal auf einer Vernissage gesehen, das ist Jahre her. Vom Alter her zwischen dir und mir, schätze ich mal. Aber irgendwas hat es zu bedeuten, wenn er seine alten Bilder hier

einbunkert. Nur, und das ist auch wieder komisch, so ein Wald ist feucht und das ist nichts für die Bilder. Zumindest hätte ich eine Folie drübergelegt und ein gescheites Schloss an die Tür gebracht.«
»Die Hütte scheint doch trocken zu sein.«
»Egal. Irgendwas hat das hier zu bedeuten«, sagte sie und ließ zum Ausdruck dieser Überzeugung ihren Arm über den Stapel kreisen. Sie mochte recht haben, wahrscheinlich war das doch mehr als ein Recyclinghof der Kunst. Möglicherweise war sie einen Schritt weiter als er, der die ganze Geschichte nicht allzu ernst genommen hatte, mit Reh und Wald und HB. Vielleicht pokerte bei den Bildern wirklich jemand mit dem Faktor Zeit.

Zu seinem Leidwesen musste er erkennen, dass an dem Abend noch weitere Personen mit dem Faktor Zeit pokerten. Zuerst einmal Silvie, die sich nach ihren Theorien und Reden über Galeristinnen und Künstler gleich nach Hause fahren ließ und ihn im Wagen mit einem kurzen Kuss abfertigte. Sie sei total inspiriert durch die Farben des Waldes, sagte sie, und müsste nun unbedingt das Rot des Fliegenpilzes auf dem grünen Moos, das sie gesehen hatte, in etwas Abstraktes in Acryl auf Leinwand verwandeln. Sie sei sowieso gerade in einer sehr kreativen Phase, die durch nichts aber auch gar nichts ausgebremst oder gar gefährdet werden dürfte. Marco wunderte sich nur, denn er hatte keine Pilze gesehen. Während er sich wunderte, saß er auch schon alleine in seinem Wagen und sah Silvie im Flur ihres Mehrfamilienhauses verschwinden.
Auch bei ihm zu Hause pokerte man mit dem Faktor Zeit. Denn der Zustand der Küche war unverändert, bis auf die Tatsache, dass sich zu den Essensresten eine Heerschar von Fliegen gesellt hatte. Das war seine Küche, aber nicht sein Ding. Er war ein viel beschäftigter Mann und er musste sich ausruhen. Diesem Bedürfnis kam er in seinem Schlaf-

zimmer vor dem Fernseher nach. Er wachte nur einmal kurz auf, als sein Fernseher abgedreht wurde, er hörte das Klirren von Gläsern und das Scheppern von Töpfen und schlief gleich wieder ein.

Es begann mit einem Dach über dem Kopf. Dem Lager über dem Laden, das gar keines war, sondern eine Wohnung, die seit Jahren nicht mehr vermietet und nur noch mit Bildern und Steuererklärungen und uralten Kassenbüchern zugemüllt war. Herr Müller-Bode hatte ihr angeboten, beim Räumen zu helfen, und sie lachte, erleichtert zum ersten Mal nach vielen Monaten, weil sie spürte, dass dieses Hilfsangebot die Möglichkeit einer Symbiose in sich trug, um die beide wussten. Oder ahnten.
Es ahnte zumindest der alte Mann, der keine Erben hatte und völlig unerwartet ein halbes Jahr nach diesem Sonntagmorgen verstarb. Sie hatte ihn gefunden. Zwei Tage, nachdem sie ihn zum letzten Mal gesehen hatte. Über den Zweitschlüssel für seine Privaträume, den er ihr sicherheitshalber gegeben hatte.
Und für sie völlig unerwartet hatte er in genau diesem halben Jahr, das ihm verblieben war, ein Testament zu ihren Gunsten aufgesetzt. So war sie Alleinerbin des Hauses mit der Galerie. Und es war eine unglaubliche Karriere, die unter dem Namen der alten Galerie begann:
Die Geschäftsführerin Rottgardt im Kunsthaus Bode, die von der Floristin in einem kleinen Laden an der Ostsee und Malerin von Blumensträußen zu einer der bedeutendsten Kunsthändlerinnen Deutschlands wurde.

»Und, wie ist er der Stand der Dinge?«, fragte Marco am Montagmorgen bei der Besprechung mit den Brezeln. Bernd wusste bereits, dass die Nachbarin kein beschmutztes Auto gesehen haben wollte, und berichtete von seinen Wochenendaktivitäten im Internet.

»Hast du nichts Besseres zu tun?«, fragte Henning.

»Wenn es nicht regnet schon, aber nach dem Sommergewitter wollte ich nicht raus mit dem Sportwagen. Jedenfalls habe ich, angeregt durch deine Ausführungen über Jagdwaffen, im Internet ein bisschen über den Drilling recherchiert, insbesondere über die Firma Sauer & Sohn. Wisst ihr was? Die sind seit jeher Spezialisten für Jagdwaffen und hocken seit den 50er-Jahren in Eckernförde.«

Er warf diese Aussage gleich einem Ass unter Karten in die Menge und hoffte auf Anerkennung.

»Und?«, fragte Henning.

»Das ist die Heimatstadt von Ingrid Wegerer.«

»Aha?«, Henning wischte sich einen Kaffeerest vom Mund ab.

»Gut!«, sagte Marco.

»Genau, das stand nämlich auf der Website der Galerie, die komplette Biografie der Galeristin, geboren und aufgewachsen an der Ostsee, in der Stadt Eckernförde.«

»Was soll das jetzt heißen?«, fragte Henning.

»Zufall?«, fragte Bernd und ließ dieser Frage ein langes bedeutsames Schweigen folgen, dann sah er in die Runde:

»Es ist schon interessant, dass Jürgen Wegerer mit einer Waffe erschossen wurde, die schwerlich identifiziert werden kann aufgrund der bekannten Läufe und Geschosse. Aber dass seine Frau aus einer Stadt stammt, die einen der größten und wichtigsten Hersteller dieser Jagdwaffen beheimatet, finde ich schon bemerkenswert. Und dann ...«, Bernd unterbrach und trank seinen Kaffee aus, »... habe ich noch etwas herausbekommen.«

»Was?«, fragte Marco.

»Nachdem ich in der Biografie gesehen habe, dass sie aus Eckernförde ist, bin ich mal das Telefonbuch durch, nach dem Namen Rottgardt. Und ich habe nur einen gefunden, nämlich einen Heinrich Rottgardt unter der Adresse Domstag 211.«

»Scheint der Vater zu sein«, sagte Henning.
»Ja«, sagte Bernd, »aber bei allem, was ich zu der Adresse rumgelesen haben, sprechen die da oben vom Domstag, sie fahren in den Domstag oder sie sind am Domstag. Und jetzt sprecht das mal auf Schwäbisch aus.«
»Am Domschtag«, sagte Marco.
»Ja«, sagte Bernd Meier, »genau das könnte das heißen, es wäre eine Option für Kerstin Greves ›Am Donnerstag‹.«
»Donner noch mal«, sagte Marco mit den Worten seines Onkels.

Am späten Montagvormittag ließ sich Marco einen zweiten Cappuccino aus dem Automaten und dachte an die umwerfende Neuigkeit, die Bernd Meier mit Internet-Recherche und Kombinationsvermögen hervorgezaubert hatte. Was sie für einen Wochentag gehalten hatten, war möglicherweise eine Adresse. Endlich eine wichtige Spur, die sie verfolgen konnten. Gerade, als Marco daran dachte, wie er die Arbeiten im Team nun verteilen sollte, klingelte sein Handy.
»Du bist dran schuld«, sagte Silvie anstelle einer Begrüßung.
»Woran?«, konterte Marco und sparte sich ebenfalls irgendwelche Wünsche zum guten Morgen.
»Dass ich nicht mehr kreativ sein kann, denn vorher hatte es nur so geflutscht mit der Malerei. Aber gestern ging rein gar nichts.«
»Hm«, machte Marco, der für diese Art von Gespräch weder Zeit noch Lust hatte, »das tut mir leid Silvie, wirklich, aber kann ich dich später zurückrufen?«
»Kannst du, wenn es dich erst später interessiert, was ich über Hanno Schlick herausbekommen habe.«
»Über Hanno Schlick?«
»Nachdem es mit der Kreativität nicht geklappt hat, be-

schloss ich, mich da mal umzuhören«, sagte sie und legte eine Kunstpause ein, um ihren telefonischen Auftritt spannender zu machen.
»Was ist mit Hanno Schlick?«
»Sie hat mit ihm ein Vermögen verdient.«
»Die Galeristin?«
»Genau die, aber nicht mit dem Zeug, das wir in der Hütte gesehen haben. Und dann noch etwas: Der Hanno Schlick ist weg, verschollen, niemand hat ihn mehr gesehen oder gehört oder im Internet nach ihm recherchieren können. Nichts. Er ist wie vom Erdboden verschluckt.«

»Na bitte, es tut sich doch was«, sagte Bernd Meier im Besprechungszimmer.
»Vielleicht kriegst du noch was raus über diesen verschwunden Künstler. Wenn einer, dann nur du«, sagte Henning mit viel Anerkennung und wenig Spott.
»Ja, das auch«, sagte Marco, »aber wir müssen primär einmal rauskriegen, wer das ist unter dieser Adresse, Domstag 211«, sagte Marco, »Bernd hat sicher recht, Heinrich könnte der Vater von Ingrid Wegerer sein oder ein Onkel, es hört sich jedenfalls nach der Generation an. Und vielleicht hält sie sich auch dort auf oder der Verwandte weiß etwas über ihren Verbleib.«
»Eben!«, Bernd nickte schien sehr zufrieden über die Resonanz, die seine Informationen aus dem Internet hervorgerufen hatte.
»Am besten ist es, einer von uns fährt an die Ostsee. Heute noch. Und hört sich und schaut sich da oben einmal um.«
Sie beschlossen, dass Bernd Meier diese Dienstreise unternehmen und sich gleich nach der Team-Besprechung an die Vorbereitungen machen würde.
»Ein weiterer Punkt ist das Alibi«, sagte Marco dann, »das müssen wir noch einmal überprüfen.«
»Das von der Witwe?«, fragte Henning, »ich glaube, ihr

tickt nicht mehr ganz richtig. Sie war in Hannover, das wissen wir doch.«
»Wissen wir das?«, fragte Bernd.
»Der Gedankengang ist schon richtig«, ergänzte Marco, »Henning, hast du was Genaues, wann sie in Hannover war?«
»Sicher, ich habe die gesamte Liste der Anrufe, die aufs Festnetz im Privathaus Wegerer reinkamen. Da gibt es auch ein Hotel in Hannover, von dem aus angerufen wurde, und zwar genau um 1.58 Uhr.«
»Aha«, sagte Bernd Meier, »und du hast überprüft, dass Frau Wegerer in dem Hotel eingetroffen ist und dass von ihrem Zimmer aus um zwei Uhr in der Nacht telefoniert wurde.«
Henning schwieg und warf einen düsteren Blick in die Runde und verschränkte dann die Arme.
»Das habe ich nicht«, knurrte er.
Die Runde schwieg, auch Bernd Meier.
»Es kamen auch zwei oder drei Anrufe von ihrem Handy aus auf das Festnetz, als sie unterwegs war«, ergänzte Henning und sah in der Zwischenzeit so schuldbewusst aus, dass er keine Angriffsfläche mehr bot.
»Ich habe euch die Liste auch vorgelegt.«, sagte er schließlich.
»Wenn, dann haben wir alle da was verpennt, weil alles recht absurd ist«, meinte Marco, »also, es gilt jetzt herauszufinden, ob tatsächlich sie von diesem Hotel aus diesen Anruf getätigt hat, und dann, von wo aus sie von ihrem Handy aus angerufen hat.«
Einen Augenblick lang war im ganzen Raum nichts zu hören als das Klirren des Löffels, den Henning in seiner Kaffeetasse kreisen ließ. Dann warf er ihn auf die Untertasse und sah in die Runde:
»Schon merkwürdig, nach all den Anrufen vom Handy aus, plötzlich ein Anruf von einem Festnetz in einem Hotel in Hannover, wenn wir mal davon ausgehen, dass sie das war.

Also, ich hätte es noch mal kurz vom Handy aus probiert, wo die Nummer sowieso eingespeichert ist.«
Marco nickte:
»Ja, es sieht fast so aus, als sei da bewusst etwas konstruiert worden, was ein Alibi sein soll.«

Man hörte auf ihr Wort. Die Bilder, die sie ausstellte, erfuhren eine Wertsteigerung, rangierten unter dem Vorzeichen eines begehrten Anlageobjektes, das nicht nur ein Papier war, wie eine Aktie, das sich in Luft auflösen konnte, nein ihre Anlageobjekte hielt man in der Hand, waren etwas Handfestes, sie waren echtes Papier, echte Leinwand und verzierten die Wohnung.
So lange, bis sie in den Safe müssen, pflegte sie manchmal zu ihren Kunden zu sagen. Dabei lächelte sie immer bedeutsam und ließ ihre Kundschaft in der Illusion, in dem Traum, das eben erworbene Ölbild oder die Skulptur aus Holz und Eisen könnten eines Tages den Wert eines echten Picasso einnehmen. Picasso deswegen, weil den alle kannten, bei Pollock war sie da nicht so sicher, auch wenn er das teuerste Bild gemalt hatte, das bisher gehandelt wurde. Und schließlich kannten auch alle den Vincent van Gogh und wussten, dass der arm war und arm starb.
Sie pflegte dann immer das Kundenwissen mit ihrem eigenen abzurunden, indem sie als Beispiel für diese Armut angab, dass Vincent zu Lebzeiten für seine Landstraße mit Zypressen gerade so viel Geld bekommen hatte, dass es für den Kauf von Farben für fünf neue Bilder reichte. Das war ein Wort und das war ein Versprechen. Das sich auch erfüllte. Denn der Wert der meisten bei ihr ausgestellten Künstler verdoppelte sich, verdreifachte sich gar innerhalb von zehn Jahren.
Abgesehen von Hanno, der machte einen Sprung von einem vierstelligen Betrag zu DM-Zeiten zu einem fünf- bis fast sechsstelligen in Euro. Auch wenn es nicht der echte Hanno

war, doch das wusste außer ihnen beiden keiner. Für lange Zeit. Aber nichts währt ewig.

»Also, mein Navi akzeptiert diese Zeiten nicht ganz für die Hypothese einer Abfahrt gegen 21.50 Uhr am Tatort Wanderparkplatz«, sagte Bernd Meier und biss in eines der beiden belegten Brötchen, die er sich aus der Kantine geholt hatte. Er nahm einen zweiten Bissen und sagte dann:
»Ingrid Wegerers Handy wurde um 23.44 Uhr aus dem Raum Fulda und um 0.33 Uhr aus dem Raum Kassel bedient. Alle Anrufe aufs Festnetz bei ihr zu Hause. Wegerers Handy haben wir ja nach wie vor nicht, möglicherweise hat sie da auch angerufen. Oder auch nicht? Weil sie wusste, dass es da gar kein Handy mehr gab? Oder doch, um zu zeigen, dass sie nicht wusste, dass es kein Handy mehr gab. Dann müsste es aber auch irgendwann mal auftauchen, aber das ist jetzt ein anderes Thema. Hm, wenn wir auf diese Anrufe schauen, was heißt das?«
»Dass sie erst relativ spät daheim auf dem Festnetz anrief. Vielleicht weil sie ihren Mann vorher nicht dort erwartete oder weil sie dort einfach schon in der Nähe vom Ziel war, weit weg von uns hier«, sagte Marco.
Bernd Meier nickte.
»Genau das. Sie konnte vorher nicht anrufen, weil man über das Handy gesehen hätte, dass sie noch gar nicht so weit weg war von hier. Das heißt, sie fährt gegen zehn vor zehn hier unten los und fährt bis Fulda richtig schnell. Die 47 Minuten zwischen Fulda und Kassel liegen in der Nacht im Normbereich. Es sausen lassen, rasen für das erste Stück heißt dann aber auch über 200 km/h.«
»Das gibt es nicht, keine Frau fährt so schnell«, gab Henning als Kommentar.
»Hast du das gehört?«, Bernd sah Marco mit einem Oberlehrerblick an, »Gott sei Dank hat Pia heute Urlaub.«
»Die ist auch gegen Raser auf der Autobahn.«

Bernd fasste sich an die Stirn, dann sah er Marco wieder an.
»Aber machbar ist es«, antwortete Bernd Meier.
»Glaube ich nicht, nicht mal für dich mit deinem Sportwagen«, konterte Henning, »die Ingrid Wegerer wäre unterwegs auf der Autobahn verhaftet worden, auf der A7 gibt es doch auch Baustellen und Geschwindigkeitsbeschränkungen, das weiß ich zufälligerweise, manchmal fahre ich ja auch da hoch.«
»Mein Vorschlag wäre, ich probiere es einfach aus, dann fahre ich erst heute in der frühen Nacht los und schaue mal, ob ich die Zeiten toppen kann oder zumindest einhalten kann.«
»Du kannst ja so schnell fahren, wie es erlaubt ist, dann kriegst du auch ein Gefühl für das Machbare. Denn ich schließe nicht aus, dass es so gewesen sein könnte: Die Witwe hat ihren Mann erschossen und sich selber durch Anrufe ein Alibi konstruiert.«
Merkwürdig war nur, dass Ingrid Wegerer ihren Mann sehr geliebt hatte und sehr unter seinem Tod litt. Aus welchem Grund hätte sie ihn also umbringen sollen? Sie hatten dafür einfach keine Erklärung.

Am späten Montagnachmittag trat Pia mit einem Blatt Papier, auf dem ihre runde und flüssige Schrift zu erkennen war, in Marcos Büro. Sie setzte sich unaufgefordert auf einen freien Stuhl vor Marcos Schreibtisch und sagte:
»Erstens, auch Helga Wiedemann weiß nichts über den Verbleib von diesem Hanno Schlick. Der sei schon seit längerer Zeit abgetaucht, ein ziemlich arroganter Schnösel, wie sie zu verstehen gab. Und zweitens, Heinrich ist der Vater der Witwe. Er lebt aber nicht mehr an diesem Domstag, sondern im Altersheim.«

Pia legte ihren Zettel auf den Tisch, auf dem eine Adresse in Eckernförde notiert war.
»Das da«, sie tippte mit dem Finger auf das Papier, »scheint auch eine ziemlich noble Adresse zu sein, direkt an der Küste, mit Blick auf die Ostsee, und so wie ich rausgehört habe, nicht unbedingt finanzierbar mit der Rente des alten Herrn Rottgardt. Der Kollege von da oben, den ich am Telefon hatte, der war nämlich sehr nett, sehr kooperativ und auch mit den Familienverhältnissen einigermaßen vertraut, weil die Schwiegereltern seines Bruders fünf Häuser weiter von Heinrich Rottgardt wohnen.«
»Dann zahlt die Tochter das Altersheim. Und wer lebt jetzt in dem Haus?«, fragte Marco.
»Niemand, aber unten drin ist eine Galerie, die nur sporadisch auf hat, im Moment ist sie geschlossen, wegen Urlaub. So wie ich gehört habe, ist der Galerist auch so ein alter Mann.«
»Schon wieder so ein Kunstladen«, sagte Marco, »möglicherweise kam sie schon in ihrer alten Heimat auf ihren Beruf.«
»Möglich, und dann noch etwas …«, Pia hielt kurz inne und signalisierte durch diese Kunstpause, dass sie gleich ein Ass aus dem Ärmel schütteln würde:
»Es muss da noch mal einen Rottgardt gegeben haben vor vielen Jahren, nicht den Heinrich, nein, sondern mit einem anderen Vornamen, an den sich unser Kollege von der Ostsee nicht mehr erinnerte.«
Pia wartete gerne auf Aufforderungen, um weiterzureden. Bis sie diesen Kick nicht bekam, öffnete sie in bedeutungsschwangeren Momenten nicht mehr den Mund. Das hatte sie bei Bernd Meier abgeschaut, der sich auch immer hofieren ließ.
»Und, was hast du Besonderes herausbekommen?«, fragte Marco daher.
»Dieser andere Rottgardt mit unbekanntem Vornamen

war jahrelang ungeschlagener Schützenkönig im örtlichen Schützenverein.«
»Das ist ein Ding«, sagte Marco, »da kriegt Bernd Meier da oben ja richtig Arbeit.«

Er musste an dem Abend raus, an die frische Luft, sich bewegen, sich den Kopf klar laufen. Zumal seine Mutter die Wohnung nicht nur räumlich, sondern auch akustisch belegte mit Telefonaten, die sie in sämtliche Richtungen ihrer vielen Freundinnen führte. Ja, er Marco Fois, Kommissar im Dienst, musste raus, kopfmäßig auch am Feierabend. Die Ermittlung hatte eine Richtung genommen, die für alle erschreckend war. Sie mussten sich auf die Witwe konzentrieren, die als Täterin als Letzte infrage gekommen wäre aufgrund ihres Auftretens und ihrer Reaktion.
Bernd Meier hatte es bei der Hinfahrt zwischen Heidenheim und Fulda richtig laufen lassen, alles im Rahmen des Legalen, wie er versichert hatte, und er war an die hypothetischen Zeiten hingekommen.
Es war also machbar, die Galeristin hätte diese Strecke in der kurzen Zeit fahren können. Und so gab es nur zwei Alternativen, beide mit einem schlechten Beigeschmack:
Entweder sie hatten sich blenden lassen, dann war die Frage, wie das geschehen konnte, rühmten sie sich als Team doch immer einer gewissen Menschenkenntnis. Oder sie taten der Ingrid Wegerer nun bitter unrecht mit dem Verdacht, der sich nun auf ihre Person konzentrierte. Aber auch in dieser Richtung mussten sie nun ermitteln, zumal sie durch ihre Abwesenheit die ganze Sache verschlimmerte.
Marco verließ Nattheim über die Felder in Richtung Wahlberg, einem kleinen Teilort mit Reiterhof.
Der Juli war in den August übergegangen und hatte wie bei einem Staffellauf Sonne, Hitze und ewig blauen Himmel an den Folgemonat überreicht. Unter diesen Umständen

konnte man im Sommer auch jenseits der Alpen leben oder diesseits, die Definition war eine Frage der Perspektive.
Marco setzte sich auf eine Bank am Wegesrand und ließ seine Gedanken weiter schweifen. In der Zwischenzeit waren seit der Tat zehn Tage vergangen und es dämmerte bereits etwa eine halbe Stunde früher als am Abend der Tat. Marco sah auf die Anzeige der Uhrzeit auf seinem Handy: es war 21 Uhr abends. Doch es war in völliger Dunkelheit geschossen worden.
Der alte Jäger hatte sich noch über die Nachtjagd ausgelassen und über das Schießen in der Dunkelheit. Vorausgesetzt derjenige, der das getan hat, konnte richtig gut schießen. Es gab da diesen Rottgardt, den Schützenkönig. Ein Verwandter? Sicher. Möglicherweise ihr Onkel. Das alles musste in Erfahrung gebracht werden. Und die Waffe? Irgendein Jagdgewehr mit einem Flintenlauf. Ein Drilling. Vielleicht. Bernd Meier hatte darüber referiert, gar doziert, ergänzt von einigen Bemerkungen Hennings. Und nicht nur er. Auch der alte Jäger, aber es fiel Marco beim besten Willen nicht ein, warum gerade der den Drilling erwähnt hatte. Was nicht ist, konnte noch werden.
Im Westen waren die Sonnenstrahlen nur noch ein flaches farbliches Echo ihres Untergangs. Es war Zeit, nach Hause zu gehen.

Hanno. Er war jung. Viele Jahre jünger als sie. Und er schlenderte durch die Bilder ihrer Ausstellung als wären es seine eigenen, aber gemalt viele Jahre zuvor, in seiner Jugend oder im Kindergarten, irgendetwas, das Lichtjahre von seiner Entwicklung entfernt war. Er versprühte Arroganz aus jeder Bewegung wie ein billiges Parfüm, das er zu dick aufgetragen hatte. So musste man es heute sehen, aber sie war ja in vielerlei Hinsicht blind gewesen, vor allem, wenn es um Privates ging.
Ihre erste Begegnung war noch in der alten Galerie, in der

von Müller-Bode: Hanno war ein großer attraktiver Mann mit seinen braunen Augen im schmalen Gesicht und einer löwenblonden Mähne, die er in einem Zopf gebündelt hatte, der ihm bis weit unter die Schultern reichte. Seinen Gang schien er einer Raubkatze abgeschaut zu haben, diese Geschmeidigkeit, mit der er sich bewegte. Sie war am Anfang stark beeindruckt, bis sie erkannte, dass dieser Gang mehr Männerblicke auf sich zog als die von Frauen.

Doch da war es bereits geschehen. Immerhin war es nicht um sie geschehen und sie konnte innerlich und emotional Abstand nehmen von diesem Mann, der sich damit rühmte »Gillette« genannt worden zu sein. Auf ihren verständnislosen Blick hin fing er an zu kichern und erklärte ihr, dass er bei seinem letzten Südamerikaaufenthalt diese Bezeichnung vernommen hätte, bezogen auf seine Person oder besser: auf die Personen, die ihn interessierten. Und er schloss diese Ausführung, indem er betonte, dass das Wort »bi« schließlich für die Zahl Zwei stünde, so wie die Rasierklinge auch zwei Seiten zum Schneiden hätte. Sie hatte die Lektion mit der Bisexualität verstanden, war aber nicht bereit, einen Mann auch mit Männern zu teilen. Einen Mann mit Frauen zu teilen, war schon hart genug.

Jedenfalls hatte sie die Lust am Sex mit ihm verloren. All das hatte nur passieren können, weil sie so ausgehungert war nach der Geschichte mit Jürgen. Als die Fronten klar waren oder gerade weil die Fronten klar waren, blieben Hanno und sie dann einfach Freunde, sie wurden sogar dicke Freunde.

Beruflich ergriff sie die Führung und managte ihn. Hanno Schlick war ein vielversprechender Künstler, der mit der vorgetragenen Arroganz nur seine Unsicherheit kaschierte und die Unfähigkeit, sich selber richtig zu vermarkten. Privat trösteten und berieten sie sich gegenseitig beim Scheitern oder Aufbau von Beziehungen.

Die größte Hilfe war Hanno, als Jürgen wieder auftauchte,

aus Eifersucht, wie sie anfangs dachte, denn für viele waren die erfolgreiche Galeristin und ihr erster Künstler ein Paar. Jürgen machte ihr den Hof. Sie ließ sich hofieren, das war der große und wichtige Rat von Hanno. Dann, nach all diesen Monaten, die ihr Ex-Freund um sie geworben hatte, gab sie ihm ihre Hand.
Wie waren die Dinge bei ihr doch anders: verliebt, betrogen, verheiratet. Eine schöne Abwandlung der deutschen Redensart. Aber sie glaubte Jürgen. Wollte ihm glauben, seiner tiefen Reue und dem Versprechen, ihr treu zu sein oder endlich: treu zu bleiben. Vielleicht war seine Absicht gut gewesen, sein Wort hatte er jedoch nicht gehalten. Damit war all dieses Ungute bereits vorprogrammiert gewesen.

Es war dunkel geworden. Die Verkürzung der Nächte war jetzt im frühen August deutlich zu spüren, doch die Hitze blieb. Marco dachte an die Sommernächte in Italien, deren Dämmerung mindestens eine halbe Stunde vor den Zeiten in Süddeutschland einsetzte oder noch früher je nachdem, wo man sich befand. Dunkle heiße Sommernächte, wie Marco sie auf Sardinien in vielen Kindheitstagen erlebt hatte. Vielleicht kamen ihm auch all diese Erinnerungen, weil seine Mutter einen Teil der Düfte aus Italien mitgebracht hatte. Sogar Marcos Badezimmer roch anders, weil es seit der Ankunft von Lore Fois mit einem italienischen Putzmittel gereinigt wurde.
In all diese Gedanken hinein klingelte es an Marcos Wohnungstür. Als er sie aufmachte, stand er vor Silvie.
»Ich habe mich weiter erkundigt. Was kriege ich für meine neuen Informationen?«, fragte sie anstelle einer Begrüßung. Sie musterte ihn unverhohlen, wie er in Jeans und mit nur halb zugeknöpftem Hemd vor ihr stand. In Marcos Wohnung war es nicht nur warm, sondern auch stickig, so stickig, dass er befürchtete, später nicht richtig einschlafen zu können, obwohl er in seinem Schlafzimmer sämtliche

Tischventilatoren, die er ausfindig machen konnte, aufgestellt hatte. Er hatte den ganzen Keller eine halbe Stunde lang nach den Geräten abgesucht. Im Wohnzimmer flatterten nun Silvies Haare in diesem Wind.
Marco sagte kein Wort und sah nach seiner Mutter, die sich für diese Nacht bei ihrem Bruder in Fleinheim angekündigt hatte, in dem viel kühleren alten Bauernhof HBs. Lore Fois war gerade dabei, im Bad die nötigsten Sachen einzupacken. Was für ein Zufall, dass sie gerade an dem Abend das Feld räumte, oder vielleicht war es keiner. Das Problem war, dass Marco nicht wusste, wie er Silvie begrüßen sollte, er traute sich nicht, ihr einen Kuss zu geben. Auch weil er nicht sicher war, ob das Silvie in Gegenwart seiner Mutter passte. Lore Fois konnte schließlich jeden Moment aus dem Bad auftauchen. Ihm war nicht klar, wie das Aufeinandertreffen der beiden Frauen ablaufen könnte.
Zu seinem maßlosen Erstaunen spazierte Silvie direkt auf seine Mutter zu, als die ins Wohnzimmer kam. Es folgte eine italienische Begrüßungszeremonie mit jeweils zwei Küssen auf jeweils zwei Wangen. Dann kicherte Silvie und drehte sich zu Marco um.
»Was schaust du denn so?«, fragte ihn seine Mutter, »wir kennen uns doch!«
»Seit wann?«, entfuhr es Marco.
»Vom Weihnachtsmarkt her und von heute«, sagte Silvie und ließ sich dabei auf den Sessel und auf die beiden von ihr angefertigten Sitzkissen fallen, »Lore war nämlich so nett, mir einen Stoff aus Italien mitzubringen. Ich finde es irre, dass sie sich noch daran erinnert hat, dass ich auf dem Weihnachtsmarkt mal so etwas erwähnte.«
»Und außerdem wollte ich wissen, ob Silvia mir etwas von dem vielen Pesto abnimmt, den ich mitgebracht habe, sonst landet der vielleicht auch noch im Müll wie der vorherige«, ergänzte Marcos Mutter mit Ärger im Unterton.
»So«, sagte er und fragte erst gar nicht, wie seine Mutter

Silvie kontaktieren konnte. Er wusste genau, dass Letztere gerne ihre Handy-Nummer unters Volk verteilte und seine Mutter ihrerseits sämtliche Nummern und Adressen, die sie bekam, mit wahrer Akribie sammelte und abheftete. Des Weiteren wollte er auch gar nicht wissen, wie sie entdeckt hatte, dass der Pesto entsorgt worden war, und letztendlich interessierte es ihn auch nicht, ob seine Mutter bei der Stoffübergabe erwähnt haben könnte, dass sie vorhatte, bei ihrem Bruder zu übernachten.
In diese Gedanken hinein klingelte Lores Handy, am Apparat war offensichtlich ihre beste Freundin.
Marco gab Silvie ein Zeichen, ihm zu folgen. Sie ging mit ihm in die Küche und setzte sich auf den Küchenstuhl, den er ihr zurechtgerückt hatte. Er setzte sich ihr gegenüber, stützte die Arme auf dem Küchentisch ab und legte sein Kinn in die zusammengefalteten Hände.
»Und was wolltest du mir noch mitteilen?«, fragte er dann.
»Du hast auch nach seinen Bildern recherchiert?«, sie nickte in Richtung des Wohnzimmers und meinte den Laptop, der auf dem kleinen Couchtisch stand.
»Immerhin habe ich ein paar Bilder gefunden, aber ganz was anderes als die im Wald. Viel Gesichter und wenig Punkte.«
Eine Aussage, die gleichbedeutend war mit einer Aufforderung zu weitschweifigen Erklärungen.
»Aber natürlich. Hanno Schlick hat sich von diesen Punkten ausgehend, also dem Action Painting, offensichtlich weiterentwickelt: Man sieht da einerseits Porträts, andererseits auch Landschaften. Die alle zusammengefasst werden können unter dem Oberbegriff der konkretisierbaren Abstrakte.«
Sie sah ihn an mit einem Blick, der ihn an seine Grundschullehrerin erinnerte: nett, freundlich und geduldig.
»Aha«, meinte Marco nur, Silvie würde ohnehin gleich weiterreden.
»Ich weiß, das ist ein bisschen schwierig, wenn man mit

Kunst nicht viel am Hut hat, aber du musst dir das so vorstellen, schau mal her!«, sie faltete auf dem Küchentisch ein Blatt auseinander, das sie aus ihrer Hosentasche gezogen hatte. Vor ihm lag der Vierfarbenausdruck eines Bildes in schönen Farben. Zu sehen waren ein Turm und ein Haus, aus dem Feuer stieg.
»Na, was siehst du?«, fragte ihn Silvie.
Marco sah nichts Genaues, aber er wusste, dass er diese Frage irgendwie beantworten musste, und gab schließlich seinen ersten Gedanken freien Lauf:
»Das könnte ein Hochofen sein und das hier vielleicht Feuer. Und ein Mensch, irgendeine Gestalt, ein Arbeiter. Sieht ziemlich müde aus.«
»Sehr gut«, lobte sie ihn, »ich sehe hier zum Beispiel eine Rakete und eine Landschaft, die einen Schnitt in sich hat zwischen futuristisch und prähistorisch. Jeder sieht etwas anderes, weil das Bild so angelegt ist, jeder konkretisiert die halbwegs abstrakte Vorlage in sich zu einem anderen Bild. Dadurch wird Kunst zum Dialog. Obwohl Kunst ja eigentlich immer Dialog ist, aber hier tritt das noch viel mehr zutage. Genauso Schlicks Figuren-Landschaften, seine Gesichter ...«
»Stopp, Stopp!«, Marco legte ihr sanft aber entschieden den rechten Zeigefinger auf den Mund, »das ist alles sehr interessant, aber vom Künstler selbst fehlt weiterhin jede Spur?«
»Ja.«
»Vielleicht gibt es ihn auch unter einem anderen Namen? Ist das nicht eher eine Abkürzung, Hanno? Johannes? Hanno?«
Sie schwiegen gerade, als aus dem Küchentürrahmen ein Kichern ertönte. Lore stand dort, sie hatte einen kleinen Stoffbeutel mit einem farbenprächtigen Blumenmuster geschultert.
»Das ist ja nett. Seit wann spricht mein Sohn Schwäbisch?«, fragte sie, immer noch belustigt.

»Warum?«, fragte Marco.
»Du hast doch gerade ›Ha no‹ gesagt, Schwäbischer geht es ja wohl nicht!«
»Was?«, Marco starrte seine Mutter an und Silvie, ohne beide wahrzunehmen, dann sprang er mit der Entschuldigung auf, er müsse dringend telefonieren. Er zog sein Handy aus der Jackentasche und ging auf den Balkon und wählte die erste Nummer auf seiner Liste, bei der auch gleich abgehoben wurde.
»Und, wie ist es?«, sagte er anstelle einer Begrüßung.
»Gut. Pia hat da echt ein nettes kleines Hotel ausgewählt. Das Bett scheint auch ganz gut zu sein, nicht so weich wie sonst.«
»Bernd, der Jürgen Wegerer hat bei seinem letzten Telefonat den Künstler erwähnt, den Hanno Schlick, das war sein Vorname und nichts Schwäbisches.«
Und er erklärte ihm, warum und wie er darauf gekommen war. Kommissar Zufall. Schon wieder. Oder immer noch.
»Wir müssen unbedingt herauskriegen, wo dieser Künstler steckt«, sagte Bernd Meier, woraufhin Marco meinte, das könnte schwierig werden, da in Künstlerkreisen ja das Gerücht umginge, er wäre verschollen. Ein Kommentar, den Kollege Meier mit einem Lachen quittierte und mit dem Spruch, es gäbe viele Formen der Kunst, auch eine intelligente Recherche könnte man unter diesen Oberbegriff eingliedern. Das war sehr selbstbewusst gesprochen, aber wenn einer den Verbleib von Hanno Schlick ausfindig machen konnte, dann nur Bernd Meier. In dem Hotel gab es schließlich einen Internetanschluss.

»Ist meine Mutter schon weg?«, fragte Marco Silvie, als er von dem Balkon zurückkam und sie im Wohnzimmer alleine vorfand.
»Ja, ich soll dir Grüße ausrichten.«
»Alles klar?«, sie sah ihn mit einem schiefen Blick an.

»Ich muss morgen ganz früh raus.«
»Ich störe dich nicht«, sagte sie, suchte und fand schließlich ihre Handtasche auf dem Sofa.
»So war das nicht gemeint. Und außerdem hattest noch irgendwelche Erkenntnisse, die du mir mitteilten wolltest.«
»Habe ich doch bereits getan.«
»Ach so. Ich dachte, da käme noch was und wir wären nur unterbrochen worden.«
»Stimmt, unterbrochen worden sind wir.«
Sie warf ihre Handtasche wieder dahin, wo sie sie aufgenommen hatte, und setzte sich auf eines ihrer Kissen, in Erwartungshaltung:
»Aber wir können ja da weitermachen, wo wir aufgehört haben.«
Nachdem Marco nicht genau wusste, worauf sie sich mit diesen Worten bezog, beschloss er, ihr die Regie für ihr gemeinsames Theaterstück zu überlassen.
»Ja, das können wir«, sagte er daher und setzte sich auf den Sessel ihr gegenüber.
Als Antwort spitzte sie die Lippen, fixierte dabei seinen Oberkörper und lächelte schließlich.
»Ja, das könnte klappen«, sagte sie dann, stand auf, ging zu ihm und baute sich in einer einnehmenden Pose vor ihm auf. Die Beine in den dunkelroten Stöckeln hielt sie vor ihm leicht gespreizt und sie stemmte sich mit den Händen auf der Lehne seines Sessels ab. Er wollte gar nicht daran denken, wie diese Pose in ihren engen Jeans von hinten aussah.
»Soweit ich mich erinnere, war das zwischen dem dritten und vierten Knopf«, sagte sie und berührte mit ihren Lippen dabei fast seinen Mund, ließ nur noch den Abstand, den sie zum Sprechen brauchte.
»Der einzige Unterschied zu heute besteht darin, dass du damals lange Ärmel hattest und ganz nett zugeknöpft warst, nicht so offen wie heute«, sagte sie dann und strich

mit dem Zeigefinger ihrer rechten Hand über seinen Adamsapfel, den Hals und die Brust hinunter bis zum ersten geschlossenen Knopf. Über dem hakte sie ihren Finger ein und strich dort in einer langsamen Bewegung über seine Haut, bis sie plötzlich kurz entschlossen die Stelle aufknöpfte, den Hemdstoff beiseiteschob und dann die frei gewordenen Stelle mit ihrer Zunge küsste.
Marco unterdrückte einen Seufzer und schloss die Augen und versuchte, sich weiterhin nicht zu rühren, während sie sich mit dem Finger zum nächsten und letzten Knopf vorarbeitete.
»Und der Unterschied besteht heute hoffentlich auch darin, dass uns kein Anruf dazwischenkommt, oder?«
Er nickte, »hoffentlich«, sagte er dann mit einer Stimme, die sich heiser anhörte.
Als sich ihre Finger nicht mehr rührten, schlug er die Augen auf und sah direkt in ihr Gesicht. Sie fixierte ihn, schien nachzudenken, aber nichts von ihren Gedanken preisgeben zu wollen. Oder sie wollte ihn nur scharf machen und zappeln lassen. Einen Moment lang hatte er diesen Zweifel.
Er lehnte sich zurück, schloss die Augen und wartete auf Silvies Reaktionen. Plötzlich ging alles sehr schnell und sie befreite ihn aus der quälenden Enge seiner Hose.
»Wir werden uns immer erkennen«, sagte sie noch mehr zu sich selbst.

Einer dieser endlos langen Tage war endlich der Nacht gewichen. Umhüllt von dieser Dunkelheit fühlte sie sich weniger allein, ja, es war, als könnte sich darin auch ihr Schmerz verstecken. In dieser schwarzen Stille, die, je mehr sie sich auf sie konzentrierte, ein Eigenleben bekam, zu vibrieren schien. Als ob diese Stille erst durch sie, Ingrid, eine Sprache und einen Geruch bekommen hätte. Fast eine körperliche Form. All das waren Empfindungen, die ihr seltsam vorkamen, die sie aber festzuhalten suchte, glücklich über das

Gefühl, irgendetwas zu spüren, nach all dieser Leere. Und nach der Erkenntnis, dass sie sich geirrt hatte.
Sie verließ die Nacht und ging in das Haus zurück, in dem sie Helligkeit und Dunkelheit steuern konnte. Auch wenn sie das gar nicht wollte und von der Küche aus weiter in die Dunkelheit starrte. Es roch nach altem Haus und seinem trockenen Holz. Regelmäßig und langsam tropfte der Wasserhahn im Bad, wie er schon immer getropft hatte, schon seit vielen Jahren, in einer so langsamen Regelmäßigkeit, dass jeder Tropfen, der in das alte Emailbecken fiel, fast ein einmaliges Ereignis, ein Fall für sich war. Und doch, wie viel Wasser musste so verloren gegangen sein, sinnlos verschwendet. Ja, Verschwendung, das war das richtige Wort. Für all diese Dinge.
Das war die beste Erklärung für diesen großen Irrtum, dem sie erlegen war, dem Irrtum, dass Liebe auf den ersten Blick auf Gegenseitigkeit beruhen musste, sonst könnte sie nicht als eine solche entstehen. Eine grandiose Verkennung der Tatsachen: bei Jürgen trafen weder der erste Blick noch Liebe zu. Beide hatten nie zugetroffen, in der Vergangenheit gesprochen. Wirklichkeiten musste man die richtigen Zeitformen geben.
Sie hätte damals besser hinhören müssen, als die kleine Tochter ihrer Nachbarin in einem Haus wie dem der Wikinger wohnen und kochen wollte, und er ihr nur den Rat gab, sie solle halt nichts anbrennen lassen. Das war sein Programm, damals schon in dem Museum mit dem Namen Haithabu, das aber eigentlich Hedeby genannt werden müsste. Auch er sprach immer nur von Haithabu. Doch der richtige Name war der dänische. Jürgen hatte das nicht für wichtig befunden. Genauso wenig wie ihre eigene Identität. Ingrid oder Inge, er nannte sie, wie es ihm gerade passte. Genauso lächelte er immer, wenn sie ihm mit Hedeby kam, und versicherte dabei, auch er wüsste über die Geschichte Schleswig-Holsteins Bescheid. Er wusste immer über viele

Dinge Bescheid. Nur nicht über sie selber, das interessierte ihn gar nicht.
Und ihr blieb nur die Erkenntnis, dass sie nichts anderes gewesen war als personifizierte Entwicklungshilfe für ihren Mann. Mit einem Programm von Annahme seiner Person bis zur Zunahme seiner Persönlichkeit. Tag und Nacht beschäftigt mit dem Aufbau seines Wohlergehens in physischer, psychischer und materieller Hinsicht.
Er hatte sie nur wegen ihres Geldes geheiratet, das Materielle war eben ihre Stärke. Was sein physisches Wohlergehen anbetraf, so machte ihr letzten Endes ihre Prüderie einen Strich durch die Rechnung. Denn bei dem physischen verlor sie über die Jahre ihre Geduld und Energie. Sie hätte mit diesen veränderten Tatsachen leben können, doch er offensichtlich nicht, denn mit ihrem Geld holte er sich dann, was er von ihr nicht mehr bekam. Dann bekam er den Hals nicht mehr voll genug.
Ja, die Sache mit Jürgen war der einzige Schuss ihres Lebens, der gründlich nach hinten losgegangen war. Und es war der, der am längsten dauerte. Fast ein halbes Leben. Leider all ihre besten Jahre.

Es war ein Klingeln an der Haustür, das ihn am Dienstagmorgen weckte. Ein Klingeln, das nicht enden wollte und so laut war, dass es selbst Silvie wecken konnte. Auch wenn diese sich normalerweise nicht durch akustische Signale in ihrem Schlaf stören ließ.
Draußen strahlte der Tag schon in hellem Licht, wie Marco durch den Spalt am Fenster sehen konnte, welchen die Vorhänge nicht bedeckten. Marco schaute kurz auf die andere Seite seines Bettes, um zu sehen, ob seine Gefährtin der Nacht wach geworden war. Zu seinem Erstaunen lag er alleine im Bett, sicher schon eine ganze Weile, denn die Stelle, auf der Silvie eingeschlafen war, fühlte sich kalt an und auch ihr Duft schien verflogen. Das Klingeln an der Tür wieder-

holte sich. Vielleicht war es Silvie, die aus der Wohnung gegangen war und sich ausgeschlossen hatte? Marco ging zur Wohnungstür und machte sie auf, ganz bereit, Silvie gleich einen Gutenmorgenkuss auf den Mund zu drücken. Doch ihm blieb der Mund offen stehen und nach zwei Sekunden sagte er:

»Hallo Papa.«

Anstelle einer Begrüßung schob sich sein Vater an ihm vorbei in die Diele, drehte sich um, baute sich zu seiner vollen Größe auf und schaute zu seinem Sohn hoch.

»Wo ist sie?«, knurrte er merkwürdigerweise auf Deutsch.

»Wer?«, fragte Marco, obwohl er wusste, von wem die Rede war.

»Die Frau, die den Bruder dieses Rings trägt!«

Giovanni Maria oder Giommaria Fois, welcher der Einfachheit halber schon immer Joe genannt wurde, kramte in seiner Hosentasche und knallte einen Ehering auf Marcos Schuhschrank. Es musste der sein, den er seit Jahren nicht getragen hatte.

Marco ließ seinen Vater im Flur stehen und zog im Schlafzimmer die Vorhänge auf. Er spürte eine Flut der Enttäuschung, als er kein Zeichen von Silvie entdeckte. Hose, Bluse und Schuhe waren vom Fußboden verschwunden, nicht mal eine Nachricht hatte sie ihm gelassen. Frühstück machen in der Küche war sie auch nicht, denn sonst hätte sie auf das Klingeln reagiert, spätestens dann, als sie ihn, Marco, reden hörte. Trotzdem wollte er einmal nachschauen und schob sich an seinem Vater im Flur vorbei, der seine Wege mit einem gewissen Staunen beobachtete. Nein, sie war nicht da, nur ein einsamer Zettel lag auf dem Fußboden mit den großen Bögen ihrer Schrift. Er hörte fast ihre Stimme und ihr Lachen, als er ihn las:

»Mein Lieber. Früher hast du nie so geschnarcht. Es war so laut, dass ich daran aufgewacht bin und nicht mehr schlafen konnte. Tut mir leid. Wir hören. Küsse. Silvie.«

Sein Vater ging ins Wohnzimmer und setzte sich aufs Sofa, er stellte keine Fragen, als er seinen Sohn in denselben Raum kommen sah. Der ganze kompakte und auch im Alter noch drahtige Mann war in dem Moment nichts anderes als die Verkörperung von Wut und einer Art von Trauer. Joe Fois hielt die Arme verschränkt, sein sonnengegerbtes Gesicht hatte Zornesfalten, die dichten weißen Haare schienen ihm zu Berge zu stehen. Marco brach das Schweigen:

»Willst du was essen, was trinken?«

Giommaria Fois schüttelte den Kopf.

»Papa, ich muss ins Büro, ich bin schon später dran. Ich habe vergessen, den Wecker zu stellen.«

Marcos Vater sah ihn an, doch er schien nicht zugehört zu haben.

»Non può scappare così dopo 43 anni«, sagte er dann mit so tiefer Trauer in seiner Stimme, dass Marco zum ersten Mal mit aller Intensität die Möglichkeiten empfand, welche die Auslassung des Subjekts im Italienischen bot, und er ergänzte für sich: Sie, deine Mutter, meine Ehegattin, die Frau meines Lebens kann nicht so abhauen nach 43 Jahren. Das nicht erwähnte Subjekt war nichts anderes als ein Objekt der Liebe in all seiner Wortlosigkeit, die einherging mit Hilflosigkeit. Und so zeigte der Alte mehr Gefühl, als Marco ihm jemals zugetraut hätte.

Doch Marco hatte weder die Zeit noch die Stimmung, seinen Vater aufzumuntern. Er machte sich einen schnellen heißen Kaffee, in den er viel Zucker kippte. Irgendwie musste er sich den Morgen versüßen. Er verließ das Haus.

Sie musste auf dem Sofa eingeschlafen sein, Licht hatte sie geweckt. Ja, draußen dämmerte bereits der Morgen. Was für diesen Ort und die Jahreszeit nicht zu bedeuten hatte, dass es bereits richtiger Morgen war. Im Rahmen dieser weißen Nächte des ewigen Lichts, das doch so endlich war und sich wenige Monate später zu tiefster Dunkelheit wandeln konnte. Eine Tagesreise im Auto Richtung Norden und die Verhältnisse waren anders. Eine Tagesreise, die auch eine solche war. Denn diesmal war sie langsam gefahren im Vergleich zu der Nacht, in der Jürgen starb. Ja, diesmal hatte sie sich viel Zeit genommen. Schließlich ging es auch um ihr Leben. Ihr Leben, das sie jetzt beginnen sollte. Und das daher offiziell für die anderen enden musste. Das war die Änderung, auf die sie sich vorbereite, an dem Ort, an dem sie war. Sie würden sie hier nicht suchen, das war unwahrscheinlich, und falls sie sie doch finden sollten, dann war sowieso alles verloren.

Sie stand auf und setzte sich auf einen der wackligen Stühle, die mit ihren prächtigen Armlehnen und dem Sitzkissen etwas von einem Sessel hatten, nur nicht mehr von der alten Pracht: Holz und Stoff hatten ihre Farbigkeit verloren und waren grau und ein schmutziges Rosa. So auch die Wand, die vielleicht noch drei Jahrzehnte zuvor in einem kräftigen Hellblau gestrahlt hatte und nun abblätterte und sich in einem schmutzigen Pastell verlor. Eine festliche Stube in bäuerlichem Rokoko, als Ort, in dem sich diese damals so große Familie getroffen hatte. In ihrer, Ingrids, Kindheit und Jugend war diese Familie schon auf vier Personen reduziert. Jetzt saß sie da alleine.

Sie stand auf und ging durch den Raum, bei jedem Schritt knirschte der Holzboden, der seit Jahren kein Wachs mehr bekommen hatte. Sie strich mit dem Finger über die überbordenden Verzierungen der Türen, leicht gewundene Linien, die hier und dort als Ornamente gestaltet waren. Sie berührte den Stuck über den Umrandungen. Wenn nichts sonst geblieben war, die Form war noch da. Die Form war geblieben, ja, das passte zu ihr, die immer die Form gewahrt hatte. So hatte das Haus hier die Form bewahrt.

Im Flur blieb sie kurz vor dem Spiegel stehen und musterte ihren Anblick, das ungeschminkte Gesicht mit den Falten um die Augen, die Haare, die ihr fein und zerzaust ums Gesicht standen wie der Flaum von Küken, der aufgepustet worden war. In einer Farbe, die für sie ungewohnt war und bei der sie sich selber fremd vorkam. Doch vor allem war es der Blick, der sie erschreckte, ein Blick voller Schmerz, der wie ein schwerer Schleier über ihren ganzen Körper fiel. Ein Schmerz, der sie nun vollkommen einhüllte, vielleicht, weil er über Jahre verknotet, aufgerollt und weggestaut war. Der seinen ersten Lauf erst nehmen konnte, als die Polizisten ihr vom Tode ihres Mannes erzählten. Wie gut tat es, endlich trauern zu können, weil sie vor diesen Kommissaren trauern musste, für ihre eigene Glaubwürdigkeit. Sie hatten ihr die Show, die so gar keine war, auch abgenommen. Sie hatten ihr die trauernde Witwe abgenommen.

Dass es die Demütigung war, die sie erlitten hatte, welche diesen Schmerz verstärkte, wusste niemand. Diese Demütigung, die ihr fast den Atem nahm an jenem ersten heißen Tag dieses Sommers, der sich nun seinem Ende neigte. Wie so vieles in letzter Zeit.

Der Morgen war so hell, wie er begonnen hatte, er blieb bei gleißendem Sommerlicht. Marco beeilte sich, ins Präsidium zu kommen. Er war einer der Letzten, wie er an den Wagen auf dem Parkplatz feststellen konnte. Auch Hennings Fahrrad stand an dem Platz, an dem er es immer anschloss. Und tatsächlich, er saß an seinem Schreibtisch, der Computer war an und vor ihm standen zwei leere Kaffeetassen.

»Guten Morgen«, sagte Marco und erntete als Antwort ein leises Knurren.

»Der hat mich um halb sechs aus dem Bett geklingelt nach dem Motto, ich sollte mich auch mal ins Zeug legen. Da war ich so sauer, dass ich aufstand und hierher kam. Sag mal im Ernst, glaubst du auch, ich bringe nicht vollen Einsatz?«

Marco verneinte selbstverständlich.

»Und wer meint das, Bernd Meier?«

»Ja, total gefrustet, weil er mit seiner berühmten Internet-Recherche nicht weiterkam. Aber wie denn auch. Auch hier, da liegt nichts vor. Bundesweit keine Vermisstenanzeige, weder bei einem Hanno Schlick noch bei einem Johannes. Wenn du mich fragst, den gab es gar nicht, das ist eine Kunstfigur, künstlich wie seine Kunst. Nur Bilder und kein Mensch, keine Person dahinter.«

»Verstehe«, sagte Marco, den ein Anflug von schlechtem Gewissen überkam, weil beide Kollegen so lange gearbeitet hatten, der eine sicherlich in einer Spätschicht in Eckernförde, der andere in einer Frühschicht vor Ort. Und er, er hatte sein Vergnügen, auch wenn es dann keines mehr war.

In Marcos Gedanken hinein griff sich Henning beide Kaffeetassen, stand auf und sagte:

»Oder ich selber bin einfach mit meiner Kunst am Ende. Diese schöne mysteriöse Frau habe ich auch nicht ausfindig gemacht.«

Sein Blick verlangte nach einem Kommentar oder gar einer Entschuldigung, fast so, als forderte er Marco zur Erklärung seiner eigenen Unzulänglichkeit auf. Daher musste der irgendetwas sagen:

»Wir alle sind nicht allzu viel weiter. Weißt du was? Ich hole jetzt erst einmal Frühstück.«

Eine klassische Übersprunghandlung. Oder Beschwichtigungstaktik? Wenn Henning nichts im Magen hatte, konnte er stinkig werden. Und Marco auch.

»Ich muss schon sagen, das ist ein nettes Städtchen an der Ostsee mit einem wirklich hübschen Hafen«, ertönte Bernd Meiers Stimme aus dem Lautsprecher des Telefons im Besprechungsraum. Mitten in das Knistern von Marcos Brezeltüte hinein. Henning schüttelte den Kopf und klopfte sich mit dem Zeigefinger an die Stirn, dabei war er fast so laut wie ein Specht gegen Holz. Dann kaute er ähnlich geräuschvoll auf seiner morgendlichen Erst- oder Zwischenmahlzeit weiter.

»Apropos Meer«, fuhr Bernd fort, »wisst ihr eigentlich, dass die echten Kieler Sprotten aus Eckernförde sind? Also diese geräucherten Heringe.«

Nach dieser Frage legte er eine Kunstpause ein. Henning bediente sich diesmal des linken Zeigefingers gegen die linke Stirn:

»Hatte der beim Frühstück nichts anderes zu tun, als so ein Zeug zu recherchieren?«

»Hat Kollege van Dalen was gesagt?«, kam als Frage.

»Ich mag keinen Fisch! Und schon gar nicht am Morgen!«, brüllte der Befragte in Richtung des Telefons.

»Ist ja auch Zeit für Brezeln. Wer hat sie denn heute Morgen gebracht, wo ich nicht da bin?«

»Das ist jetzt wohl kein Thema«, sagte Marco zu dem Telefon.

»Wohl sonst auch nicht«, antwortete die Lautsprechanlage. »Und? Was hast du bereits unternommen?«

»Also, ich habe gut, wenn auch nicht lange geschlafen, gut gefrühstückt und war dann auch schon in aller Frühe bei unseren Kollegen dort oben, auch bei dem netten Hansen, der mir das mit dem Schützenkönig gesagt hatte. Einerseits um zu sagen, dass und warum ich da bin, anderseits in der Hoffnung, dass er sich in der Zwischenzeit an den Vornamen des Schützenkönigs erinnern kann.«

»Verstehen die den Meier überhaupt?«, warf Henning ein.

»Was?«, kam aus dem Telefon, »dann wäre halt Henning

gefahren, als Preuße, aber keine Sorge, ich kann hier gut kommunizieren, die verstehen mich alle. Auch die alte Nachbarin hat gut mitgekriegt, was ich wollte.«
Es folgte eine der üblichen Kunstpausen, für die Bernd bekannt war.
»Was für eine Nachbarin?«, fragte Marco.
»Die gegenüber von der Galerie, dem ehemaligen Elternhaus der Wegerer. Diese alte Dame wusste bestens über die Familienverhältnisse Bescheid, auch weil ihre Tochter zusammen mit der Ingrid in die Schule gegangen ist, also: Heinrich ist der Vater, was wir ja auch schon wissen, und der Schützenkönig war der Onkel. Ein gewisser Kurt Rottgardt. Der war unverheiratet und kinderlos und lebte auf dem Land, auf so einem einsamen Gehöft hier in der Umgebung, in der Nähe eines Ortes namens Windeby, südwestlich von Eckernförde. Ach ja, und er ist vor etwa fünf Jahren gestorben und hat bis zum Schluss alleine da draußen gelebt.«
Dann folgte eine Pause. Irgendwie musste Bernd Meier ja auch mal Luft holen. Aus der Lautsprechanlage kam ein Räuspern:
»Also, wenn ihr nichts weiter wissen wollt, dann ziehe ich jetzt mal los. Ich gehe jetzt in dieses Altersheim zu Heinrich Rottgardt.«
Marco bedankte sich für die Informationen und bestätigte die Annahme Bernd Meiers, dass die Witwe Ingrid Wegerer immer noch nicht aufgetaucht war, dann verabschiedeten sie sich voneinander mit den besten Wünschen zu einem guten Erfolg.

»Also, gut, es tut sich was«, setzte Henning an, nachdem er in Gedanken versunken an seinem Kaffee, einer der vielen an dem Morgen, genippt hatte.
»Weißt du, ich denke immer wieder darüber nach, auch wenn es mir anfangs sehr schwerfiel, überhaupt in diese

Richtung zu denken, die sich ja doch recht deutlich abzeichnet, aber trotzdem, es wird einiges klarer, zum Beispiel die Tatsache, dass die alte Nachbarin den Audi nie beschmutzt gesehen haben will. Was ja nicht zwingend bedeutet, dass er nicht beschmutzt war, aber was durchaus so sein kann. Dann hätte das Ingrid Wegerer nur so behauptet, um zuerst einmal den Verdacht auf irgendjemanden zu lenken.«

Marco nickte: »Und gleich auch noch auf die Jungs, die sowieso schon Ärger genug hatten.«

»Richtig! Und, was mir auch noch so als Gedanke kam«, fuhr Henning fort, »wenn sie es war und mit einer Jagdwaffe geschossen hat? Ein Drilling zum Beispiel ist zerlegbar, der passt in so eine Reisetasche mit Paisley-Muster, wie sie die Nachbarin beschrieben hat.«

»Verdammt, das ist es«, rief Marco und erntete einen erstaunten Blick.

»Ach, ich bin gestern nicht draufgekommen, was mir der alte Jäger noch Wichtiges bei meinem Besuch bei ihm gesagt hatte, und das war es, er hat mich drauf hingewiesen, wie leicht ein Drilling zu transportieren sei.«

»O. K.«, sagte Henning in dieser seit ein paar Jahren populären Art, eine Aussage zu bestätigen, indem auch er diese zwei Buchstaben in die Länge zog, um darin den Prozess einer Frage und der Erkenntnis zu bündeln. Woraufhin Marco nur nickte und auf eine Fortsetzung wartete, die auch gleich kam:

»Also für mich ist die Vorstellung schwierig, dass sie diese Trauer vorspielen konnte, einen solchen Zusammenbruch, dass sogar ein Arzt kommen musste.«

»Eben«, sagte Marco und sah aus dem Fenster in den Himmel mit seinem hellen Licht.

»Genau das ist es, Henning, das geht mir auch die ganze Zeit im Kopf rum, und ich denke, die Trauer war echt. Sie war nur der Situation angepasst für uns, um den Verdacht

von ihr abzulenken. Aufgerührt von einem tiefen Schmerz und doch sachlich genug in dem Moment, ja vielleicht fast kalt, stellte sie sich neben sich selbst und steuerte ihre Trauer in die Mitteilung seines Todes. Und klammerte dabei aus, strich aus ihrem Bewusstsein, dass sie ihn selber umgebracht hatte. Nur so und nicht anders kann ich es mir erklären.«
»Was für eine Psychologie!«
»Laien-Psychologie.«
»Ich könnte so was nicht, so ein Theater vorspielen.«
Marco zuckte mit der Schulter.
»Ich auch nicht, auch wenn es nur ein halbes Theater war, denn um irgendwas trauert sie ja.«
»Und ihr Motiv?«
»Hörner auf dem Kopf. Betrug. Eifersucht. So was.«
»Wir müssen rauskriegen, wo sie steckt.«
Ein Kommentar, der unnötig war. Das wussten sie beide.
»Vielleicht ist sie an der Ostsee, in ihrer alten Heimat?«, sagte Henning.
In diese Überlegung hinein klingelte das Telefon. Es war Marcos Handy mit der Nummer von Helga Wiedemann. Sie hatte endlich eine Nachricht von ihrer Nichte. Schon bei ihrem zweiten Satz war Marco klar, dass er sich zu früh gefreut hatte. Er hörte sich an, was sie zu sagen hatte, und beendete dann das Gespräch.
»Inge Wegerer hat über Handy bei ihrer Tante ihren eigenen Selbstmord angekündigt«, sagte er schließlich zu Henning, der nur nickte, schließlich hatte er bei dem Gesprächsverlauf auch ohne Lautsprecher mitbekommen, was da für ein Problem anstand.
»Wir müssen sofort herauskriegen, von wo aus diese Nachricht abgesendet wurde, und dann alles in der Umgebung absuchen. Und du weißt wie ich, dass das Ganze ein Trick sein kann, ein Abschied vor dem Abtauchen in eine neue Identität.«
Natürlich war das auch Henning klar und es galt jetzt nur

noch zu besprechen, wie sie vorgehen würden. Der Funkmast, von dem aus gesendet wurde, musste in Erfahrung gebracht werden. Das war eine Aufgabe für Pia, die Bernd Meier in dessen Abwesenheit wie immer mit großer Akribie und Effizienz vertrat.
Sie nickte auch gleich, als sie die Handynummer sah, die Marco während des Gesprächs mit Helga Wiedemann notiert hatte, und bestätigte, dass das dieselbe Nummer wäre, die auch ihnen vorläge. Schließlich hatte auch sie bei den ergebnislosen Versuchen mitgeholfen, die Witwe über ihr Handy zu erreichen. Pia versprach auch, Bernd Meier über den neusten Stand der Ermittlungen zu informieren. So konnte Henning seinen Chef zu Helga Wiedemann begleiten. Dann waren sie zwei Männer für eine Information und deren Interpretation.

Sie war eine der schönsten Frauen, die sie jemals vor sich gesehen hatte, das war eine Erklärung, ein kleiner Trost. Was für ein albernes Wort. Die Frau hätte seine Tochter sein können, wie all diese Schülerinnen oder besser, seine ehemaligen Schülerinnen. Schließlich achtete er peinlichst genau darauf, dass weder ein Abhängigkeitsverhältnis noch Minderjährigkeit vorlagen. Sonst fing er nichts an. All das war ihr durch den Kopf geschossen, als sie die Frau musterte, die über das Parkett der Galerie stöckelte und in Körperhaltung und Gesichtsausdruck eine einzige Herausforderung zum Kampf war. Dabei wusste und dies auch spüren ließ, dass auf jeden Fall sie gewinnen würde. Die Frau war Mitte bis Ende zwanzig und mit einer Schönheit überschüttet, bei der sie riskierte, nur auf ihr Physisches reduziert zu werden, obwohl in den graubraunen Augen eine große Intelligenz lag. Schlank war sie und sehr groß für ihren fast südländisch anmutenden Typ mit prächtigen braunen langen Haaren, die sie am Hinterkopf mit einer Spange gebändigt hatte, sodass sie ihr ebenmäßiges Gesicht frei ließen und nur über Schul-

tern und Rücken fielen. Ihre Bewegungen waren für ihre Größe erstaunlich grazil und fraulich.

Ingrid war wild entschlossen, das Auftreten zu ignorieren und das Ganze auf ihren Herrschaftsbereich, die Galerie, zu reduzieren, und behandelte die Frau als Kundin, fragte, ob sie helfen könnte. Sie bemühte sich um Gelassenheit, versuchte sich in dem Benehmen der coolen Geschäftsfrau, die sie immer war, und schob gleich eine Frage hinterher, die sie als Feststellung tarnte:
»Sie sind Künstlerin und wollen mir Ihre Bilder vorstellen, nicht wahr?«
Die Frau blickte sie kurz an mit einem Anflug von Lächeln und schaute sich dann um, als wollte sie noch einmal die Bestätigung, dass sie alleine waren. Sie ließ sich viel Zeit mit der Antwort, wie jemand, der viel Zeit hatte in der Gegenwart und auch in der Zukunft. Der sich viel Zeit nahm, um jemanden mit ein paar Worten den Boden unter den Füßen wegzuziehen. Der Schlag der fremden Frau saß, er saß so fest, dass Ingrid sich noch jetzt darüber wunderte, wie sie ihn mit einem kurzen Kommentar parieren konnte:
»Sehen Sie, dann sind Sie doch eine Künstlerin.«
Woraufhin die Frau schallend zu lachen anfing. Die hatte sich sicher noch lange gefreut. Aber in der Zwischenzeit wird ihr das Lachen vergangen sein.

Helga Wiedemann hob in ihrer Wohnung anstelle einer Begrüßung ein Handy in die Luft und drückte es gleich Marco mit einer kurzen heftigen Bewegung in die Hand.
»Wollen wir uns nicht setzen?«, fragte der.
Sie entschuldigte sich dafür, dass sie etwas verwirrt sei. Dann führte sie die beiden Polizisten ins Wohnzimmer an

einen Esstisch. Helga Wiedemann schien gerade gefrühstückt zu haben, als diese Nachricht kam, die ihr bestimmt den Appetit verdorben hatte. Es roch nach Kaffee, gerade aufgebackenen Toastbroten und frischem Parfüm.
»Kann ich Ihnen etwas anbieten?«, fragte sie, als sie beobachtete, wie der Bestand auf ihrem Tisch inspiziert wurde.
»Nein danke, wir haben leider wenig Zeit«, sagte Marco, »also, ich darf mal bitte nachschauen?«, fragte er und deutete auf das Handy, das immer noch in seiner Hand lag.
»Natürlich.«
Die SMS, die um 8.44 Uhr abgeschickt worden war, gab im genauen Wortlaut an: »Mein Leben hat keinen Sinn mehr, deswegen werde ich es beenden. Ich danke dir für alles. Ingrid.«
»Wofür dankt sie Ihnen?«, fragte Marco.
»Vielleicht, weil ich immer da war, auch für die Galerie? Ich weiß es nicht.«
Sie ließ sich nicht zu weiteren Spekulationen hinreißen, aber bei dem, was sie gesagt hatte, schwang Bitterkeit mit. Ein Gefühl, das sie schon einmal vermittelt hatte, es war, als Marco mit ihr durch das leere Haus der Wegerers gegangen war.
»Kam diese Nachricht für Sie unerwartet?«, fragte Henning.
Anstatt zu antworten schaute Helga Wiedemann in ihre Kaffeetasse, schenkte sich aus der Kanne auf dem Tisch nach, ließ die Tasse dann stehen und blickte in die Runde.
»Seit gestern Nacht weiß ich gar nichts mehr. Deswegen bin ich heute Morgen auch so spät dran. Vielleicht habe ich drei Stunden geschlafen. Und nach dem Frühstück«, sie wies mit der Hand über den Tisch, »wäre ich sowieso zu Ihnen gekommen.«
»Was ist passiert?«, fragte Marco.
»Gestern Abend um acht Uhr klingelte es an meiner Haustür. Und mit der Besucherin, die da kam, erfuhr ich Dinge, die mir nicht einmal im Traum eingefallen wären.«

Marco und Henning ließen sich nun doch einen Kaffee einschenken. Ihre Ruhe schien sich nach und nach auf die Tante zu übertragen, die noch kurz ihre Gedanken zu sammeln schien und dann nickte:
»Sie stand da vor meiner Haustür. Eine junge Frau, groß und wunderhübsch anzusehen. Dabei erschien sie doch wie eine Bittstellerin in ihrem Bedürfnis, eingelassen zu werden. Sie musste unbedingt etwas über den Verbleib von Jürgen Wegerer herausbekommen, hat sie gesagt. Also habe ich sie hereingebeten und ihr einen Platz angeboten, weil sie so echt wirkte in ihrer Sorge. Im Nachhinein bestätigte sich das auch, ihre große Unruhe war kein Theater.«
Helga Wiedemann sah auf und schien auf Fragen zu warten.
»Erzählen Sie einfach!«, sagte Marco.
»Ja, also: Sie stellte sich als eine Freundin von Jürgen vor, die über ein paar Tage im Ausland festgehalten war und ihn die ganze Zeit nicht erreichen konnte. Auf mein Nachfragen hin kam heraus, dass sie in der italienischen Schweiz am Krankenbett ihres Vaters saß, der so gut wie im Sterben lag, aber jetzt geht es ihm anscheinend besser. Wieder hier in Heidenheim hatte sie Jürgen nach wie vor nicht erreicht, erinnerte sich aber an meine Adresse. Sie und Jürgen waren einmal hier vorbeigefahren und er hatte ihr gesagt, dass ich in dem kleinen Hexenhäuschen da wohnte, seine Tante, die vom Alter her fast seine Generation war und gar nichts mit einer Hexe gemein hatte. Daran erinnerte sie sich und auch an das dunkelrote Dach und die hellblaue Fassade. Deswegen stand sie vor meiner Tür.«
Helga Wiedemann machte eine kurze Pause und atmete tief durch, dann sprach sie weiter:
»Und so saß sie dann auch auf meinem Sofa und es sah aus, als würde sie gleich losheulen. Das war eine merkwürdige Situation für mich, bei der mir viele Sachen durch den Kopf schossen: Ich fragte mich am Anfang, ob das Theater war,

ob sie nur meine Gunst gewinnen wollte mit ihrer Sorge oder ob das echt war, dass sie Demut und Liebe zeigen wollte. Dann habe ich mich natürlich gefragt, welche Art von Freundschaft sie mit Jürgen verband. Mir kam sogar der Gedanke, dass es sich bei ihr vielleicht um eine Tochter handeln konnte, von deren Existenz ich nichts wusste, könnte ja sein, auch wenn sie ihm nicht ähnlich sah. Das alles musste ich mich fragen, aber eines musste ich auch tun, ich musste ihr sagen, dass Jürgen nicht mehr lebte.«
Helga Wiedemann sah auf und Marco nickte ihr zu und fragte:
»Wie hat sie darauf reagiert?«
Die Antwort kam nicht gleich, es schien, als wolle sie ihre Gefühle ordnen, dann hob sie den Kopf und sagte:
»Sie reagierte mit all der Verzweiflung und Trauer, wie sie normal ist bei einer Frau, die mit dem Opfer verlobt war.«
»Verlobt?«, riefen Marco und Henning gleichzeitig.
»Ja, richtig. Jürgen wollte sich anscheinend scheiden lassen und sobald wie möglich Luisa heiraten. Sie wünschten sich auch ein Kind. Es ist alles wie in einem schlechten Film, aber es ist so.«

Sie hatten Helga Wiedemann für die Informationen gedankt und sich den Namen und die Telefonnummern der Frau aufgeschrieben, sogar eine Adresse lag vor. Henning dachte auch noch daran, nochmals wegen des Themas Hanno Schlick nachzuhaken. Aber Helga Wiedemann wiederholte lediglich den Begriff »arroganter Schnösel«, den sie bereits Pia gegenüber verwendet hatte, auch wenn Marco und Henning diese Aussage nun mit einem entsprechenden Gesichtsausdruck präsentiert bekamen, der Pia am Telefon natürlich entgangen war. Wie auch die Geste des Zuckens ihrer rechten Schulter, der sie eine affektierte Handbewegung folgen ließ. Woraufhin Henning trocken meinte, dann könnte man ja zumindest ausschließen, dass die Galeristin etwas mit ih-

rem Künstler hatte. Ein Kommentar, der an sich eine Provokation war, von Helga Wiedemann aber ignoriert wurde. Sie schien an Hanno Schlick weder eine andere Mimik oder Gestik noch Worte verschwenden zu wollen.
Nachdem sie sich verabschiedet hatten, gaben sie Pia telefonisch einen Zwischenbericht. Die Kollegin selber war sehr zuversichtlich, dass sie bald mitteilen könne, von was für einem Funkmasten aus die SMS verschickt wurde. Dann waren Marco und Henning unterwegs zu der Wohnung der bislang unbekannten Schönheit, nach der sie so lange gesucht hatten.

Luisa Braun öffnete ihnen schon nach dem ersten Klingeln. Ihr Gesicht war bleich, die Augen verheult und das Haar zu einem Pferdeschwanz zusammengebunden. Man konnte mehr erahnen als sehen, wie hübsch sie sein konnte, aber das war unter den Umständen normal.
Sie bat die Polizisten in ein kleines Wohnzimmer, dessen Fenster weit geöffnet waren, so dass sich frische Luft mit dem Geruch von Rauch mischte. Luisa bat die Polizisten sich zu setzen und schloss die Fenster. Nach Marcos und Hennings Fragen ergab sich folgendes Bild:
Luisa Braun sah und hörte ihren Verlobten, sie schien einen großen Wert auf diese Definition zu legen, zum letzten Mal am Freitag der vorletzten Woche gegen neun Uhr abends, weil er sie zu einer Freundin nach Asselfingen gefahren hatte. Ihr Auto stand dort nebenan in einer Kfz-Werkstatt. Die gehörte dem Bruder der Freundin und er hatte den Auftrag, den Kundendienst zu machen.
Luisa blieb dort über Nacht, einen Frauenabend machen, bekam aber um acht Uhr morgens einen Anruf, sie müsste dringend zu ihrem Vater in der italienischen Schweiz, der wegen eines Herzinfarkts im Krankenhaus von Lugano lag. Trotz dieses Stresses, dem schnellen Kofferpacken und der Sorge um den Papa, versuchte sie noch Jürgen Wegerer

zu erreichen, aber sein Handy war aus. Als sie sich beim Reden bewusst wurde, was das im Nachhinein bedeutete, fing sie zu zittern an und suchte nach einer Zigarette. Diese rauchte sie in der offenen Balkontür und setzte ihren Bericht dabei fort.

Nachdem sie Jürgen Wegerer nach wie vor nicht über Handy erreicht hatte und er nicht einmal auf ihre SMS reagierte, wagte sie es sogar nach ein paar Tagen, auch bei ihm daheim anzurufen, jedoch ohne Erfolg, da ging niemand ran, nicht einmal die Ehefrau. Parallel zu ihren erfolglosen Telefonaten konnte auch ihre Freundin nichts in Erfahrung bringen, die fuhr zweimal nachts an der Adresse vorbei und sah kein Licht brennen.

Kurzum, Luisa Braun saß neben dem Krankenbett ihres Vaters auf Kohlen, konnte ihn aber auch nicht alleine lassen, denn außer ihr hatte er keine Familie, die Eltern waren geschieden, und bis auf die Nachbarin, die Luisa am Samstagmorgen informiert hatte, gab es auch keine Freunde oder Bekannte.

Erst nach neun Tagen, als es ihrem Papa besser ging, fuhr sie zurück und gleich zu dem Haus der Tante, das ihr Jürgen einmal gezeigt hatte. Was sie dort hörte, überschritt ihre schlimmsten Befürchtungen. In Erinnerung daran war sie den Tränen wieder sehr nahe, das war nicht zu übersehen, als sie am Wohnzimmertisch die Zigarette ausmachte.

»Wusste Frau Wegerer, dass ihr Mann sich scheiden lassen wollte?«, fragte Marco.

Luise Braun setzte sich aufs Sofa und sah kurz auf, mit einem Blick, in dem ein Funken Trotz aufblitzte.

»Ja, schließlich habe ich es ihr gesagt.«

»Wann?«, fragte Marco schnell, um seine Verblüffung zu verbergen.

»Vielleicht vor drei Wochen.«

Dann dachte sie kurz nach und sagte: »Sie wollen doch nicht sagen, dass sie es war.«

Marco wehrte mit einer Handbewegung die Frage ab.
»Ich habe nur gefragt. Warum hat er es seiner Frau nicht selber gesagt?«
»Hat er ja auch, er hat immer etwas angedeutet, aber sie hat alles ignoriert.«
»Wie deutet man eine Scheidungsabsicht an?«, fragte Marco.
»Was weiß denn ich, er hat halt immer gesagt, dass es mit den beiden nicht weiterginge und es besser wäre, sie würden sich trennen.«
»Haben Sie einmal etwas von einem Künstler namens Hanno Schlick gehört?«, fragte Henning, der bis dahin nur geschwiegen hatte. Wenn Luisa Braun über den Themenwechsel verblüfft war, so ließ sie es sich nicht anmerken.
»Hanno Schlick? Hanno, ja von einem Hanno habe ich mal was mitgekriegt. Irgendetwas mit so einem Betrug oder Trick, sie hat gemalt und er gab's als seine Bilder aus, ich weiß nicht mehr.«
Marco warf Henning einen überraschten Blick zu und fragte dann:
»Hat Ihnen das Jürgen Wegerer erzählt?«
»Nein, ich habe es gehört. Jürgen hat mal so einen Streit mit seiner Frau über Handy aufgenommen und mir einen Teil davon vorgespielt, dass ich mal mitbekomme, was bei ihm daheim so abgeht. Aber dieses Gezeter konnte ich mir nur kurz anhören, es war mehr als unangenehm. Auf solche Dokumentationen einer kaputten Ehe konnte ich verzichten.«
»Und bei dem Streit fiel der Name Hanno?«
»Ja.«
»Wie lange haben Sie sich diesen Mitschnitt der Vertraulichkeiten angehört?«
»Vielleicht zehn Minuten.«
»Versuchen Sie sich bitte an Einzelheiten zu erinnern.«
»Schwierig, das ist ja jetzt bestimmt auch drei bis vier Mo-

nate her … ich glaube, es fiel das Wort Erpressung. Sie hatte Schwierigkeiten mit diesem Hanno, der wollte mehr Geld für die Bilder, die er als seine ausgegeben hatte.«
»Hat sie gesagt, dass der sie erpresst hat?«
»Nein, ich glaube, das hat Jürgen behauptet. Was ist denn mit diesem Hanno?«
»Das wissen wir nicht«, antwortete Marco.
»Hat Herr Wegerer angedeutet, wie lange dieser Mitschnitt ging und auch, ob seine Frau davon etwas mitbekommen hat?«, fragte Henning.
»Das ging schon länger, bestimmt eine Stunde und mitbekommen hat sie nichts, das war nämlich auch meine Befürchtung, er hat es schlau angestellt, hat er mir versichert.«
Marco sah Henning an und erkannte in dessen Gesichtsausdruck das große Bedauern, dass weder bei Jürgen Wegerer noch in seinem Auto das Handy gefunden worden war, obwohl er es in Gegenwart von Kerstin Greve noch bei sich hatte.
»Haben Sie denn keines gefunden?«, fragte Luisa, die den Blickaustausch richtig gedeutet hatte.
»Keines?«, fragte Marco.
»Ja. Er hatte zwei.«
Es fiel ihnen schwer, ihre erneute Verblüffung zu verbergen. Sie sagten zuerst nichts und folgten einfach Luisa Brauns Schilderungen, wie die alltägliche Praxis mit den beiden Handys ablief.
Es waren zwei unterschiedliche Nummern, eine für das Liebespaar und eine für den Rest der Welt. Zwei identische Handys, zur Unterscheidung hatte Jürgen Wegerer unter dem einen lediglich eine Kerbe eingeritzt. Das Handy für das Liebespaar lief auf Luisa. Das war ein schwacher Trost für Marco und Henning, die von dessen Existenz bislang nichts wissen konnten. Es war auch das Handy, auf dem sich der aufgenommene Ehestreit befand.
Luisa schilderte dies alles sehr belanglos, so belanglos, dass

ihre Schilderungen an eine Provokation grenzten. Henning schlug die Beine übereinander, es war eine für ihn typische Pose, durch die Körperhaltung wollte er eine gewisse Gelassenheit suggerieren. Marco tat so, als wäre er erstaunt über den Einfallsreichtum, der ihm geschildert wurde. So etwas motivierte die Gesprächspartner gerne zu Ausführlichkeiten.
»Verstehe«, gab er von sich, »so konnte die Ehefrau die Telefonate zwischen Ihnen nicht kontrollieren.«
»Genau.«
»Hatte Jürgen Wegerer dieses inoffizielle Handy bei sich an dem Abend, als er Sie zu Ihrer Freundin gefahren hat?«
»Das weiß ich nicht. Im Prinzip gab es dazu keine Veranlassung. Wir hatten alles verabredet und er hat mich hingebracht.«
»Wissen Sie, wo er das Handy normalerweise versteckte?«
»Eher im Haus, aber ich weiß nicht wo.«
»Kurz vor seinem Tod bekam er noch einen Anruf, in dem es unter anderem entweder um einen Donnerstag oder die Heimatadresse seiner Frau, den Domstag in Eckernförde ging. Können Sie sich das eine oder das andere erklären?«
Sie schien über eine gewisse Zeit nachzudenken und sagte dann:
»Nein. Und woher weiß man das?«
»Über eine Zeugin. Eine junge hübsche Frau, deren Wagen zwischen Asselfingen und Stetten im Schlamm feststeckte. Er hat sie in den nächsten Ort mitgenommen«, antwortete Marco und ertappte sich dabei, wie auch er ein bisschen provozieren wollte.
»Jürgen war immer sehr hilfsbereit«, sagte sie und schien überhaupt kein Problem mit der Vergangenheitsform der Aussage zu haben, obwohl sie die traurige Wahrheit seit nicht einmal 24 Stunden wusste. Dann schien sie über etwas nachzudenken.
»Es gibt da noch etwas, das wichtig sein könnte«, sagte sie schließlich.

Marco nickte ihr zu als Aufforderung, sie sollte gleich weitersprechen.
»Als ich Jürgen damals gesagt habe, ich hätte keine Lust, mir den Ehestreit weiter anzuhören, da meinte er nur, er hätte ihn auch nicht für mich, sondern für sich aufgenommen. Verstehen Sie?«
Sie verstanden sehr wohl. Jürgen Wegerer konnte und wollte seine Frau mit dem Gesprächsmitschnitt auf diesem Handy erpressen. Doch womit? Mit Hanno Schlick? Gar mit seinem Tod? Sie mussten dieses zweite Handy finden.

Auch Pia konnte im Präsidium mit Neuigkeiten aufwarten: Ingrid Wegerer hatte von einem Funkmast in Kappeln in Schleswig-Holstein aus die SMS an ihre Tante verschickt.
»Ich wette, das ist an der Ostsee«, sagte Henning.
»Fast«, antwortete Pia, »das liegt an der Schlei, jedoch nicht weit von der Ostsee entfernt. Dort ist es überall voller Häfen, Jachthäfen und so weiter. Ich habe natürlich in der Zwischenzeit auch die Kollegen da oben informiert, und wenn es Selbstmord war oder sein soll, dann schreit das da oben nach einem Szenario mit Boot.«
»Was ist das, ich habe es zwar schon gehört, ist das ein Fluss?«, fragte Marco.
»Nein, die Schlei ist eine 40 Kilometer lange flussähnliche Meeresbucht, sagen wir mal ein Fjord auf deutschem Boden. Touristisch hochinteressant, da wurde auch so eine Fernsehserie um einen Landarzt gedreht, vielleicht sagt euch das was?«
Henning schüttelte den Kopf.
»Mir nicht, aber meiner Frau bestimmt.«
»Na ja, jedenfalls sind die da oben jetzt auch alarmiert, und sobald sie was wissen, rufen sie uns natürlich an.«

Des Weiteren hatte Kollege Meier gerade einmal zehn Minuten zuvor angerufen und um Rückruf gebeten. So schnell wie möglich. Eine Bemerkung, die völlig überflüssig war, wie sie alle wussten.

Marco griff gleich zum Hörer und informierte Bernd über den neuesten Stand der Ermittlungen, wobei er immer wieder erstaunte »Ahs« und »Ohs« zu hören bekam. Dann war die Reihe an Bernd zu berichten, was er in Eckernförde in Erfahrung gebracht hatte:

»Der Heinrich Rottgardt im Altersheim, das war echt ein Erlebnis.«

Dann kam wieder eine seiner Pausen.

»Und?«, fragte Marco, der wenig Geduld verspürte.

»Ja, also, ich sage euch, wenn schon Altersheim, dann so was. Ein Haus mit Meeresblick, da lag sogar so eine Brise Salzwasser in der Luft, unglaublich. Riesiger Empfangsbereich in hellen Farben, schicke Architektur. Jedenfalls, ich war dort, aber der Alte war nicht da. Er war nicht auf seinem Zimmer, nicht im Frühstücksraum und in der Cafeteria auch nicht, die hatte auch noch zu.«

»Und dann?«

»Zunächst nichts, aber die vom Personal waren gar nicht aufgeregt deswegen, denn der alte Rottgardt gilt als ziemlich rüstig. Der läuft anscheinend auch frei herum, wie es ihm gerade passt. Von nicht mobil oder verblödet keine Spur. Irgendwann mal habe ich ihn dank der Mithilfe eines netten jungen Zivis ausfindig gemacht. Er stand alleine auf einer Terrasse und beobachtete Möwen beim Flug. Ein stattlicher Mann mit dichtem weißem Haar. Er erinnerte mich an deinen Onkel, auch ohne Pferdeschwanz.«

»Gut. Auch vom Alter her?«

»Nein. Setz mal 20 Jahre drauf. Der ist bestimmt Anfang bis Mitte 80.«

»Und dann?«

»Dann habe ich mich vorgestellt, und schon als er Heidenheim hörte, zuckte er zusammen. Von dem Verbleib seiner Tochter hatte er keine Ahnung, er hatte auch schon ein Weilchen nichts mehr von ihr gehört. Und dann habe ich ihn langsam und vorsichtig nach dem ermordeten Schwiegersohn befragt. Mit jeder Frage wuchs seine Empörung. Am Schluss habe ich echt gedacht, der schlägt mich noch mit seinem Stock.«

Es folgte wieder eine bedeutungsschwangere Pause.

»Stock? Ich denke, der ist rüstig«, murmelte Henning vor sich hin und zeigte wieder einen Vogel.

Marco schüttelte den Kopf und fragte:

»Hattest du das Gefühl, diese Empörung ging über eine normale Reaktion hinaus, sprich über eine Empörung über die Tat an sich?«

»Richtig. Dem hat irgendwas anderes kolossal gestunken, in dem Moment, ich weiß es nicht. Der hat sich gar nicht dazu äußern wollen. Ich hatte einfach das Gefühl, sein Schwiegersohn hat ihm gestunken. Ja, als wäre er einfach empört darüber, dass er so einen Schwiegersohn hatte.«

»Hm«, machte Marco.

»Außerdem: Der ist zwar rüstig und stattlich, aber irgendwie auch eigenartig, nicht dement, aber …«

Bernd Meier schien nach der passenden Definition zu suchen.

»Sag einfach«, unterbrach Marco diese Suche, »was war eigenartig?«

»Als ich ihn nach dem Onkel fragte, dem Schützenkönig, der sein Bruder war, schaute er mich lange an und fragte dann, woher meiner Meinung nach der Sinn des Sprichwortes ›man wirft die Flinte ins Korn‹ käme.«

»Hä?«

»Ich wunderte mich auch. Aber er meinte, manchmal wären die Dinge eben anders, als man sie sich vorstellte.«

»Also doch ein bisschen neben der Kappe.«

»Ich weiß nicht. Jedenfalls hätte sein Bruder bei jeder Gelegenheit die Herkunft dieses Sprichwortes diskutiert, wenn er nicht gerade auf dem Feld war oder schießen übte.«

»Ach ja, der Schützenkönig. Hatte der da einen Schießstand?«

»Möglicherweise. Mein Plan war, dass ich nachher nach Windeby fahre und mich mal vor Ort umsehe.«

»Nein, Bernd, du musst nach Kappeln. Wir kommen nach, sobald wir das zweite Handy gefunden haben.«

»Pass auf, jetzt kommt der Hammer«, sagte Bernd Meier, als ob ihm noch etwas eingefallen wäre, »der Kurt Rottgardt hat nicht alleine schießen geübt, sondern hatte laut Vater Rottgardt immer das Mädchen dabei.«

»Was für ein Mädchen?«

»Seine Nichte. So nannte er sie anscheinend immer, er sprach sie anscheinend auch so an.«

»Ingrid Wegerer?«

»Richtig. Und dann sagte der Alte noch: Ja, ja, schießen konnte das Mädchen.«

Um die Mittagszeit führte Marco Gespräche mit Pia und Bernd. Letzterer machte sich gleich auf den Weg nach Kappeln, um mit den Kollegen vor Ort die Vorgehensweise bei der Suche an der Schlei abzusprechen. Dann ging er, der Chef, schließlich mit Henning van Dalen selber ans Werk, denn es eilte. So sehr, dass sie keinen Hausdurchsuchungsbefehl einholen konnten, sondern mit Helga Wiedemanns Kenntnis über das Schlüsselversteck das Privathaus der Wegerers nach dem Handy absuchen würden. Die Tante erklärte sich bereit dazu, ihre Bedingung war nur, dass sie bei der Durchsuchung dabei sein wollte. Was nicht schlecht war, sie kannte sich in dem Haus einigermaßen aus, sicherlich besser als die beiden Polizisten.

Pünktlich zum verabredeten Zeitpunkt stand sie vor der Tür und schloss auf.

»Sie wussten nichts von einem zweiten Handy?«, fragte Marco als Begrüßung, obwohl er sich darüber klar war, dass die Antwort nur negativ ausfallen konnte.
»Nein«, bekam er auch prompt als knappe Antwort.
Dabei machte sie die Haustür von innen zu, energischer als es nötig war. Mit einem Knall fiel die Tür ins Schloss.
»Gibt es hier einen Tresor?«, fragte Henning und blieb in der Diele stehen. Sie schüttelte den Kopf, in ihrem Blick war deutlich zu erkennen, dass sie Hennings Frage für dumm hielt, dann sagte sie:
»Hier nicht, soweit ich weiß. Außerdem wäre ihr in so einem Tresor ein Handy bestimmt aufgefallen.«
»Ja«, Hennings Stimme hatte einen Anflug seines Schulmeistertons, »ich meinte das auch nur generell. Wir suchen ja nicht nur ein Handy, sondern andere Sachen auch, zum Beispiel wichtige Unterlagen.«
»Na, dann fangen wir mal damit an«, sagte Marco in der Befürchtung, Henning könnte noch weitere nicht sehr intelligente Äußerungen von sich geben.
»Kennen Sie die Geschichte von dem entwendeten Brief?«, fragte Helga Wiedemann, die ihnen beim Suchen zuschaute.
»Nein. Um was geht es denn?«, fragte Marco.
»Edgar Allan Poe, die ersten Kriminalgeschichten, die überhaupt geschrieben wurden. Ich liebe so was, der Detektiv Auguste Dupin sucht einen Brief mit brisantem Inhalt und kommt durch Nachdenken darauf, wo er versteckt sein könnte, während die Polizei im Dunklen tappt.«
Marco, der nicht gern hörte, wie sein Berufsstand diffamiert wurde, versuchte sich darauf zu konzentrieren, wo er den Namen Edgar Allan Poe schon einmal gehört hatte, und ihm fiel ein, dass er in seiner Jugend eine Schallplatte mit demselben Titel in seiner Sammlung hatte.
»Das ist ja interessant«, sagte er schließlich, »Kriminalgeschichten auch, hm, ich kenne Poe nur als Dichter. Haben Sie mal ›The Raven‹ gelesen?«

Helga Wiedemann sah ihn an und kniff die Augen zusammen.
»The Fall oft the House of Usher«, zitierte Henning mit tiefer Stimme und einem ordentlichen englischen Akzent, der sich sehr britisch anhörte. Offensichtlich hatte er in seiner Jugend denselben Musikgeschmack wie Marco im Gegensatz zu Wegerers Tante. Ihr Blick gab zu verstehen, dass sie sich über Hennings Bildung wunderte und sie ihm wohl auch nicht zugetraut hätte. Schließlich sagte sie:
»Ich lese gerne Romane aus dem 19. Jahrhundert und auch die Detektivgeschichten von damals. Die sind alle nicht so brutal wie heute. Und überhaupt, ich hätte auch mal gerne Malerei aus der Zeit bei uns in der Galerie gehabt, aber das kam für Ingrid nicht infrage, es ging ihr immer nur um Künstler von heute mit einem hohen finanziellen Wachstumspotenzial.«
»So wie Hanno Schlick«, sagte Marco.
»Genau.«
»Der soll Frau Wegerer erpresst haben.«
Helga Wiedemann sah Marco mit einem Blick an, in dem viel Überraschung und Neugierde lag.
»Und womit, bitte schön?«
»Dass er nur seinen Namen hergegeben hat und die Bilder gar nicht gemalt hat.«
»Und von wem sind sie dann?«
»Von der Galeristin selber.«
»Ingrid? Die kann doch gar nicht malen, oder? Wenn sie malen könnte, dann hätte sie ja auch gleich als Künstlerin arbeiten können und sich nicht mit dem Laden rumplagen müssen.«
Das Wort Plagerei war mit dem Hintergrund des Wegererschen Fuhrparks, der Wohnungseinrichtung und Kleidung, die sie sich leisteten, ein merkwürdiges Wort. Marco hakte jedoch nicht nach, um herauszufinden, wie sie das gemeint hatte. Es galt jetzt, das zweite Handy zu suchen.

Nach zwei Stunden intensiver Arbeit in dem privaten Wohnhaus waren sie zu keinem Ergebnis gekommen, bis auf Einblicke in die Details der Dekoration, des Inhalts ganz gewöhnlicher Schubladen und der übergroßen Kleiderschränke. Gerade dort hatten sie jede Hosen- und Jackentasche Jürgen Wegerers untersucht, als ein mögliches und harmloses Versteck für ein zweites Handy, inklusive des Morgenmantels im Bad.

Sie saßen müde im Wohnzimmer und warteten darauf, dass Helga Wiedemann sich mit frisch aufgebrühtem Kaffee zu ihnen gesellen würde. Noch hantierte die Tante in der Küche herum, sie hörten das Klirren von Geschirr.

»Wenn wir nicht weiterkommen mit dieser Theorie eines offenen Verstecks, dann müssen wir wohl das ganze Haus umkrempeln, vom Keller bis zum Dachboden, und dann brauchen wir Zeit und Verstärkung und vor allem einen Durchsuchungsbefehl«, sagte Henning.

»Weiß ich, ich bin aber immer noch guter Hoffnung, das Problem schnell zu lösen«, antwortete Marco und schaute Helga Wiedemann zu, als sie ein Tablett mit drei Tassen Kaffee und anderem Zubehör ins Zimmer balancierte.

»In der Küche steht im Regal bei den Kochbüchern so ein kleiner Ordner mit handschriftlichen Kochrezepten«, sagte sie, während sie Kaffee eingoss und die Polizisten dann nach der erwünschten Menge Milch und Zucker befragte.

»Es scheint die Schrift von Inge zu sein, halt in jungen Jahren«, sagte sie dann, »ihre Schrift in klaren lesbaren Buchstaben.«

Henning sah die Frau mit demselben Blick an, mit dem sie ihn zu Beginn ihres Ortstermins gemustert hatte, was sie gar nicht zu interessieren schien. Sie schürzte die Lippen und meinte dann:

»Das Merkwürdige daran ist nicht das Kochbuch an sich, sondern die Sprache. Es ist nicht deutsch, ich glaube, es ist dänisch. Aber warum schreibt Inge auf Dänisch?«

»Weil sie Dänin ist oder war?«, fragte Marco zurück, woraufhin Helga Wiedemann heftig den Kopf schüttelte: »Unmöglich, das wüsste ich.«

Sie folgten der Tante in die Küche, die ihnen immer wieder dadurch aufgefallen war, dass sie völlig unbewohnt und unbenutzt aussah. Von irgendeiner Tätigkeit darin zeugte jetzt lediglich ein kleiner Ordner mit linierten Blättern, der aufgeschlagen auf der Anrichte lag.
»Das sind die Rezepte?«, fragte Marco eher als Bestätigung und begann, sich das Handschriftliche genauer anzusehen. Er verstand nichts, aber immerhin so viel, dass die vorliegende Sprache nicht allzu weit vom Deutschen entfernt war, etwa wie holländisch. Aber das war es nicht, denn holländisch hatte keine durchgestrichenen Os.
»Könnte schon dänisch sein«, sagte er daher.
»Es ist dänisch«, bestätigte Henning nach einem kurzen Blättern in den Rezepten, die alphabetisch durch ein Register unterteilt waren, »hier, das sind ein paar Varianten für das berühmte Smörrebröd, in der Originalsprache mit diesem typischen durchgestrichenen O. Das heißt auf Deutsch übrigens nichts anderes als Butterbrot. Es ist aber mehr als ein Butterbrot, da kommt Leberpastete drauf und Fischfilet oder Krabben und was weiß ich.«
»Gut, nachdem wir das geklärt haben, stellt sich natürlich die Frage, wie Ingrid Wegerer dazu kam, auf Dänisch zu schreiben, wissen Sie da was?«, fragte Marco die Tante.
»Nein, von dänisch weiß ich nichts, das sagte ich doch vorher schon«, in ihrer Stimmte schwebte Ungeduld mit oder gar ein Anflug von Ärger, weil sie wieder mit etwas von Ingrid Wegerer konfrontiert wurde, von dem sie keine Ahnung hatte.
»Wie sicher sind Sie, dass es ihre Schrift ist?«, fragte Marco.
»Ziemlich, aber beschwören kann ich es natürlich nicht.«
»Vielleicht ist sie in Dänemark aufgewachsen? Oder hat

mal dort gelebt?«, überlegte Henning, ohne auf eine Antwort zu warten.
»Tut das jetzt überhaupt was zur Sache?«, fragte Helga Wiedemann.
»Ja, vielleicht ist sie nicht die, für die wir sie immer hielten«, antwortete Marco. In dem Moment wurde ihm klar, dass Ingrid Wegerer mit einer dänischen Vergangenheit sich nach einem vorgegebenen Selbstmord leicht eine dänische Identität zulegen konnte. Oder sie konnte ganz einfach in ihre alte Identität zurück.
»Es reicht doch, dass sie in Schleswig aufgewachsen ist«, sagte Henning, »das war doch mal dänisch und deutsch und was weiß ich und es gibt da bestimmt auch dänische Minderheiten, so wie es deutsche Minderheiten in Dänemark gibt.«
»Donnerwetter, das gilt es zu klären«, sagte Marco und es war klar, dass der Kollege, den sie da oben vor Ort hatten, für diese Aufgabe zuständig sein würde. Doch zuerst einmal gingen sie ins Wohnzimmer zurück und tranken den Kaffee, den Helga Wiedemann zubereitet hatte. Die hatte sich jedoch in den Garten verzogen. Aus Diskretion oder Ärger. Das wussten sie nicht, aber das war auch egal. Sie hatten anderes zu tun als über Helga Wiedemanns Gemütslagen nachzudenken.
»Kochbuch hin oder her, wo, verdammt noch mal, ist das zweite Handy? Er hat es doch laut Luisa Braun im Haus versteckt«, sagte Marco.
»Das bedeutet nicht, dass es sich immer um das gleiche Versteck handeln musste«, sagte Henning.
»Stimmt, das ist verdammt gut.«
Marco dachte nach, dann griff er sich sein Handy und einen Zettel aus seiner Jackentasche.
»Was machst du?«, fragte Henning.
»Ich rufe Luisa Braun an.«
Henning nickte und wartete ab, wie sich Marcos Geistes-

blitz entwickelte, er würde ohnehin gleich über Lautsprecher mithören.
Sie ging gleich an den Apparat und bestätigte ihre Aussage, dass ihr Verlobter an dem Freitagabend das zweite Handy nicht bei sich gehabt haben musste, es wäre alles verabredet gewesen, und Jürgen Wegerer hatte sie zu ihrer Freundin gebracht, daher gab es keine Notwendigkeit, das Handy mit sich zu führen. Sie betonte dabei, dass es Jürgen Wegerer sowieso lieber zu Hause aufbewahrte, als dass er es mit sich herumtrug.
»Haben Sie ein Gefühl für den Ort im Haus, von dem aus Jürgen Wegerer mit Ihnen die Verabredung getroffen hat. Ich meine, war er im Garten oder in der Küche oder im Bad? Manchmal hört man ja Hintergrundgeräusche, Vögel zwitschern oder ein Wasserhahn rauscht oder ein Radio läuft. Es gibt viele Leute, die irgendwas parallel zu etwas anderem erledigen.«
»Wenn er mit mir sprach, konzentrierte er sich immer auf uns, da gab es kein Radio und keinen Wasserhahn oder sonst was. Und auch beim letzten Mal war es absolut still im Hintergrund.«
»Also gut. Wie viel Zeit verging zwischen dem Telefonat und dem Treffen?«
»Das weiß ich nicht mehr genau, oder halt, nicht viel, er hat gesagt, er könnte gleich losfahren.«
»Danke, das reicht«, sagte Marco und verabschiedete sich sogleich, weil er keine Zeit für weitere Rückfragen oder Feststellungen hatte. Er steckte das Handy in seine Jackentasche zurück und schaute Henning an. Auch der schien begriffen zu haben, wo sie mit der Suche ansetzen mussten: »Die Garage.«
»Ja. Und da gibt es vom Wohnhaus aus eine Seitentüre, die über die Diele dorthin führt. Das ist mir vorher schon aufgefallen, da brauchen wir die da draußen nicht«, Marco deutete in Richtung der Tante, die im Garten den Versuch

unternahm, halbtote Rosen mit einer Gießkanne voller Wasser wieder zum Leben zu erwecken.
Die Doppelgarage war sehr geräumig und sehr sauber und aufgeräumt. Trotz des eingeparkten Wagens von Jürgen Wegerer bekam man vor Ort das Gefühl von einem Tanzsaal, in dem es leicht nach Öl roch. Sie machten sich gleich an die Suche und teilten die Arbeit auf: Henning würde den linken Teil der Garage mit den Gartengeräten übernehmen. Von denen hingen ein paar an Haken an der Wand und andere waren auf Regale verteilt, alle in Gesellschaft von Gerätschaften und Dosen, deren Inhalt auf den ersten Blick nicht erkennbar war.
Marco widmete sich dem Bereich der Werkzeuge im rechten Teil. So untersuchte er den Inhalt mehrerer Kisten, die auf einem Tisch standen: Er fand einen Akkuschrauber, eine Schleifmaschine, einen sehr neuen Bohrer, der unbenutzt aussah. Alles befand sich in größter Ordnung beieinander.
Nach einer Viertelstunde sah Marco Henning an und schüttelte den Kopf:
»Es wäre zu schön gewesen, oder?«
»Was machen Sie denn da? Ich habe mich gefragt, wo Sie stecken?«, in Helga Wiedemanns Stimme schwang viel Verärgerung mit. Sie stand im Rahmen der Tür, die zur Garage führte und hielt die Gießkanne, mit der sie zuvor zugange gewesen war, in der Hand.
»Wir suchen«, antwortete Henning und erhob sich aus der Hocke. Marco sagte gar nichts und kniete sich auf den Boden, um den Inhalt der anderen Gießkannen zu untersuchen, welche aufgereiht wie eine Familie, die zum Fotografieren angetreten war, unter dem Tisch mit den Kisten standen.
»Ja!«, rief er plötzlich und griff mit seiner Hand in die größte der Gießkannen.
»Und wir finden«, sagte er dann und hob das Handy in die Luft wie der Sportler seinen Pokal.

Sie hatten sich bei Helga Wiedemann bedankt und sich von ihr verabschiedet, was in dem Fall geheißen hatte, sie voller Neugierde mit vielen Fragen ohne Antworten alleine zurückzulassen. Dann waren sie ins Präsidium zurückgefahren und hatten Pia zu sich gerufen und das Handy über den Code, den sie von Luisa Braun hatten, aktiviert. Es war noch schlimmer als sie dachten, falls es die Wahrheit war, welche ihnen da zu Ohren kam. Ja, wenn das alles stimmte, dann hatten sie das Schicksal des Hanno Schlick in Erfahrung gebracht. Und Ingrid Wegerer war gefährlicher als sie dachten. Falls sie noch lebte, das wussten sie schließlich nicht.

Bernd Meier war nicht erreichbar. Mehrmals hatte Henning auf seinem Handy angerufen, er wollte ihm die bahnbrechenden Neuigkeiten mitteilen. Aber es schaltete sich nach einigen Klingeltönen immer nur die Mail-Box ein. Das war gerade für diesen Teilnehmer neu und ungewöhnlich. Henning fand das besorgniserregend, eine Meinung, der sich Marco nur anschließen konnte. Denn wenn Bernd nicht antwortete, dann war nicht auszuschließen, dass ihm etwas passiert war, das wussten sie beide. Zumal ihnen der Verdacht kam, dass er vielleicht gar nicht nach Kappeln an die Schlei gefahren war, sondern sich eigenmächtig und alleine auf den alten Hof des ehemaligen Schützenkönigs begeben hatte.

Ein Anruf bei den Kollegen in Kappeln bestätigte sie in dieser Befürchtung, denn dort hatte sich Bernd Meier weder telefonisch gerührt, noch sich blicken lassen.

»Wie hieß der Ort neben dem alten Hof nochmals?«, fragte Marco den Kollegen Henning, »Wenneby?«

»Windeby. Ist halbwegs berühmt wegen seiner beiden Moorleichen. Es handelt sich um zwei Männer, früher dachte man

irrtümlicherweise einmal, es sei ein Liebespaar. Mich wundert nur, dass Bernd Meier das nicht vordoziert hat.«
»Dafür musst du es jetzt tun oder was?«
»Immerhin habe ich mir mit einer kleinen Recherche den Namen des Dorfes gemerkt, oder?«
»Und den Namen vom Kollegen in Eckernförde auch?«
Henning sah Marco schief an und verbiss sich einen Kommentar.
»Ich meine den, mit dem Bernd telefoniert hat«, ergänzte Marco, »Bernd hat doch einen Namen erwähnt.«
Doch beide mussten passen und so suchten sie nach der Information im Internet, wo sie bald fündig wurden.
»Da, der Name des Leiters der Polizeiinspektion«, sagte Henning und deutete auf den Bildschirm, »das kann es doch gewesen sein, Hansen.«
»Glaube ich auch, ansonsten egal, ich ruf da jetzt einfach mal an«, antwortete Marco.
Wie es sich herausstellte, war er tatsächlich der Kollege Heiko Hansen, mit dem Bernd gesprochen hatte. Er bestätigte auch gleich, dass Bernd Meier schon früh am Morgen, kurz nach halb acht, bei ihm im Büro gewesen ist. Es ging bei dem Gespräch hauptsächlich um den Schützenkönig in der Familie Rottgardt, zu dem Hansen leider auch nicht allzu viel Auskunft geben konnte bis auf die Tatsache, dass der seiner Kenntnis nach schon ein paar Jahre tot war.
Er klang dann recht erstaunt, als Marco ihm mitteilte, dass Bernd Meier auf den Hof bei Windeby hinausgefahren sein könnte, auf dem dieser Onkel gewohnt hatte, und fragte, was denn das alles mit dem Fall in Süddeutschland zu tun hätte. Hansen klang dabei freundlich und entgegenkommend, aber seiner Stimme war ein Unterton von Ärger anzuhören, der auch Henning nicht entgangen war, der auf Lautsprecher mithörte, denn er sah auf und zog die Augenbrauen hoch.

»Das wissen wir auch noch nicht«, gab Marco auf diese Frage hin zu, irritiert von dieser Tonlage und auch von seiner eigenen Sorge um Bernd Meier. Wobei Henning ihm aufgrund dieser spontanen und blöden wie ungeschickten Antwort gleich einen Vogel zeigte. Vom anderen Ende der Leitung her sprühte auch prompt eine unausgesprochene Belustigung aus dem Hörer.
»Möglicherweise wusste Ihr Kollege selbst nicht, was er da draußen sucht, oder?«
»Wenn er sich da umschauen wollte, hatte er einen Grund, und wenn er sich nicht meldet, gibt es auch einen Grund«, sagte Marco mit aller Mühe, den aufkommenden Ärger in seiner Stimme wegzustecken.
»Verstehe«, kam aus dem Hörer, dann folgte Schweigen.
»Herr Hansen, wir machen uns Sorgen«, sagte Marco, dem es in der Zwischenzeit egal war, was der Kollege aus dem Norden von ihm dachte, »und wir bitten Sie deshalb, uns zu helfen, denn Sie sind schneller als wir vor Ort.«
»Ich glaube, wir schaffen das auch ohne Sie«, kam als Antwort.
»Das weiß ich«, zischte Marco in dem Versuch, seine Wut hinunterzuschlucken. Verdammt noch mal, er musste mit dem Mann zusammenarbeiten. Darauf folgte ein kurzes Schweigen oder Nachdenken am anderen Ende der Leitung:
»Ist gut, wir übernehmen das sofort und fahren da raus, ich weiß, welchen Hof Sie meinen.«
Marco bedankte sich und holte dann tief Luft, er musste noch eine Frage stellen:
»Kommt es häufig vor, dass jemand, der bei Ihnen da oben aufgewachsen ist, auch Dänisch spricht?«
»Ja, natürlich«, kam als Antwort, wieder mit hörbarem Amüsement in der Stimme, als hätte Marco die dümmste Frage der Welt gestellt, »wir haben hier in Eckernförde sogar eine dänische Schule.«

»Können Sie es auch?« Marco konnte sich die Frage einfach nicht verkneifen.
»Ich? Nein, aber ein Kollege von mir zum Beispiel, es gibt hier einige Leute.«
Interessant zu wissen, dachte sich Marco, aber im Moment war er noch wild entschlossen, die dänische Polizei mit seinen Englischkenntnissen zu kontaktieren. Denn genau das stand jetzt dringend an. Noch dringender war lediglich die Suche nach Bernd Meier und bei der wünschte Marco seinem Kollegen viel Erfolg. Er bedankte sich nochmals im Voraus und legte auf. Dann stand er auf und schüttelte sich. Er musste seinen Zorn loswerden und Ruhe finden für die Besprechung mit Henning, die jetzt anstand. Und der kam ihm auch gleich mit einem Vorwurf:
»Verdammt noch mal, du hättest ihn darum bitten müssen, dass er nachforscht, ob die Wegerer alias Rottgardt auf dieser dänischen Schule war.«
Ein Einwand, den Marco nur mit einem Schulterzucken und dem Satz kommentierte:
»Was die mit Dänisch zu tun hat, kriegen wir auch noch so raus.«
»Also, fassen wir mal das Ganze zusammen«, sagte Henning und biss nebenbei in eines der belegten Brötchen, die er sich und Marco als Ersatz für ein verspätetes Mittagessen aus der Kantine geholt hatte, »Jürgen Wegerer kann seine Frau erpressen, auch wenn er das auf der Handy-Aufnahme nicht explizit sagt. Er weiß, dass die Bilder, die mit Hanno Schlick signiert sind, von ihr selber gemalt wurden und dass sie die in größeren Mengen in ihrem Elternhaus am Domstag in Eckernförde einlagerte. Die Strategie, ein paar Jahre warten zu wollen bis zum Verkauf wegen der Wertsteigerung, gibt die Ehefrau zu …«
»Etwas leuchtet mir trotzdem nicht ganz ein, nur wegen seiner Unterschrift kann Hanno Schlick sie erpressen?«
»Warum nicht? Im Prinzip ist es eine Fälschung.«

»Für mich nicht, eine Fälschung ist es, wenn man Picasso nachmalt und Picasso drauf schreibt, obwohl es kein Picasso ist.«
»Egal. Wegerer hat gegen seine Frau auch was in der Hand wegen dem Tod von Hanno Schlick.«
»Ingrid Wegerer behauptet in dem ganzen Gespräch, es sei ein Unfall gewesen.«
»Und Wegerer versucht die ganze Zeit, sie in die Enge zu treiben mit dem Gegenteil.«
Marco nickte zur Bestätigung, sagte nichts und suchte solange an der Handy-Aufnahme, bis er die entsprechende Stelle gefunden hatte. Es war merkwürdig und befremdlich, dabei immer wieder die Stimme Jürgen Wegerers zu hören, eine tiefe, sonore Stimme, die viel Charisma und Leben in sich trug. Als Marco gefunden hatte, was er suchte, hob er den Zeigefinger mit der Bitte um Konzentration, dann ließ er die Aufnahme laufen:

»Ich glaube, es könnte die dänische Polizei durchaus interessieren, dass dieser scheinbare Unfall gar keiner war, bei dem unser Johannes Müller alias Hanno Schlick sein Leben verlor.«
»Du fantasierst oder liest zu viel Krimis, es war ein Unfall.«
»So ein paar Meter neben dir rutscht der am helllichten Tag einfach auf einer Klippe aus und stürzt in die Tiefe.«
»Hanno hatte sehr viel getrunken.«
»Schon am Nachmittag.«
»Ich will mich nicht wiederholen.«
Marco stoppte die Aufnahme. Die Stimme der Inge Wegerer blieb noch als Echo im Raum, energisch, giftig und zugleich kalt. Es war eine ganz andere als die, welche sie gehört hatten.
»Du meinst, das sind alles Mutmaßungen, aber er hatte nichts in der Hand?«, fragte Henning in das Schweigen hinein.

»Ja, sie gibt ja nichts zu, womit kann er sie dann erpressen? Wir wissen jetzt etwas über das traurige Schicksal von Hanno Schlick und wir werden bestimmt noch die genaueren Umstände seines Todes bei den Kollegen im Norden in Erfahrung bringen, aber mehr wissen wir nicht.«
»Warst du mal in Dänemark?«, fragte Henning.
Marco schüttelte den Kopf, außerdem war er bekannt dafür, dass er nur in den Süden reiste.
»Da ist die Küste total flach, von Klippen keine Spur.«

Es klopfte kurz an der Tür, dann stand Pia im Raum. »Bernd hat angerufen«, sagte sie, »und er bittet dringend um einen Rückruf.« Sie legte einen Zettel auf Marcos Schreibtisch, auf dem eine Nummer notiert war, deren Vorwahl an Eckernförde erinnerte. Marco griff gleich zum Apparat und vernahm erstaunt eine Frauenstimme, die sich mit »Moor-Restaurant, guten Tag« meldete.
»Marco Fois, Kripo Heidenheim, mein Kollege hat gerade von Ihnen aus angerufen.«
»Ach ja, warten Sie bitte.« Dann folgte ein Geflüster und Getuschel, dem Marco nicht folgen konnte. Die Frau meldete sich wieder:
»Hallo? Warten Sie bitte einen Moment, ich stelle Sie in unseren Konferenzraum durch.«
Marco bedankte sich und hörte kurz darauf Bernd Meier, der mit einem hektischen Unterton in seiner Stimme mit mehrfach betonter Erleichterung von sich gab, wie froh er war, Marco auf diesem Wege doch noch erreichen zu können.
»Was ist denn passiert und warum antwortest du nicht auf deinem Handy?«
»Wollte ich ja, aber ich habe vergessen, es im Auto aufzuladen, und mit dem letzten bisschen Akku habe ich versucht, bei dir anzurufen, aber es ging nicht, ich wählte die Nummer und das Ding ging aus und dann ist es mir ganz blöd aus der Hand gerutscht. Es ist auf den Boden und ist

in irgend so einer blöden Spalte im Hof verschwunden. Ich habe versucht, es mit einem Stock da rauszubekommen, aber wenn du mich fragst, ist das Ding in die ehemalige Sickergrube gerutscht, naja, so ist es, das Handy ist weg.«

»Oh Scheibenkleister.«

»Deswegen bin ich in die hiesige Gaststätte gefahren und habe von da aus angerufen, nicht, dass ihr euch Sorgen macht.«

Marco betonte, dass sie damit bereits angefangen hätten und dass die örtliche Polizei schon informiert und sicherlich bereits Richtung Rottgardt-Hof unterwegs wäre.

»Übertrieben, eure Reaktion«, kommentierte Bernd Meier, »aber sicherlich auch nicht falsch, bei denen hätte ich auch gleich angerufen. Denn meiner Meinung nach war die Witwe vor Kurzem noch auf dem Hof da draußen.«

»Was?«

»Ja. Das ist alles ein bisschen heruntergekommen und unbewohnt da drinnen, aber im Bad roch es einfach noch nach einem verdammt guten Parfüm, und zwar nach demselben, wie sie es hatte. So. Und wie viele Frauen laufen bitte schön mit genau der neuen Kreation von Armani herum?«

»Hm«, machte Marco.

Henning runzelte die Stirn.

»Und, das ist alles?«, fragte Marco.

»Nein, es gibt auch frische Autospuren im Matsch.«

»Und das Haus war auf und du bist da einfach reingelatscht?«, fragte Henning mit gut hörbarer Stimme.

»Ja, ich habe geklingelt, und als sich niemand gerührt hat, habe ich die Klinke runtergedrückt. Es war nicht abgeschlossen.«

»Mein Gott, Bernd, das hätte auch schiefgehen können«, sagte Marco.

»Weiß ich selber, es ist aber nicht schiefgegangen«, knurrte der Kollege und hörte sich Marcos Bericht über den Fortgang der Ermittlungen an.

Als sie im Anschluss besprachen, wie sie weiter vorgehen würden, betonte Bernd Meier nochmals, dass er die Kollegen vor Ort gleich darüber informieren würde, dass ihm nichts zugestoßen sei. Falls er Hansen nicht mehr im Büro erreichte, so würde er einfach nochmals auf den Hof rausfahren und dort mit ihm reden. Des Weiteren gab Bernd Meier zu, dass er noch nicht in Kappeln gewesen war, schließlich hätte der Aufenthalt auf dem Hof sehr viel Zeit gekostet. Aber aufgrund der neuesten Erkenntnisse würde sich das Thema Selbstmord im Boot auch erübrigen. Sagte er und legte eine Kunstpause ein, die so lang war, dass Henning die Augenbrauen zusammenzog.

»Ja, mein Laptop funktioniert und auch der Internetanschluss hier«, sagte er, »und ich habe gerade nebenher was gesucht. Die Nachbarin gegenüber dem Elternhaus der Frau Wegerer hat nämlich erwähnt, dass ihre Tochter mit der Ingrid in die Schule gegangen ist, und sie hat auch den Namen der Schule erwähnt. Irgendwas mit ›Kruse‹ hatte ich mitbekommen und prompt, die Jes-Kruse-Skolen ist die dänische Schule in Eckernförde. Wenn wir jetzt eins und eins zusammenzählen, dann befindet sich Frau Wegerer jetzt womöglich in Dänemark«, sagte Bernd Meier und betonte jedes der letzten Worte. Als ob diese Erkenntnis die Suche wesentlich beschleunigt hätte.

Gerade als Marco die Treppe zu seiner Wohnung hochging, klingelte das Handy. Bernd Meier war als Erster fündig geworden. Was nicht verwunderte, wenn er und Henning gleichzeitig Internet-Recherche betrieben. Marco schloss seine Wohnung auf, machte die Tür wieder zu und blieb in der Diele stehen, um sich auf Bernd Meiers Worte zu konzentrieren. Nebenbei warf er einen Blick ins Wohn-

zimmer und in die Küche. Niemand war da. Außerdem roch es nach abgestandener Luft.
»Hallo Marco, bist du dran?«, tönte es aus dem Handy.
»Ja, klar, ich höre«, betonte Marco.
»Also, es ist noch einfacher, als ich dachte: Dänemark hat zwar auch Klippen auf einer Insel südlich von Kopenhagen, so Kreidefelsen wie auf Rügen. Das würde ich jetzt aber mal ausschließen, denn es gibt in Dänemark sogar eine richtige Felsküste, auf der Insel Bornholm. Die gehört geografisch und daher auch geologisch in ein anderes Gebiet als der Rest vom Land, sie liegt unterhalb von Südschweden, genauer gesagt der Provinz Schonen, da wo Wallander ermittelt, sie ist von dort teilweise nicht einmal vierzig Kilometer entfernt.«
»Na denn«, sagte Marco, was Bernd als Kommentar überhörte und weiter erklärte, dass die Insel Bornholm an der Westküste, aber auch an der Ostküste Felsen hätte, die bis zu zwanzig Meter hoch wären. Kollege Meier versuchte sich dann auch in dänischen Ortsnamen, die Marco vernahm, sich aber nicht merken oder gar schriftbildlich vorstellen konnte. Des Weiteren käme die Insel auch insofern in Frage, als sie ein reichhaltiges Angebot an Kunsthandwerk und Galerien hatte, da müsste man doch gleich an die Frau Wegerer denken. Ein idealer Ort für sie, um dort möglicherweise mit einer dänischen Identität in ihrem Metier als Kunsthändlerin unterzutauchen.
Und was die Klippen anbeträfe, so lägen die im Osten direkt bei einem Kunstmuseum oder besser gesagt, man hat ein berühmtes Kunstmuseum direkt an die Klippen gebaut und Kollege Meier würde absolut darauf wetten, dass der Hanno Schlick dort abgestürzt sei, aber das könnte ja ein Gespräch mit der dänischen Polizei klären.
»Ich sagte euch doch gleich: Wo die Klippen sind, da ist auch unser Weg, oder?«
Kollege Meier wollte jetzt natürlich ein Lob für seine

Idee, dass Klippen in Dänemark so selten wären, dass sie zwangsweise den Aufenthaltsort der Galeristin verraten würden. Marco ließ mit den Komplimenten nicht auf sich warten und fügte noch hinzu, dass sie die Kollegen dort oben kontaktieren müssten, um in Erfahrung zu bringen, ob dort ein Deutscher von den Felsen gestürzt war.
Beide waren der Meinung, dass für diesen Kontakt nur der Kollege van Dalen infrage käme aufgrund seiner ordentlichen Englisch-Kenntnisse, die er bei jeder Gelegenheit vorführte. Henning würde bestimmt nicht begeistert sein, dass Kollege Meier beim Internet wieder einmal schneller war, zum Trost dürfte er sich nun aber linguistisch profilieren. Bernd kicherte ins Telefon hinein und legte dann nach kurzen Abschiedsworten auf. Noch in der Diele wählte Marco die Nummer von Henning, doch der ging weder an den Festnetzapparat noch an sein Handy. Das war ärgerlich, denn Marco musste befürchten, dass er selbst in Dänemark anrufen müsste.
Ein größeres Rätsel war die Tatsache, dass seine Wohnung leer war, Marcos Vater hatte sich in Luft aufgelöst und keine Spuren hinterlassen. Und seine Mutter war trotz ihres Versprechens offensichtlich nicht aus Fleinheim zurückgekehrt. Daher stand auch kein Mittagessen in der Küche. Es gab nur die Reste vom Vortag im Kühlschrank, doch das war auch alles. Es reichte immerhin, um den gröbsten Hunger zu stillen. Neben dem Essen wählte er wieder die Nummern von Kollege van Dalen. Diesmal hatte er Glück, Henning ging ans Festnetz, wollte aber von einem telefonischen Alleingang Richtung Dänemark gar nichts wissen.
»So gut Englisch kann ich auch nicht.« Diese Aussage war neu.
»Also, ich fand dein Englisch immer ganz gut«, sagte Marco in dem Versuch der Mitarbeitermotivation.
»Es reicht nicht für so was.«

»Und Pia?«
»Die ist schon weg. Wenn, dann machen wir es zusammen, wenn der eine mit Englisch nicht weiterkann, dann hilft der andere.«
Marco wollte auch gleich ins Präsidium fahren, Henning sollte in der Zwischenzeit die entsprechenden Telefonnummern ausfindig machen. Eigentlich hätte er sich noch um den Verbleib seiner Eltern kümmern wollen. Aber das hatte jetzt zu warten. Es war alles schon kompliziert genug.

Im Präsidium kramte Henning einen Zettel aus seiner Hosentasche und legte ihn auf Marcos Schreibtisch. »Wer fängt an?«, fragte er dann.
Marco dachte nach und sagte schließlich, dass er zuerst nach Dänemark telefonieren würde, er müsste sich nur kurz den Text auf Englisch zurechtlegen.
»Ein Wörterbuch hast du nicht mitgebracht?«, fragte er Henning.
»Nein, haben wir hier überhaupt eines?«
»Wie sage ich denn nur Felsküste?«, fragte Marco.
»Rock coast?«, antwortete Henning.
»Oder Klippe. Cliff. Es gibt doch die Cliffs of Dover. Vielleicht versteht man das eher?«
»Ich mache das jetzt einfach«, sagte Marco und wählte die erste der Nummern, die Henning mitgebracht hatte.
Sie hatten Glück. Ein sehr netter und kooperativer Kollege aus Bornholm gab ihnen in einem langsam formulierten Deutsch die Auskünfte, die sie brauchten. Und tatsächlich, sie hatten recht gehabt mit all ihren Schlussfolgerungen bezüglich des Ortes:
Ein Deutscher mit dem Namen Johannes Müller, ein Künstler, war im Herbst des Vorjahres tödlich bei den Klippen verunglückt, die auf Deutsch so viel bedeuteten wie »Heiligtumfelsen«. Der Sturz sei in der Dämmerung

passiert, vor den Augen der Frau, welche den Mann begleitet hatte. Die Frau sei seine Freundin gewesen und hätte einen Schock erlitten. Sie musste ärztlich betreut werden, ihr Verschulden sei aber ausgeschlossen gewesen. Außerdem hatte der verunglückte Mann über ein Promille Alkohol im Blut, er hätte während eines Besuchs des Kunstmuseums dort ziemlich viel Sekt in der Cafeteria getrunken, wie seine Begleiterin bezeugte.
Diese Begleiterin war ebenfalls eine Dänin mit deutschem Pass, ihr Name war Ingrid Rottgardt. Henning und Marco waren erstaunt über die Tatsache, dass sie nicht als Deutsche genannt worden war. Sie versuchten dementsprechend ihren Kollegen auf Bornholm zu berichtigen, der bestand aber darauf, dass er eine Dänin vor sich gehabt hatte, wenn auch nicht von der Insel selbst. Sie sprach ein akzentfreies und grammatikalisch einwandfreies Reichsdänisch und sah auch sehr nordisch aus.
Schließlich fragte Marco noch höflich an, inwiefern man ein Verschulden der Frau ausschließen konnte. Dabei war er sehr darum bemüht, diesen Tatbestand nur verstehen zu wollen, keineswegs wollte er seinem dänischen Kollegen Fehler oder Unzulänglichkeiten bei der Klärung unterschieben.
Anscheinend war ihm auch der richtige Ton gelungen, denn von der anderen Seite der Leitung her war nur Ruhe und Sachlichkeit zu spüren bei der Aussage, dass sich auch noch andere Zeugen vor Ort befunden hätten, die den Sturz beobachtet hatten, aber nicht verhindern konnten: Als Johannes Müller abzurutschen begann, befand sich seine Begleiterin in etwa fünf Metern Entfernung von ihm.
Obwohl er nicht wusste, warum, machte sich in Marco bei dieser Aussage eine Erleichterung breit, er dankte und fragte noch danach, ob der Tote nach Deutschland zur Beerdigung überführt worden sei.
Ja, er sei dorthin überführt worden, und zwar genau an die

andere Seite der Ostsee, in einen Ort in Schleswig mit dem Namen Eckernförde.
Ganz am Schluss erfragte er die Adresse, unter der Ingrid Rottgardt auf der Insel abgestiegen war, daraufhin bekam er den Namen eines Hotels in der Nähe der Felsen. Dann verabschiedete er sich am Telefon. Er würde den Kollegen, das Hotel und den Felsen sowieso bald kennenlernen.

»Du hältst die Stellung, ich gehe hoch«, sagte Marco, als er das Telefonat beendet hatte, und er griff sich seinen Laptop und platzierte ihn auf seinen Schreibtisch.
»Das mit der Freundin ist ein Ding, oder?«, fragte Henning aus dem Sessel Marco gegenüber.
»Warum ein Ding?«, Marco sah nicht auf, sondern verfolgte die Bewegungen auf seinem Computer, »das muss doch gar nicht stimmen, so wie du es meinst, es kann doch einfach auch so eine Freundschaft gewesen sein.«
»Ist ja auch nicht wichtig. Vielleicht weiß die Tante was?«, fragte Henning.
»Worüber? Ob die Wegerer ein Verhältnis mit dem Künstler hatte?«, sagte Marco.
»Quatsch. Ich meine über diese Insel, Bornholm. Vielleicht gab es da Aktivitäten über die Galerien in Deutschland Richtung Dänemark in dieses Kunstmuseum oder sonst wohin.«
»Stimmt, die rufst du morgen an. Ich denke, ich bin da bereits weg. Na bitte, so wie es aussieht, gibt's von München aus Flüge. Der Bernd dagegen muss mit dem Auto und einer Fähre rüber, das geht sicher schneller, aber das kriegt der am besten selber raus.«
»Aktivismus, Aktivismus.«
»Fängst du wieder an?«, fragte Marco, der erkannte, dass Henning wieder leicht pessimistisch wurde.
»So klein ist diese Insel doch auch nicht, das hört sich wie

eine Suche nach der berühmten Nadel im Heuhaufen an. Außerdem wissen wir doch gar nicht, ob sie sich dort aufhält, sie kann doch überall auf der Welt sein, wenn sie nicht tot ist.«

»Hör auf, die Insel macht Sinn und die Wegerer weiß auch nicht, dass wir was von dieser Insel im Zusammenhang mit ihr wissen und basta«, sagte Marco, ohne auf eine Antwort zu warten.

Als Nächstes galt es, Bernd Meier anzurufen und mit ihm abzusprechen, wann und wie sie sich auf der dänischen Insel treffen würden.

»Und, weißt du schon, wie du am besten fährst?«, fragte Marco nach einer kurzen Begrüßung am Telefon.

»Mit dem Auto«, kam als Antwort.

»Lass das bitte«, sagte Marco, der keine Lust auf Witze hatte.

»Ich mache keine Witze. Ich meine, nicht mit der Fähre. Bis auf das letzte Stück. Man kann durch ganz Dänemark bis Schweden auf der Straße fahren. Kostet einiges an Geld, aber im Moment zählt doch der Zeitfaktor, oder?«

»Ja. Und sorry.«

»Schon gut. Und dann ab Ystadt in Schonen gibt es eine Schnellfähre, mehrfach am Tag.«

Marco meinte noch, dass Bernd Meier vor ihm vor Ort sein könnte, denn sein Flug ab München würde über drei Stunden dauern und er ginge erst am frühen Nachmittag. Woraufhin Bernd bestätigte, dass das ganz gewiss der Fall sein würde, denn er könne gleich nach dem Frühstück aufbrechen und ihn dann am Flughafen in Ronne abholen und bestmöglich auch noch vorher bei den dänischen Kollegen vor Ort vorsprechen und auch nach einer Unterkunft auf

der Insel suchen. Sie wünschten sich beide eine gute Nacht und bekräftigten sich in dem Sinn ihres Vorhabens.
Marcos Vater war telefonisch nicht zu erreichen. Seine Mutter auch nicht. Also beschloss er, kurz bei seinem Onkel anzurufen, um etwas über den Verbleib der beiden herauszubekommen.
Beide befanden sich dort, ihre lauten Stimmen waren im Hintergrund zu hören, als HB antwortete. Das reichte ihm. Deshalb ließ er sich auch nicht auf HBs Klagelieder ein, sondern erbat nur, zur Kenntnis zu nehmen, dass er, Marco Fois, auf Dienstreise gehen würde. Es wäre noch nicht absehbar, wann er zurückkäme. Manchmal hatte sein Beruf auch etwas Gutes.

Bernd Meier hatte recht behalten. Am Mittwochnachmittag konnte er Marco vom Flughafen in der Inselhauptstadt Ronne abholen, in Begleitung eines netten Kollegen mit dem Nachnamen Christiansen, der Marco schon vom Telefon her durch seine ruhige Art und das verständliche Deutsch, das er sprach, bekannt war.
Marco konnte mitteilen, dass Henning am Vormittag die Tante erreicht hatte. Die Insel Bornholm war ihr völlig unbekannt und von dem Unfalltod des Künstlers Hanno Schlick wusste sie auch nichts. Sie sei sehr sauer gewesen aufgrund dieser Mitteilung, hatte Henning mehrfach betont. Vor allem, weil sie offensichtlich ihre Nichte mehrfach nach dem Verbleib des angesagten Künstlers befragt hatte. Zuletzt auch noch vor ein paar Wochen. Der Unfall hatte sich aber viel früher ereignet, eine Tatsache, die Henning nicht verschleiern konnte.
Dann machten sie sich auf die Suche nach der Nadel im Heuhaufen, wie sie immer wieder betonten, obwohl es aufgrund ihrer Ergebnisse großen Sinn machte, Ingrid Wegerer auf der Insel zu suchen. Das sagten sie sich immer, um sich zu motivieren.

Und das sagten sie sich auch noch nach zwei Tagen einer ergebnislosen dänisch-deutschen Kooperation, die sie durch Landschaften geführt hatte, die gleichzeitig an die Alb und an Italien erinnerten.
Ja, die Insel Bornholm hatte etwas Mediterranes mit einer üppigen Vegetation, die sogar mit Walnuss- und Feigenbäumen aufwarten konnte und mit Häusern, die neben den bunten Farben im skandinavischen Stil auch teilweise in reinem Weiß wie am Mittelmeer erstrahlten. Es gab verwilderte und verlassene Steinbrüche wie auf der Alb, Natur, die sich zurückerobert hatte, was ihr genommen worden war. Sie sahen Orchideen am Wegesrand. Auch immer wieder ein größeres und in sich zusammenhängendes Waldgebiet mit Rotbuchenhainen, wie Marco sie sonst von Fleinheim her kannte. Es hatte alles etwas von wilder Schönheit. Doch sie hatten leider keinen Erfolg. Zwei Tage lang waren sie von Hotel zu Hotel gezogen, hatten Pensionen abgeklappert, die Eigentümer von Ferienwohnungen befragt, sie waren sogar auf den Campingplätzen gewesen, auch in Kunstwerkstätten, Galerien und Museen. Mit einem Foto von Ingrid Wegerer, welches Bernd Meier von der Seite ihres Internet-Auftrittes hatte ausdrucken lassen. Niemand hatte sie gesehen, nirgendwo war der Name Rottgardt oder Wegerer aufgetaucht oder gefallen. Wenn sie auf der Insel war, war sie wie vom Insel-Boden verschluckt.

»Wir haben etwas übersehen«, sagte Marco zu Bernd Meier. Sie saßen auf der Terrasse ihres Hotels am Stadtrand der Inselhauptstadt Ronne und schauten in den Abendhimmel, der um diese Uhrzeit viel heller strahlte, als sie es gewohnt waren. Ihr dänischer Kollege Finn Christiansen hatte ihnen noch bis vor kurzem Gesellschaft geleistet und sich dann verabschiedet, weil zu Hause eine Frau und zwei kleine Kinder auf ihn warteten, denen er, wann immer möglich, eine Gutenachtgeschichte vorlas.

Bernd Meier sagte nichts auf Marcos Bemerkung hin und schaute dem Flug einer Möwe nach, die mit einem Brotstück, das sie in der Nähe der beiden Männer gefunden hatte, die Küste entlang davonflog.

»Der Süden soll flacher sein, er hat anscheinend keine Felsküste«, sagte Marco in ihr Schweigen hinein. Bernd Meier reagierte nicht, er starrte vor sich hin.

»Ich habe dir seine Bilder noch gar nicht erklärt«, meinte Marco. Wenn wieder keine Antwort kam, würde er die Konversation bleiben lassen. Doch immerhin erntete er einen erstaunten Blick und einen Kommentar:

»Kannst du Gedanken lesen? An den Hanno Schlick dachte ich auch gerade.«

Marco nickte und tippte kurz auf den Laptop auf dem Tisch, fragte, ob der an wäre, woraufhin sie keine Minute später die Galerie der Bilder des toten Künstlers vor sich hatten. Marco versuchte sich dann in einer guten Erklärung der Bedeutung der Bilder, irgendetwas von Silvies Ausführungen war noch in seinem Kopf. Bernd hörte aufmerksam zu und warf dabei Blicke auf die Bilder, die sich in Gesichter und Landschaften aufteilten. Dann sah er Marco länger an und schüttelte den Kopf.

»Wir sind schon blöd«, sagte er schließlich und betonte das erste Wort in dem Satz.

Bernd hatte recht mit seiner neuesten Erkenntnis. Ihre Suche galt die ganze Zeit der Galeristin, nicht aber ihren Bildern. Keiner von ihnen hatte darauf geachtet, ob irgendwo Ähnliches hing. Selbst in den Galerien waren sie nur zum anwesenden Personal gegangen, hatten das Foto vorgelegt und die beiden möglichen Nachnamen und den Vornamen erwähnt.

Keiner von ihnen hatte sich die Mühe gemacht, den Bildern mehr Aufmerksamkeit zu widmen. Deshalb beschlossen sie, das gleich am nächsten Tag nachzuholen und den dänischen Kollegen darum zu bitten, sie bei der Runde zu begleiten. Bernd lächelte, er war wieder optimistischer geworden.

Am nächsten Morgen fingen sie bei der größten Galerie vor Ort an. Sie lag an der Ostküste in der Nähe der Klippen und hatte eine durchgängige Glasfront, die den Blick auf das Meer freigab. Dieser war so spektakulär, dass er den Bildern die Show stahl. Sicherlich allemal denen, welche als gegenwärtige Ausstellung dort hingen. Auch hatten sie mit Hanno Schlick wenig zu tun, obwohl sie Landschaften darstellten, offensichtlich Bornholm in Öl, ganz realistisch und sehr brav.

Im Laufe des Vormittags betrachteten sie Aquarelle mit Möwen im Flug, geschichtete Steine vom Strand, Skulpturen aus Schwemmholz, ein italienischer Bildhauer mit lebensgroßen Frauen-Skulpturen, die aus Holz gemacht schienen, sich aber nach Eisen oder Blech anhörten, und ein Maler mit einem langen und fast konsonantenlosen Namen und Bildern, die an russische Ikonen erinnerten.

Schließlich und endlich blieb ihnen nur noch eine Galerie und wenig Hoffnung. Ihre Mägen und Laune knurrten um die Wette.

Sie betraten das alte Fachwerkhaus, in dem das Kunsthaus »More« untergebracht war, und ließen sich, wie schon zwei Tage zuvor, von der Stimmung dort bezaubern, einem Schnitt aus alt und modern, in dem der Geruch nach Gemäuer und Holz mit dem von frisch gebrühtem Kaffee um die Wette stritt.

Die Angestellte war eine andere als zwei Tage zuvor und ihr Lächeln wetteiferte mit dem von Christiansen bei der

Begrüßung und endete in Lachen bei Worten, die immer schneller aus ihnen hervorsprudelten.
Dann drehte sich ihr dänischer Kollege zu ihnen mit der Erklärung um, es handele sich um die Schwester einer Freundin seiner Frau und er hätte nicht gewusst, dass sie hier arbeitete. Was an dem Ganzen so witzig war, sagte er nicht. Er teilte ihnen nur mit, dass oben auch noch Bilder zu finden wären von einer Malerin mit dem Namen Svea K. Madsen.
Christiansen formulierte sehr langsam und für sie beide verständlich, während sie zu dritt eine steile Treppe hochgingen, die mehr von einer Leiter hatte und ordentlich knarrte. Sie erreichten schließlich einen weiteren Ausstellungsraum, in dem Bilder hingen, die sie gut zu kennen glaubten. Neu war nur die Signatur, die sie trugen.

»Also, das ist genau der Stil von Hanno Schlick«, sagte Bernd Meier, »eindeutig.«
Marco nickte.
»So sieht es aus, aber sicher bin ich mir nicht, zumindest nicht hundertprozentig. Das ist der Stil von Hanno Schlick, diese Gesichter, aber das kann ja auch jemand anders gemacht haben, oder?«
Christiansen zuckte mit der Schulter und deutete an, ihm die Treppe abwärts zu folgen. Als sie unten angekommen waren, wandte er sich an die Angestellte. Nach einem größeren Austausch von Informationen, bei denen Marco und Bernd nur ab und zu die Namen mitbekamen, erklärte ihnen der dänische Kollege, dass es sich bei der Künstlerin um eine etwa 45-jährige Dänin handelte, aber keine von der Insel. Nach dieser Information wollte Marco natürlich mehr wissen.
Sie spürten, wie die junge Frau zögerte, als es um die Preisgabe der Adresse ging, und schließlich zum Telefon griff, dann ein paar Worte wechselte und den Hörer an Chris-

tiansen weitergab, der wiederum ein paar Sätze sagte, sich dann offensichtlich bedankte, den Hörer wieder zurückgab, woraufhin die junge Frau auch noch etwas kommentierte und dann auflegte. Daraufhin schrieb sie etwas auf einen Zettel. Es war eine Adresse ganz in der Nähe der Galerie, wie die Angestellte betonte.

Christiansen sah sie als Erster. Sie stand an der Klippe in sicherer Entfernung vom Abgrund. Vielleicht hundert Meter von dem Holzhaus mit der kleinen Zufahrt und dem kleinen Garten entfernt, von dem sie in der Galerie gehört hatten. Sie stand da einfach da, rührte sich nicht und schaute aufs Meer. Über ihr warfen vorbeifliegende Möwen dunkelgraue Schattenflecken auf das spärliche Gras, das hinter ihrem Rücken wie ein grüner Teppich den Boden bedeckte.

Für Marco schien sie nicht dieselbe Frau zu sein, die er von Heidenheim her kannte, auch wenn die Größe und Haltung übereinstimmten, doch irgendetwas war ganz anders, fremd. Es war die Farbe und der Schnitt ihrer Haare, braune Locken, die sich bis in den Nacken kräuselten. Sie drehte sich um. Wahrscheinlich hatte sie ihre Präsenz durch ihren Rücken hindurch gespürt, denn sie waren nicht laut gewesen, sie hatten sich eher durch Handzeichen verständigt.

»Frau Ingrid Wegerer?«, fragte Marco, wobei er dieser Frage eine Feststellung mitschwingen ließ.

»Ja, Rottgardt-Wegerer. Willkommen auf der Insel.«

Mit dieser Antwort drehte sie sich wieder ab und schaute aufs Wasser oder zum Horizont. Er sagte nichts und beobachtete ihre Bewegungen und spürte hinter seinem Rücken die Spannung seiner beiden Kollegen.

»Ich habe immer geahnt, dass Sie mich finden würden«, sagte sie schließlich und drehte langsam den Kopf, »ich habe nur nicht gewusst, wie Sie mich finden würden.«
In ihren Augen lag eine Frage.
»Ein Kochbuch und ein Handy«, antwortete Marco.
Sie nickte, ohne zu verstehen zu geben, ob sie tatsächlich verstanden hatte.
»Meine Mutter gehörte zur dänischen Minderheit und ich ging zur dänischen Schule. Das ist auch meine Identität. Auch wenn er das nie verstanden hat.«
Marco nickte, er wusste, wen sie meinte.
»Sie meinen das Kochbuch, in dem ich selber Rezepte aufgeschrieben habe, das in meiner Küche?«
»Ja.«
»Und wer hat Sie reingelassen in mein Haus? Der Ermittlungsrichter oder meine Tante? Und das Handy? Er hatte also ein zweites. Sie haben es gefunden.«
»Das erste konnten wir ja wohl nicht finden«, sagte Marco schnell, der keine Lust hatte, den ersten Teil der Fragen zu beantworten.
»Nein, das konnten Sie auch nicht finden«, sagte sie, wobei ein Lächeln über ihren Mund flog und schnell wieder weg war.
»Er hat was mit dem zweiten Handy gemacht, was mich angeht, nicht wahr? Hat er mich hier fotografiert? Ist er mir also bis hierher gefolgt? Hat er sich diese Mühe gemacht?«
In die Empörung ihrer Stimme hinein keimten Ungläubigkeit und Hoffnung.
»Nein, er hat Gespräche aufgenommen.«
»Wozu?«
»Er wollte Sie erpressen?«
»Ach was, womit? Ich habe nirgendwo und nirgendwann gestanden, dass ich Hanno Schlick umgebracht habe.«
Marco sah auf, er spürte, wie sein Puls schneller ging.

Sie atmete kurz und heftig ein und wieder aus, es hörte sich wie der Anflug eines Schluchzers an, dann schüttelte sie den Kopf.
»Weil ich ihn nicht umgebracht habe«, sagte sie und betonte dabei jedes Wort.
»Es war nicht weit weg von hier, wo Hanno Schlick abgestürzt ist, nicht wahr?«, fragte Marco.
»Ja, vor meinen Augen, aber ich war es nicht. Das war ich nicht.«
»Sie haben in Ihrem letzten Gespräch mit Ihrem Mann Ihre Heimatadresse Domstag in Eckernförde erwähnt, warum?«
»Ach. Das haben Sie nicht herausgekriegt?« Sie lachte.
»Doch. Weil Sie dort die restlichen gefälschten Bilder eingelagert hatten, was Ihr Mann wusste und womit er Sie erpresste, das haben wir auch bei einem Gesprächsmitschnitt auf dem Handy gehört.«
»Das sind keine Fälschungen, sie sind nur falsch signiert.«
»Warum haben Sie denn Ihre Bilder nicht selber, mit Ihrem Namen, unterschrieben?«
»Weil ich mal mit Blumensträußen und Küstenlandschaften angefangen habe. Ganz am Anfang, in Süddeutschland, habe ich die auf Handwerkermärkten verkauft. Ingrid Rottgardt, das waren Astern und Alster.«
»Und wenn das rausgekommen wäre, dass die ganzen Bilder von Hanno Schlick von der Galeristin selber waren, wäre das ein Skandal gewesen?«
»Vielleicht. Vielleicht auch nicht. Ich wollte es nicht riskieren.«
»Haben Sie ihn deswegen erschossen?«
»Nein«, kam als Antwort. Sie wandte den Kopf und schien zum ersten Mal Bernd Meier und Christiansen, die ein wenig entfernt, aber in Hörweite standen, wahrzunehmen.
»Ich habe meinen Mann erschossen, weil er nach all den Jahren, in denen ich immer für ihn da war, in denen ich

ihn aufgebaut habe, mich verlassen wollte für eine Jüngere. Und weil er mir Geld wegnehmen wollte für das Leben mit der neuen Frau, viel Geld.«
Ingrid Wegerer sah Marco jetzt direkt in die Augen, in dem Blick lag nichts als ein großes Ausrufezeichen für die sachliche Erklärung, die sie abgegeben hatte. Keine Reue, keine Bitte um Verständnis, weder Zorn noch Wut noch Bitterkeit. Sie sprach von ihrem Mann wie von einem Bild, von dem sie sich trennen musste.

Es galt noch, die Frage nach der Waffe und dem Tatort zu stellen. Es war tatsächlich ein Drilling gewesen. Der hatte ihrem Onkel gehört, noch aus den Zeiten des Zweiten Weltkriegs, sie hatte die Waffe wieder in ihr Versteck, in das Haus nach Windeby zurückgebracht. Schließlich wollte Marco noch wissen, woher sie so sicher war, dass ihr Mann bei dem Parkplatz am Vogelherd auftauchen würde. Denn sie musste ja auch die Uhrzeit wissen. Sie hätte gelauscht, kam als Antwort, er wäre nicht immer so schlau gewesen, wie er dachte. Er hatte geglaubt, sie wäre im Garten, und er telefonierte nicht ganz so leise in der Garage. Sie wusste nur nicht, dass es von dem zweiten Handy aus war, von dem ahnte sie ja nichts. Dass keine ihr unbekannte Nummer auf seinem offiziellen Handy zu sehen war, verwunderte sie nicht, nachdem man jeden Eintrag der gewählten Nummern aus der Protokoll-Liste des Handys löschen konnte. Während sie das sagte, zog sie das besagte Handy aus ihrer Manteltasche und überreichte es Marco.
»Es lag in seiner Jackentasche. Ich habe natürlich alle Nummern im Nachhinein kontrolliert und dann habe ich es ausgeschaltet.«
Den Tatort hatte sie ausgewählt, weil er sich ganz in der

Nähe einer Autobahnzufahrt befand, schließlich musste sie ja nach Hannover. Sie hatte ihn auch gewählt, weil ihr Mann dort vorbeikommen musste. Geködert hatte sie ihn mit dem Versprechen einer Geldübergabe, sie tat so, als ließe sie sich auf die Erpressung ein. Marco wollte noch wissen, ob sich Jürgen Wegerer nicht über die Tatsache gewundert hatte, dass sie sich so ganz in seiner Nähe befand.

»Er kam nicht mehr dazu, sich über etwas zu wundern«, sagte sie nur noch und ließ sich dann abführen.

»Ich bin müde«, sagte Marco, als er am Samstagabend in seiner Wohnung eine Troika vorfand:

Seinen Vater, seine Mutter und Silvie.

»Wir haben uns ausgesprochen«, sagte Lore Fois und lächelte in die Runde, »dank Vermittlung«, ihr Lächeln konzentrierte sich dabei in Richtung der Frau, die Marco noch kurz zuvor als seine Freundin betrachten wollte. Silvie lächelte huldvoll zurück und Marcos Vater grunzte zufrieden.

»Das ist ja schön«, sagte Marco und gähnte, »ich weiß nicht, ob ich Platz habe für euch alle, aber ihr werdet das bestimmt organisieren, ich jedenfalls, ich muss jetzt schlafen.«

Während dieser Worte ging er ins Schlafzimmer und setzte sich aufs Bett. Er verspürte großen Unmut über die Situation, obwohl er sich eigentlich freuen müsste. Vielleicht war es einfach auch nur deswegen, weil er nach dem anstrengenden Dänemark-Aufenthalt keine Muße für sich alleine auf dem Balkon hatte und potenziell sehr viele und sehr laute Stimmen durch seine Zwei-Zimmer-Wohnung schwirren konnten.

»Ich habe eine Idee«, sagte Silvie von der Türe her, als Marco gerade seine Schuhe aufband, »du schläfst bei mir und lässt deine Eltern hier.«
»Das wäre an sich eine gute Sache, aber ich bewege mich nicht mehr vom Fleck«, sagte er und streckte sich auf dem Bett aus.
»Was? Du musst dich doch zumindest ausziehen.«
»Muss ich das? Wenn du meinst, dann mach's halt du.«
Silvie warf ihm einen giftigen Blick zu, drehte sich um und verschwand wieder Richtung Wohnzimmer.
Nach ein paar Minuten hörte Marco die Stimme seiner Mutter von der Tür her. Er öffnete die Augen und drehte den Kopf aus seiner Seitenlage, so gesehen die Hälfte der Löffelchen-Position, die er früher gerne und oft mit Silvie eingenommen hatte und die er an dem Abend nicht mit ihr einzunehmen gedachte.
»Es tut mir so leid«, sagte Lore, »jetzt stören wir dich doch.«
»Nein, mich stört nur, dass ich so müde bin und kein guter Gastgeber sein kann.«
»Wir gehen alle zu mir, ich habe genügend Platz«, schlug Silvie vor.
Es war wie in einem guten Theaterstück, bei dem die Bühne auf einen Türrahmen reduziert war, bei dem die Personen gingen oder kamen.
»Bis morgen dann«, ergänzte auch noch Vater Fois, der nur zu hören, aber hinter den beiden Frauen nicht zu sehen war.
Nachdem alle verabschiedet waren und die Tür ins Schloss gefallen war, sich schließlich auch noch Silvies Passat auf Nattheims Hauptstraße in die Ferne verabschiedet hatte, stand Marco auf und ging auf seinen Balkon. Sicherheitshalber ließ er das Licht in der Wohnung aus, nur der Schein seiner Zigarette glomm in seine Gedanken hinein.

Ich habe Dank zu sagen …

… meinen Testlesern Claudia und Roland Heinkel, Sibylle Will und Beate Günter für deren hilfreiche Anmerkungen und Anregungen.

… Gabriele Wagner von Coach & Learn für ihr kleines privates Coaching

… meinem Lektor Bernd Weiler

… dem Oertel + Spörer Verlag für die Möglichkeit zur Veröffentlichung dieses Kriminalromans

Der zitierte Wanderführer ist unter folgendem Titel erschienen:
Drauschke, J., Kleingärtner, S.: Spurensuche in der Brenzregion. Archäologie, Erdgeschichte, Geologie in 17 ausgewählten Wandertouren (Heidenheim 2007)

Zum Titelbild: Die Vogelherdhöhle (der Vogelherd) auf der östlichen Schwäbischen Alb bei Niederstotzingen im Lonetal ist ein bedeutender Fundort des Jungpaläolithikums in Mitteleuropa. Berühmt wurde die Höhle im Jahre 1931 nach der Auffindung der Vogelherdfiguren aus dem Aurignacien, die als etwa 32 000 Jahre alte Kleinkunstwerke bis heute zu den ältesten Artefakten der Menschheit zählen.